झाँसी की रानी

लक्ष्मीबाई

झाँसी की रानी

लक्ष्मीबाई

डॉ. पवित्र कुमार शर्मा

सनशाइन बुक्स
नई दिल्ली-110002

ISBN : 978-81-910636-0-8

प्रकाशक : **सनशाइन बुक्स**
4760-61, द्वितीय तल, 23, अंसारी रोड,
दरियागंज, नई दिल्ली-110002

मूल्य : 495.00

प्रथम संस्करण : 2025

शब्द-संयोजक : प्रतिभा प्रिंटर्स, शाहदरा, दिल्ली-110032

मुद्रक : बी. के. ऑफसेट, शाहदरा, दिल्ली-110032

JHANSI KI RANI : LAXMIBAI by Dr. Pavitra Kumar Sharma

1

महाराष्ट्र में सतारा जिले के पास एक गाँव था। उस गाँव का नाम 'वाई' था। कृष्णराव ताम्बे 'वाई' गाँव के ही रहने वाले थे। सन् 1818 ई. में महाराष्ट्र के पेशवा की मृत्यु हो गई और कृष्णराव ताम्बे को पूना के पेशवा दरबार में एक ऊँचा पद प्रदान किया गया।

कृष्णराव ताम्बे का एक पुत्र था। उसका नाम बलवन्तराव था। अपने पिता की तरह बलवन्त राव भी पेशवा की सेना में ऊँचा अधिकारी था।

बलवन्तराव ताम्बे के दो पुत्र हुए। बड़े लड़के का नाम मोरोपन्त था और छोटे लड़के का नाम सदाशिव था। अपने पिता और दादाजी की तरह ये दोनों भी पेशवा दरबार के कृपापात्र थे।

पेशवा बाजीराव द्वितीय पूना के पेशवाओं में सबसे अंतिम पेशवा थे। सन् 1818 ई. में जब पेशवा की मृत्यु हो गई तो अंग्रेजों ने पूना की पेशवाई-प्रथा को खत्म कर दिया। अंग्रेज लोग बड़े चालाक किस्म के थे। वे पूना सहित महाराष्ट्र के कई इलाकों को अपने कब्जे में करना चाहते थे और इसके लिए वे वहाँ के राजाओं को तरह-तरह के प्रलोभन देने लगे। चूँकि अंग्रेजों के पास विशाल फौज थी और उनके पास युद्ध के भी आधुनिकतम हथियार थे, इसलिए उनका विरोध करने या उनसे टक्कर लेने की हिम्मत अधिकांश भारतीय शासकों की नहीं होती थी। अंग्रेजों के जनरल ने पेशवा बाजीराव द्वितीय को भी आठ लाख रुपया वार्षिक पेंशन देना मंजूर कर लिया। साथ ही वे बिठूर का राज्य उसे जागीर में देने को राजी हो गए।

पेशवा बाजीराव कमजोर किस्म का शासक था। वह अंग्रेजों द्वारा दिए जा रहे इस प्रलोभन में आ गया। उसने सोचा कि जब बिना कोई मेहनत आठ लाख रुपये वार्षिक मिल रहे हैं, तो अंग्रेजों से बैर मोल क्यों लिया जावे? क्यों न उनका मित्र बन उनकी सहायता की जावे? इस बहाने अपनी दाल गलती रहेगी और कच्ची या पक्की, जैसी भी सही, अपनी रोटी सिकती रहेगी।

जब अंग्रेजों ने बाजीराव को रहने के लिए बिठूर की जागीर दी तो उसे पूना शहर छोड़कर बिठूर आना पड़ा। बिठूर में बाजीराव के ऐशो-आराम के सारे साधन मौजूद थे।

बाजीराव पेशवा के छोटे भाई का नाम चिमाजी अप्पा था। वे बड़े ही स्वाभिमानी किस्म के व्यक्ति थे। अंग्रेजों के साथ उनके बड़े भाई ने जो यह समझौता किया था, यह समझौता चिमाजी अप्पा को रास नहीं आया था। चिमाजी अप्पा इस समझौते के सख्त खिलाफ थे। जब बाजीराव अपने परिवार सहित पूना से चले तो चिमाजी अप्पा को बिठूर जाना पसंद नहीं आया। वे अपने बड़े भाई से कहकर काशी चले गए।

चिमाजी अप्पा की तरह मोरोपंत ताम्बे भी स्वाभिमानी व्यक्ति थे। बाजीराव की नीतियाँ उनको शुरू से ही पसंद नहीं थीं। मोरोपंत नहीं चाहते थे कि बाजीराव अंग्रेजों की कुटिल चालों के आगे हार मान जाएँ या उसके आगे अपना सिर झुकाएँ। लेकिन मोरोपंत ताम्बे कुछ कर भी नहीं सकते थे। उनके पिता और दादा पेशवाओं के स्वामीभक्त और वफादार रहे थे। इस कारण मोरोपंत भी बाजीराव की बहुत इज्जत करते थे। उन्हें बाजीराव से खुलकर कुछ कहने का साहस नहीं होता था।

मोरोपंत जब संकोचवश बाजीराव का खुलकर विरोध नहीं कर पाए और अपने दिल की बात बाजीराव से खुलकर नहीं कर पाए तो उन्होंने बाजीराव का साथ छोड़ देने का फैसला कर लिया। जिस दिन बाजीराव अपने परिवार को लेकर पूना से बिठूर की ओर रवाना हुए और बाजीराव के छोटे भाई चिमाजी अप्पा ने बिठूर जाने का फैसला किया तो मोरोपंत ताम्बे चिमाजी अप्पा के साथ हो लिए। उन्हें चिमाजी अप्पा की सद्वृत्तियाँ अच्छी लगती थीं। काशी में रहकर चिमाजी अप्पा ने अपना कार्य-व्यापार शुरू किया। घर-गृहस्थी के संचालन के लिए ऐसा करना आवश्यक भी था। मोरोपंत ताम्बे उनके कार्य में हाथ बँटाया करते थे। चिमाजी अप्पा, मोरोपंत को पचास रुपया महावार वेतन दिया करते थे।

मोरोपंत को स्वाभिमानपूर्वक पचास रुपया मासिक का वेतन लेना मंजूर था लेकिन उन्होंने बाजीराव के साथ रहकर अंग्रेजों की गलत नीतियों में साथ देना स्वीकार न किया।

मोरोपंत ताम्बे विवाहित पुरुष थे। उनकी धर्मपत्नी का नाम भागीरथी बाई था। भागीरथी बाई बड़ी ही सुशील, चतुर और सुंदर महिला थी। उसकी एक पुत्री भी थी। इस पुत्री का नाम था–'मनूबाई'। मनूबाई का जन्म 19 नवम्बर, सन 1835 ई.

को हुआ था।

स्वभाव से मनू बालिका बड़ी ही हँसमुख और मिलनसार थी। अभी वह केवल चार साल की ही थी कि उसकी माता का काशी शहर में निधन हो गया।

अपनी माँ की मृत्यु पर मनू खूब फूट-फूट कर रोई। वह अपनी माता से बेहद प्यार किया करती थी। दुनिया में उसकी केवल माँ ही थी, जो उसके दिल की हर बात को सुनती और समझती थी तथा उसकी हर इच्छा को पूरा करने का प्रयत्न करती थी।

मोरोपंत ताम्बे की पत्नी गुजर चुकी थी, इसलिए वे काफी दुखी हो चले थे। इधर कुछ वर्ष बाद उनके संरक्षक चिमाजी अप्पा भी किसी बीमारी के कारण परलोक सिधार गए। अब तो मोरोपंत को अपने और अपनी पुत्री के भरण-पोषण के लिए और कोई सहारा ही दिखाई नहीं दिया। अपनी पुत्री के भरण-पोषण की सारी जिम्मेदारी मोरोपंत के ऊपर थी।

ऐसे में पेशवा बाजीराव द्वितीय ने मोरोपंत ताम्बे का साथ दिया। बाजीराव जानते थे कि मोरोपंत ने कई वर्षों तक हमारे यहाँ नौकरी की है और मेरे छोटे भाई चिमाजी अप्पा के निधन के कारण उनकी आजीविका भी उनसे छिन गई है। बाजीराव ने आग्रहपूर्वक मोरोपंत को अपने पास बुला लिया।

मोरोपंत ताम्बे, बाजीराव के पास, बिठूर नहीं जाना चाहते थे लेकिन समय और परिस्थितियाँ उनके अनुकूल नहीं थीं। इसी कारण उनको परिस्थिति के साथ समझौता करना पड़ा और अपनी पुत्री मनूबाई को लेकर वे काशी से बिठूर आ गए।

बाजीराव को लेकर मोरोपंत के दिल में कुछ गलतफहमी जरूर थी लेकिन बाजीराव अपने पुराने सेवक मोरोपंत को अब भी हृदय से काफी चाहते थे और वे हर तरह से मोरोपंत की मदद करना चाहते थे।

मनूबाई की माँ के देहांत के बाद उनके पिता ने उन्हें माँ का और पिता का दोनों का लाड़-प्यार और दुलार दिया। मोरोपंत ने कभी भी मनू को अपनी पुत्री या अबला नहीं समझा। वे हमेशा मनू को अपना पुत्र मानते थे और उसे बेटा ही कहकर बुलाते थे। पिता के इन शब्दों से नन्ही मनू के हृदय में साहस का संचार होता था।

मनू एक सुन्दर और स्वस्थ कन्या थी। पेशवा बाजीराव द्वितीय उस कन्या को बहुत प्यार किया करते थे तथा प्यार से उसको 'छबीली' कहकर बुलाया करते थे। बाजीराव के अपनी कोई संतान नहीं थी। उन्होंने अपने खानदान के नाना धोंडूपंत

नाम के एक बालक को गोद ले लिया था। इसका कारण यह था कि बाजीराव अपना कोई उत्तराधिकारी चाहते थे, जिसको वे अपनी मृत्यु के बाद अपनी धन-सम्पत्ति का मालिक बना सकें।

नाना धोंडूपंत के दो भाई और थे। उनका नाम बालाराव और रावसाहब था। बालाराव का बिठूर में मन नहीं लगता था इसीलिए वह अपने भाइयों के साथ बहुत कम ही बिठूर शहर में रहता था।

नाना धोंडूपन्त, बालाराव और रावसाहब—ये तीनों भाई आयु में मनू से बड़े थे। लेकिन फिर भी ये मनू को पूरा मान-सम्मान और स्नेह देते थे। मनू भी इनको अपना भाई ही समझती थी।

नाना, बालाराव और रावसाहब—ये तीनों भाई तलवारबाजी, कुश्ती, मलखम्ब, अश्वारोहण और बंदूक आदि चलाने में खूब रुचि लेते थे। मनू की भी इच्छा होती थी कि वह भी तलवारबाजी सीखे, बंदूक चलाना सीखे तथा अश्व चलाना सीखे। मलखंब और कुश्ती आदि खेल तो लड़कों को लिए थे, इसलिए मनू को उन खेलों में कोई रुचि नहीं थी।

एक दिन मनू ने तीनों भाइयों के सामने इच्छा प्रकट की कि वे उसे तलवार चलाना सिखाएँ। मनू की बात को सुनकर तीनों भाइयों को आश्चर्य हुआ। वे एक-दूसरे का मुँह देखकर पहले तो मुस्कराए लेकिन जब उन्होंने मनू को अपनी बात पर अड़े देखा तो उन्होंने मनू को तलवारबाजी की शिक्षा देना शुरू कर दिया।

अब मनू तीनों भाइयों की तरह तलवार चलाना और घोड़े को दौड़ाना सीख गई थी। वह बड़ी कुशलता से तलवार चलाती थी और घोड़ा इतना तेज दौड़ाती थी कि नाना और राव साहब को भी पीछे छोड़ देती थी।

बालाराव तो बिठूर में कम ही रहता था इसलिए मनू अक्सर करके नाना और राव साहब के साथ ही खेला करती थी।

स्वभाव से मनू बड़ी चपल, चंचल, हठीली और बुद्धि की बहुत तेज बालिका थी। यद्यपि उसकी उम्र इन दोनों भाइयों से कम थी लेकिन शस्त्र चलाने और घोड़ा आदि दौड़ाने के हुनर में वह इन दोनों भाइयों से आगे निकल चुकी थी।

चूँकि मनू को बचपन से बालिकाओं और स्त्रियों की संगत बहुत कम ही प्राप्त हुई थी, इसलिए उसके अंदर लाज, संकोच करने, दूसरों के आगे दबने तथा झिझकने जैसी आदत नहीं थी।

बाजीराव को अंग्रेज हुकूमत की ओर से अभी भी आठ लाख रुपये की वार्षिक पेंशन मिलती थी और इस पेंशन को बाजीराव 'अंग्रेजों की कृपा' समझते थे।

यह आठ लाख रुपये की पेंशन उनके परिवार के भरण-पोषण के लिए काफी थी। बाजीराव और उसके घरवालों की जरूरतें इन आठ लाख रुपयों में आसानी से पूरी हो जाया करती थीं।

बाजीराव को यह सोच-सोचकर खुशी होती थी कि अपने दादा-परदादा की मेहनत के बलबूते पर उन्हें बिना मेहनत किए ही हर साल अंग्रेजों से आठ लाख रुपये मिल जाते हैं। आज से करीब डेढ़ सौ वर्ष पहले आठ लाख रुपये की वार्षिक पेंशन काफी मानी जाती थी। उस समय के आठ लाख रुपये आज के अस्सी करोड़ रुपयों से भी ज्यादा थे। बाजीराव के लिए पेंशन की इतनी मोटी रकम ईश्वर के वरदान से कम नहीं थी। यही कारण था कि बाजीराव चाहते हुए भी अंग्रेजों की गलत नीतियों का विरोध नहीं कर पाते थे। ऐसी बात नहीं थी कि अंग्रेजों के सामने सिर झुकाने में वे अपनी कोई शान समझते थे या उनका अपना कोई स्वाभिमान नहीं था, लेकिन आठ लाख रुपये की वार्षिक पेंशन पाने के लोभ के कारण अंग्रेज जनरलों के आगे वे चुप ही रहते थे। बाजीराव जानते थे कि अंग्रेज कूटनीतिक इंसान हैं। वे राजी से या जबरदस्ती आदि हर तरीके से अपनी बात मनवाना जानते हैं। अगर अंग्रेजों की मर्जी के मुताबिक न चला गया या उनकी नीतियों का विरोध किया गया तो यह पेंशन अंग्रेजों से मिलनी बंद हो जाएगी। हो सकता है कि गुस्से में आकर अंग्रेज उनकी जागीर को भी न छीन लें। और अगर ऐसा हुआ तो वे सड़क पर आ जाएँगे और उनके भीख माँगने की नौबत आ जाएगी।

लेकिन साहसी बालिका मनू के विचार कुछ और ही थे। उसे अंग्रेजों का अपने घर आना-जाना अच्छा नहीं लगता था। न जाने क्यों, मनू अंग्रेजों की शक्ल से ही नफरत करती थी। यद्यपि उसे किसी ने अंग्रेजों के बारे में ज्यादा कुछ नहीं बताया था, किन्तु मनू इतना तो समझ चुकी थी कि अंग्रेज लोग हमारे देश के वाशिन्दे नहीं हैं। ये परदेश से हमारा राज्य हड़पने के लिए और हमको अपना गुलाम बनाने के लिए आए हैं।

मनू के पिता उसे शुरू से ही छत्रपति शिवाजी, अर्जुन और भीम आदि साहसी वीर पुरुषों की कहानियाँ सुनाते आए थे। इन कहानियों को सुनकर मनू के इरादे बुलंद हो चुके थे, उसका आत्मविश्वास और साहस अंदर से पक्का हो चुका था।

2

मनू ने बचपन से ही साहस, वीरता और बुद्धिमानी के करतब दिखाने शुरू कर दिए थे।

एक दिन की बात है। शाम का समय था। बालिका मनू अपने बड़े भाई नाना और तात्या के साथ घोड़े पर बैठकर सैर कर रही थी। इस समय मनू की उम्र बारह वर्ष की थी। नाना और तात्या उससे कई वर्ष बड़े थे।

गंगा नदी के किनारे-किनारे तीनों के घोड़े धीमे-धीमे चल रहे थे। तभी मनू ने घोड़ों की रेस करने की इच्छा प्रकट करते हुए नाना से कहा, ''भइया! आओ अपने-अपने घोड़ों को दौड़ाते हैं। देखें किसका घोड़ा सबसे आगे निकलता है।''

''ठीक है।'' नाना ने मनूबाई की चुनौती स्वीकार कर ली। फिर क्या था, तीनों अपने-अपने घोड़ों को एड़ लगाते हुए दौड़ाने लगे। नाना ने अपना घोड़ा, मनू के घोड़े से आगे निकालना चाहा लेकिन इसी कोशिश में उसका घोड़ा ठोकर खा गया। घोड़े के ठोकर लगते ही नाना धरती पर गिर पड़े। लकड़ी के एक टुकड़े से नाना का माथा जा टकराया और उनके माथे से खून निकलने लगा।

अपने सिर से खून बहता देखकर और माथे के दर्द के मारे घायल नाना चिल्लाने लगे–''मनू···मनू···मुझे बचाओ।''

यह दृश्य देखकर मनू ने फुर्ती और साहस का परिचय देते हुए तुरंत अपना घोड़ा रोक लिया। घोड़े से उतरकर मनू घायल नाना के पास पहुँची। मनू ने देखा कि नाना का माथा घायल हो गया है तथा माथे से खून बह रहा है। मनू ने तुरंत अपना कपड़ा फाड़कर नाना के माथे से बाँध दिया और नाना के सिर को अपनी गोदी में रखकर कहने लगी–''घबराओ नहीं भैया! तुम्हें ज्यादा गहरी चोट नहीं लगी है। कुछ ही समय में ठीक हो जाओगे।''

मनू के इन शब्दों से घायल नाना के दिल को बड़ी तसल्ली पहुँची।

इतने में तात्या भी अपना घोड़ा लेकर वहाँ आ गए। उन्होंने भी नाना के सिर में लगी चोट को दूर से ही देख लिया था। अपनी सहानुभूति प्रकट करते हुए तात्या ने नाना से कहा–''तुम किसी बात की चिन्ता मत करो नाना। मैं और मनू तुम्हारे साथ हैं। हम तुम्हें अभी घर लिए चलते हैं। वहाँ वैद्य जी तुम्हारी चोट का इलाज करेंगे और तुम एक-दो दिन में स्वस्थ हो जाओगे।''

साहसी मनू ने सहारा देकर नाना को उठाया और अपने घोड़े पर बिठाया। इस काम में तात्या ने भी मदद की। जब नाना थके और दुखी हुए से घोड़े पर बैठ

गए तो मनू ने घोड़े की लगाम पकड़ी और पैदल-पैदल घर की ओर ले जाने लगी।

कुछ समय बाद तीनों अपनी कोठी पर जा पहुँचे। वहाँ वृद्ध बाजीराव और मनू के पिता मोरोपंत तीनों की प्रतीक्षा कर रहे थे।

पेशवा बाजीराव द्वितीय अब वृद्ध हो चुके थे। उनको अपनी आँखों से बहुत कम दिखाई देता था। वे शरीर पर रेशमी कपड़े पहने हुए थे तथा गले में मोतियों से जड़ा हुआ स्वर्ण का कण्ठा था।

जैसे ही तीनों बालक कोठी के द्वार पर आए, पेशवा बाजीराव द्वितीय ने मनू के पिता मोरोपंत से पूछा–''शायद बच्चे लौट आए हैं, मोरोपंत! उनके कदमों की आहट सुनाई दे रही है?''

बच्चों के पास आने पर बाजीराव ने कहा–''हाँ, मेरे बच्चे ही हैं। मनू, नाना और तात्या–ये तीनों मेरी आँखों के तारे हैं।''

''हाँ, वही हैं महाराज!'' मोरोपंत ने बाजीराव की बात का समर्थन किया।

इसके बाद बाजीराव ने तीनों बच्चों को अपने पाए बुलाकर अपनी बाँहों में भर लिया और प्यार से कहने लगे–''बच्चो! अब रात होने को आई है। ऐसे समय घोड़े पर बैठकर अपने घर से बहुत दूर मत जाया करो। गाँव से बाहर जंगली जानवरों का खतरा रहता है।''

''हम तो आपस में घोड़ों की दौड़ कर रहे थे महाराज! मैंने बड़े भैया से कहा था कि देखें किसका घोड़ा आगे निकलता है...।'' मनू ने उत्साहित होकर कहा। तभी मोरोपंत की निगाह नाना के माथे पर बँधी पट्टी की ओर गई। खून के कारण पट्टी का रंग लाल हो चला था। यह देखकर मोरोपंत घबरा गए। उन्होंने कहा–''तभी तुमने बड़े भैया को उनके घोड़े से नीचे पटकवा दिया, मनू?''

जब मोरोपंत ने ऐसा कहा तो मनू ने संकोच के मारे अपनी गर्दन झुका ली। बाजीराव ने अपना हाथ नाना के माथे पर ले जाते हुए कहा–''नाना घोड़े से नीचे गिर गया! अरे! तभी इसके माथे पर यह पट्टी बँधी है। तुम्हें ज्यादा चोट तो नहीं आई बेटा! अभी वैद्यजी को बुलाकर तुम्हारे माथे पर दवा लगवा देता हूँ। तुम्हारे माथे पर यह पट्टी किसने बाँधी, बेटा?''

''मनू ने, महाराज! आप मेरी कुछ चिन्ता न करें, पिताजी। मैं जल्दी ही ठीक हो जाऊँगा।'' नाना ने अपने पिता को आश्वासन देते हुए कहा।

वृद्ध बाजीराव चिंतित स्वर में कहने लगे–''बिना चिकित्सा के कैसे ठीक हो जाओगे बेटा। तुम्हारे माथे में चोट आई है। बहुत सारा खून बहा होगा। अब तुम अंदर चलकर आराम करो। तुम्हें आराम की सख्त जरूरत है। मोरोपंत...।''

"जी, महाराज''' ।" मोरोपंत ने गर्दन झुकाते हुए पूछा।

बाजीराव, "तुम शीघ्र ही वैद्यजी को बुलाकर लाओ और एक दासी के हाथ हल्दी मिला हुआ गर्म और मीठा दूध भी अंदर भिजवा देना।"

मोरोपंत–"ठीक है, महाराज! आप और नाना अंदर जाकर विश्राम करो। मैं अभी वैद्यजी को लेकर आता हूँ और दूध भी भिजवा देता हूँ। बेटी मनू! तुम भी महाराज के साथ जाओ और अपने बड़े भाई का ध्यान रखो। इन्हें चोट तुम्हारी शरारत के कारण ही लगी है इसलिए इनके ठीक होने तक इनकी अच्छी तरह सेवा-सुश्रूषा करना ही तुम्हारी सजा है। समझ गईं?"

"ठीक है, पिताजी। मैं भैया का पूरा ध्यान रखूँगी। गलती सचमुच मेरी ही थी।" इतना कहकर मनू अपने बड़े भाई नाना को सहारा देती हुई भवन के अंदर चली गई और तात्या भी इनके साथ गए।

इधर मोरोपंत ने नाना के लिए दासी द्वारा गर्म दूध भिजवाया और वैद्यजी को लिवाने गाँव में गए। कुछ ही देर में मोरोपंत वैद्यजी को लेकर अपने भवन में लौट आए। वैद्य ने नाना की मरहम-पट्टी की और उन्हें दूध में दवा घोलकर पिलाई। इसके बाद नाना को विश्राम करने के लिए कहा। बाजीराव ने वैद्यजी को दक्षिणा देकर विदा किया। मोरोपंत पुनः वैद्यजी को उनके घर तक छोड़ने के लिए गए।

3

पेशवा बाजीराव द्वितीय का बिठूर स्थित भवन काफी बड़ा और आलीशान था। मनू और मोरोपंत इसी भवन के एक भाग में रहा करते थे। जिस रात नाना माथे की चोट से घायल होकर अपने बिस्तर पर आराम कर रहे थे। उस रात मनू अपने कक्ष में पिता के साथ बैठकर काफी समय तक बातें करती रही। मोरोपंत अपनी बेटी को बताया करते थे कि पुराने जमाने में युद्ध कितनी बहादुरी के साथ लड़े जाते थे। मनू अपने पिता को 'काका' कहा करती थी। उसे अपने पिता के मुख से युद्ध की बातें बड़ी अच्छी लगती थीं। युद्ध की बातों में मनू की गहरी दिलचस्पी थी। उसकी इस रुचि को देखकर मोरोपंत को कभी-कभी लगता था कि उनकी पुत्री पिछले जन्म की कोई सम्राट या किसी सेना की नायक तो नहीं है?

"आजकल अंग्रेज लोग किस प्रकार का युद्ध लड़ते हैं, काका?" मनू को नींद

नहीं आ रही थी इसलिए उसने अपने पिता से जिज्ञासावश पूछना शुरू किया।

मोरोपंत अपनी पुत्री को बताने लगे, "अंग्रेज लोगों के पास अच्छी-अच्छी बंदूकें और तोपें हैं बेटी! इस तरह के खतरनाक आधुनिक हथियारों को वे अपने साथ अपने देश से लेकर आए हैं। इन अस्त्रों की मारक क्षमता तलवार, भाले और बर्छियों की तुलना में कई गुनी ज्यादा होती है। अंग्रेजों के ऐसे तेज हथियारों के कारण भारतीय शासकों द्वारा अंग्रेजों को जीतना कभी-कभी बड़ा मुश्किल पड़ जाता है।"

"क्या बंदूक और तोप जैसे हथियारों को हमारे देश में नहीं बनाया जा सकता, पिताजी?" मनू ने एकाएक प्रश्न किया।

मोरोपंत ने मनू के प्रश्न का उत्तर देते हुए कहा, "बनाया जा सकता है बेटी! क्यों नहीं बनाया जा सकता। कुछ भारतीय राजाओं ने अपने-अपने स्तर पर इस प्रकार के भारी हथियारों को बनाना शुरू भी कर दिया है।"

मनू–"पिताजी, मुझे तो अंग्रेजों के इरादे कुछ ठीक नहीं लगते···।"

मोरोपंत–"तुम ठीक कहती हो बेटी! अंग्रेज लोग काफी चालाक, पढ़े-लिखे और कूटनीतिक लोग हैं।···अच्छा अब सो जाओ बेटी। रात काफी हो चुकी है। तुम्हें सुबह जल्दी उठना है और मैं भी दिन भर के कार्यों के कारण बहुत थक गया हूँ। मुझे भी नींद आ रही है।"

"ठीक है, पिताजी!" इतना कहकर मनू अपने छोटे से पलंग पर जाकर लेट गई। लेकिन नाना की चोट की चिन्ता की वजह से मनू को नींद नहीं आई। उसने सोचा कि नाना की चोट का कारण वह स्वयं है। मुझे भैया से अपनी गलती की माफी माँग लेनी चाहिए। सुबह जब भैया सोकर उठेंगे तो मैं उनसे माँफी अवश्य माँग लूँगी।

ऐसा सोचती हुई मनू सुबह होने का इंतजार करने लगी। तभी उसे अंग्रेजों का ख्याल आया। वह सोचने लगी–'बिठूर के लोग अंग्रेजों को अच्छा नहीं कहते। सब कहते हैं कि अंग्रेज ठीक इंसान नहीं हैं। वे बड़े मतलबी, मौकापरस्त और स्वार्थी किस्म के इंसान हैं। लेकिन मुझे इससे क्या? जब मुझे कोई अंग्रेज आदमी मिलेगा और मुझे परेशान करने लगेगा तो मैं उससे निपट लूँगी।'

इसी तरह के ख्याल सोचते-सोचते मनू को नींद आ गई। मोरोपंत ने आधी रात के समय देखा, बेटी ने ठंड से बचने के लिए चादर नहीं ओढ़ी है। उन्होंने तुरंत पलंग से चादर लेकर बेटी को ओढ़ा दी।

प्रातःकाल नाना के जागने से पहले ही मनू की नींद खुल गई। हाथ-मुँह धोकर

जब वह नाना के कमरे में आई तो नाना ने अलसाए हुए नेत्र बड़े धीरे से खोले। मनू को सामने देखते ही नाना का चेहरा प्रसन्नता से खिल उठा। मनू ने सोचा था कि नाना पिछले दिन की चोट की वजह से मुझे दोषी मान रहे होंगे तथा मुझसे गुस्सा होंगे लेकिन नाना के सहज भाव वाले चेहरे को देखकर ऐसा लगता था कि नाना पिछले दिन की बात से नाराज नहीं हैं।

स्वभाव से नाना काफी समझदार किस्म के लड़के थे। वे मनू से कुछ वर्ष बड़े थे, इसलिए उनके अंदर मनू से ज्यादा समझदारी तथा गंभीरता थी।

"मुझे माफ कर दीजिए भैया! मेरे कारण आपको इतनी तकलीफ सहनी पड़ रही है। आपकी चोट की कसूरवार तो मैं हूँ।" मनू ने नम्रतापूर्वक नाना के आगे अपने दोनों हाथ जोड़ते हुए कहा। इस पर नाना सहज मुस्कान के साथ कहने लगे– "अरे नहीं-नहीं मनू! तेरा इसमें कोई दोष नहीं है। ऐसी चोटें तो हम लोगों को खेल खेलते समय अक्सर करके लग ही जाती हैं। फिर वैद्यजी ने माथे पर कल रात दवाई बाँध दी थी इसीलिए अब माथे पर दर्द काफी कम है। एक-दो दिन में सब ठीक हो जाएगा मनू! तू चिन्ता मत कर।''गलती तो मेरी ही थी। मुझे घोड़ा दौड़ाने में इतनी जल्दबाजी नहीं करनी थी। घोड़ा तो बेचारा उस ओर ही दौड़ेगा, जिधर उसका मालिक ले जाना चाहेगा। घुड़सवार का फर्ज है कि वह अपने घोड़े को मार्ग के अवरोध ों से बचाकर चले। मैंने रास्ते की रुकावट की ध्यान न रख और घोड़ा आगे दौड़ा दिया। बेचारा ठोकर खा गया। चोट तो उसके भी लगी होगी मनू! अब मेरा घोड़ा कहाँ है?"

मनू–"उसे दाना-पानी देकर घुड़साल में बाँध दिया गया है। अब तक वह स्वस्थ हो चुका होगा।"

नाना–"क्या वैद्यजी ने मेरे घोड़े की टाँग की भी दवा की थी?"

नाना की बात सुनकर मनू खिलखिलाकर हँस पड़ी। उसने अपनी हँसी रोकते हुए कहा–"घोड़ों को दवा पट्टी की जरूरत नहीं पड़ती भैया। ये सब चीजें तो आदमी के लिए ही चाहिए। वे बेचारे तो वैसे ही ठीक हो जाते हैं। तुम्हारे घोड़े की टाँग से खून थोड़े ही बहा था जो उसकी मरहम-पट्टी की जाती?"

मनू की यह बात सुनकर नाना झेंप गए और धीरे से मुस्कराने लगे।

दो-तीन दिन में नाना की चोट का दर्द मामूली-सा रह गया। मनू चंचल स्वभाववाली बालिका तो थी ही। उसने नाना के सम्मुख इच्छा प्रकट की कि दोपहर के समय घोड़े पर घूमने चलें। शाम होने से पहले ही घर वापिस लौट आएँगे। नाना ने पहले तो अपने पिता के डर से जाने के लिए आनाकानी की लेकिन जब मनू

ने नाना की हिम्मत और साहस की याद दिलाई तो नाना घूमने जाने के लिए राजी हो गए।

लेकिन इतने में बाजीराव उनके पास आ गए। जब मनू ने उनसे नाना को घूमने ले जाने की अनुमति लेनी चाही तो बाजीराव ने मना कर दिया। बाजीराव का कहना था कि जब तक उनके पुत्र का स्वास्थ्य पूरी तरह से ठीक नहीं हो जाता, उनको घर से बाहर कहीं भी नहीं ले जाया जा सकता।

मनू का जोर नाना पर तथा अपने पिता के ऊपर तो खूब चलता था लेकिन महाराज बाजीराव के सामने वह हिम्मत हार जाती थी। पूरे भवन के अंदर पेशवा बाजीराव द्वितीय ही एकमात्र ऐसे प्राणी थे जिनकी बात को मनू तो क्या, भवन में रहने वाला कोई भी व्यक्ति या बिठूर का कोई भी नागरिक नहीं टाल सकता था।

जब महाराज बाजीराव ने नाना को घूमने ले जाने के लिए मना कर दिया तो मनू की क्या हिम्मत थी जो उनकी मर्जी के बिना नाना को अपने साथ घूमने ले जाती? जब बाजीराव मनू और नाना को इस संबंध में समझाकर चले गए तो मनू निराश होकर कहने लगी—"कोई बात नहीं भैया जी! हमको महाराज की बात का मान रखना चाहिए। वे आपके पिता और हमारे संरक्षक हैं। अगर वे हमसे नाराज हो जाएँगे तो हम कहाँ जाएँगे। इनके बिना तो दुनिया में हमारा सहारा और कोई नहीं है।"

नाना ने विश्वास भरे नेत्रों से मनू की ओर देखा। उन्हें ऐसा लगा मानो मनू पहले से कहीं ज्यादा समझदार हो चली है।

कभी-कभी तो मनू इतनी गहराई और गंभीरता से बात करती थी कि भवन के लोगों को उसकी बातें सुनकर अपने दाँतों तले अँगुली दबा लेनी पड़ती थी।

दो-तीन दिन और गुजर गए। अब नाना काफी हद तक स्वस्थ हो चुके थे लेकिन उनको अभी पूरी तरह से स्वस्थ नहीं कहा जा सकता था। मनू के मन में इच्छा उत्पन्न हुई कि नाना को हाथी पर चढ़कर घुमाया जाए। सिर की चोट के कारण उनको घोड़े पर बैठने की अनुमति तो नहीं मिल सकती थी लेकिन हाथी पर बैठने के लिए महाराज कभी मना नहीं करेंगे—मनू ऐसा सोचती थी।

मौका देखकर मनू ने बाजीराव के सम्मुख अपनी इच्छा प्रकट की—"महाराज! भैया तो अब ठीक हो गए हैं। आपने इन्हें घोड़े की सवारी करने के लिए मना किया है लेकिन ये हाथी की तो सवारी कर सकते हैं?"

"तुम क्या कहना चाहती हो, बेटी?" बाजीराव ने बड़े प्यार से मनू को पूछा।

वे मनू से बड़ा स्नेह किया करते थे। मनू कहने लगी–"कई दिन से भैया अपने भवन से बाहर नहीं निकले, उनका भी मन करता होगा बाहर घूम आने के लिए। अगर आप भैया को बाहर ले जाने की अनुमति दें तो मैं उन्हें हाथी पर बिठाकर घुमा लाऊँ? इस तरह उनका घूमना का घूमना हो जाएगा और भैया का मन भी बहल जाएगा?"

इतने में मनू के पिता मोरोपंत ने आकर मुस्कराते हुए कहा, "तू बड़ी नटखट है मनू! अरी यह क्यों नहीं कहती कि तेरा मन हाथी पर बैठने का कर रहा है? बेकार में नाना जी का बहाना क्यों बनाती है?"

इसके बाद मोरोपंत ने बाजीराव की ओर मुखातिब होकर कहा–"महाराज! नाना साहब को हाथी पर बैठकर थोड़ा घूम आने दीजिए। यदि आपकी आज्ञा हो तो मैं हाथी को सजवाकर तैयार करवा दूँ? दोनों बच्चों का मन बहल जाएगा।"

"ठीक है मोरोपंत जी! आप कहते हैं तो नाना को हाथी की सवारी करने की अनुमति दिए देता हूँ लेकिन महावत से कहिएगा कि हाथी को आहिस्ता से चलाए। हमारे बेटे को किसी प्रकार की तकलीफ नहीं होनी चाहिए?"

इससे पहले कि मोरोपंत, बाजीराव की बात का जवाब देते, छबीली मनू ने पेशवा बाजीराव द्वितीय को आश्वासन देते हुए कहा–"आप किसी प्रकार की चिन्ता मत कीजिए महाराज! मैं हूँ न नाना भैया के साथ। मैं इनको किसी प्रकार की तकलीफ नहीं होने दूँगी। मेरे होते हुए इन पर किसी प्रकार की आँच नहीं आएगी।"

मनू की बात सुनकर बाजीराव मुस्करा दिए लेकिन मोरोपंत चिन्ता में पड़ गए। वे सोच रहे थे कि मनू कहीं सचमुच ही हाथी पर बैठने की जिद न करने लगे। नाना साहब तो राजकुमार हैं। महाराज के दत्तक पुत्र हैं। वे शाही हाथी पर बैठकर घूमने जा सकते हैं। लेकिन हम लोग तो कोई सामंत या सरदार नहीं हैं। हम तो महाराज के केवल सेवक मात्र हैं। क्या मेरी बेटी मनू, नाना साहब के साथ हाथी पर बैठकर अच्छी लगेगी? बिठूर के लोग क्या कहेंगे? एक सेवक की बेटी और महाराज के पुत्र के साथ हाथी पर सवारी कर रही है? इससे महाराज को शर्मिन्दगी महसूस न होगी? नहीं-नहीं। मुझे किसी भी तरह मनू को नाना साहब के साथ हाथी पर चढ़ने से रोकना होगा। घोड़े की सवारी करने की बात और है। यों तो सैनिक भी महाराज के पीछे-पीछे घोड़ों पर बैठकर जाते हैं लेकिन क्या महाराज किसी साधारण से सैनिक की या उसके परिवार के किसी सदस्य को अपने साथ हाथी पर बिठा सकते हैं? कभी नहीं। क्योंकि अगर महाराज भावनावश ऐसा करेंगे तो उनकी शान मिट्टी में मिल जाएगी।...महाराज ने मनू को नाना के साथ बैठने पर किसी तरह की आपत्ति प्रकट नहीं की, यह तो उनकी उदारता है लेकिन मुझे तो महाराज की

मान-मर्यादा का ख्याल रखना होगा।

मोरोपंत अभी खड़े-खड़े ऐसा सोच ही रहे थे कि बाजीराव ने उनसे पूछा– ''मोरोपंत जी''''

''कहिए महाराज?'' मोरोपंत ने विनम्रतापूर्वक पूछा।

बाजीराव–''हाथी पर सवारी करने से नाना के माथे की चोट को धमक तो नहीं लगेगी?''

मोरोपंत–''नहीं, महाराज! मैं हाथी की पालकी में बहुत मुलायम गद्दे और तकिए लगवा देता हूँ और महावत से कहूँगा कि वह हाथी को बहुत धीरे-धीरे चलाए।''

''तब तो ठीक है मोरोपंत जी। आप बच्चों को हाथी की सवारी करने भेज दीजिए।''

इस तरह नाना को हाथी की सवारी करने की अनुमति मिल गई। मनू खुशी के मारे दौड़ी-दौड़ी यह खबर सुनाने के लिए नाना के कक्ष की ओर गई। उसने नाना के कक्ष में कदम रखते ही कहा–''आपको हमारे साथ हाथी की सैर करने की अनुमति महाराज ने दे दी है भैया।''

''क्या सच, मनू!'' नाना ने खुशी के मारे आँखें चमकाते हुए कहा।

मनू बोली, ''हाँ भैया, मैं ठीक कह रही हूँ। पिताजी हमारे लिए एक बड़ा-सा हाथी सजवाकर तैयार करवा रहे हैं। बस आप भी जल्दी से तैयार हो जाइए। अभी कुछ ही देर में सैर के लिए चलना है।''

''ठीक है, मैं अभी तैयार होता हूँ।'' इतना कहकर नाना स्नान आदि करने के लिए चले गए और मनू भी अपने नए कपड़े पहनने के लिए अपने कक्ष की ओर चली गई।

कुछ ही देर में मोरोपंत एक हाथी को सजाकर भवन के दरवाजे पर लाए। हाथी के साथ एक कुशल महावत भी था, जिसके हाथ में अंकुश था। नाना के सेवक ने उसे बताया कि हाथी दरवाजे पर आ चुका है। तब नाना सजी-धजी पोशाक में तेज कदमों से चलते हुए दरवाजे पर आए। हाथी को सजा-धजा देखकर उनका चेहरा प्रसन्नता से खिल उठा।

''आइए, छोटे साहब, मैं आपको पालकी में चढ़ाता हूँ।'' इतना कहकर मोरोपंत और महावत ने सहारा देकर नाना को हाथी की पालकी में चढ़ा दिया। नाना ने इधर-उधर देखते हुए कहा–''मनू कहाँ है?''

मोरोपंत ने बहाना बनाया–''आप अकेले ही घूमने चलिए नाना साहब। वह

नटखट लड़की आपके साथ जाकर क्या करेगी? अगर आप उसे अपने साथ ले गए तो सारा समय आपको बेकार की बातें सुनाकर आपका दिमाग खराब करती रहेगी। इससे आपकी सैर का आनंद खराब हो जाएगा।''

मोरोपंत की बात मानकर नाना ने अकेले ही सैर करने का मन बना लिया। उन्हें पता था कि मनू एक चंचल लड़की है। उसके चक्कर में अगर मैं हाथी से नीचे गिर पड़ा तो बहुत चोट आएगी। पिताजी अलग से डाँटेंगे।

कुछ ही क्षणों में नाना हाथी की पालकी में बैठकर सैर के लिए चल दिए। जब मनू तैयार होकर भवन के द्वार पर आई तो हाथी उसे वहाँ नहीं मिला। हाथी को महावत लेकर जा चुका था। बाजीराव ने अपने पुत्र की रक्षा के लिए कुछ सैनिक भी हाथी के साथ-साथ भेज दिए थे। ये सैनिक हाथी को घेरकर चल रहे थे ताकि कोई जंगली जानवर या शत्रु नाना के ऊपर हमला न कर सके।

मनू को यह देखकर दुख हुआ कि नाना ने हाथी की सवारी करते वक्त मनू का जरा भी ध्यान नहीं रखा और अकेले ही हाथी की पालकी में बैठकर सैर के लिए चल दिए। यदि मैं महाराज से न कहती तो वे कभी नाना को हाथी की सैर की इजाजत नहीं देते। नाना को तो मेरा शुक्रिया मानना चाहिए और आदर सहित मुझे अपने हाथी पर बिठाना चाहिए। ऐसा करने के बजाय नाना तो परायों जैसा बर्ताव कर रहे हैं। मुझे कोई ऐसी-वैसी परायी लड़की समझ अकेला छोड़कर चले गए।

ऐसा सोचते-सोचते मनू की आँखों से आँसुओं की दो बूँदें जमीन पर टपक पड़ीं। मोरोपंत से अपनी पुत्री की यह अवस्था छिपी न रह सकी। उन्होंने अपनी बेटी मनू से पूछा—''क्या हुआ, बेटी?''

मनू यह सोचकर हैरान थी कि नाना तो नाना उसके खुद के पिताजी उसके साथ अजनबियों जैसा व्यवहार कर रहे हैं। सब कुछ जानते हुए भी मेरे काका मुझसे पूछ रहे हैं कि क्या हुआ है? इन्होंने ही तो नाना को हाथी की पालकी पर चढ़ाया होगा। पिताजी को तो पता था कि मुझे हाथी की पालकी में बैठना कितना अच्छा लगता है फिर भी इन्होंने मुझे हाथी पर बैठने के लिए आवाज नहीं दी? मैं कोई ज्यादा दूर थोड़े ही थी। बस, नए कपड़े पहनकर तैयार हो रही थी?

खैर···मनू के पास अब इस तरह की बातें सोचने का ज्यादा समय नहीं था। उसे पता था कि अगर उसने अपना समय इस तरह के सोच-विचार में ही गँवा दिया तो हाथी उससे काफी दूर निकल जाएगा और फिर पता भी नहीं चलेगा कि हाथी कौन से रास्ते से और किधर गया है? यह सोचकर मनू ने भवन के दरवाजे के बाहर

खड़े अपने पिता से पूछा, "क्या नाना चले गए, पिताजी?"

"हाँ, बेटी!" मोरोपंत ने अपनी पुत्री के चेहरे पर आए परेशानी के भावों को पढ़ते हुए कहा, फिर पूछा, "क्या बात है, मनू?"

मनू से इस बार रहा न गया। उसने साफ-साफ शब्दों में कहा–"काका, हाथी लौटवा दीजिए। मैं उस पर बैठूँगी।"

मनू की यह बात सुनकर मोरोपंत हैरान रह गए। वह जानते थे कि मनू जिद्दी लड़की है। एक बार यदि किसी हठ की बात मन में ठान लेती है तो उसे पूरा करके ही रहती है। उन्होंने प्रेमपूर्वक मनू को समझाने का प्रयास करते हुए कहा–"ऐसा नहीं हो सकता पुत्री! नाना को बड़ी मुश्किल से सुबह की सैर के लिए भेजा है, वे वापिस नहीं लौट सकते। मैं तुमको कल अपने साथ एक अलग हाथी पर घुमा दूँगा।"

मनू ने रुँआसा होकर कहा, "नहीं काका। मुझे नाना के साथ ही हाथी पर बैठना है। महावत को पुकारिए काका। किसी को भेजकर हाथी वापिस बुलवा लीजिए। मुझे नाना के साथ सैर पर जाना है।"

"जिद नहीं करते बेटा! मैंने कहा न कि मैं तुमको कल हाथी की सैर करा दूँगा। समझने की कोशिश करो बेटी! आओ पुत्री! मैं तुम्हें अंदर चलकर समझाता हूँ। तुम इस प्रकार नाना के साथ हाथी पर बैठकर सैर के लिए नहीं जा सकतीं।" कहने के साथ ही मोरोपंत ताम्बे अपनी पुत्री मनूबाई को भवन के अंदर बने अपने कक्ष में ले गए। उन्होंने मनू को कक्ष में बिठाकर समझाया, "बेटी! हम लोग न तो छत्रधारी हैं और न कोई सामंत या सरदार! फिर हम अपने मालिक और अन्नदाता के पुत्र के साथ हाथी पर कैसे बैठ सकते हैं? पुत्री! तुम तो पढ़ी-लिखी और समझदार हो, फिर यह छोटी-सी बात क्यों नहीं समझती? तेरे भाग्य में हाथी नहीं लिखा है बेटी, हठ मत कर।"

मनू को अपने पिता की यह बात अच्छी नहीं लगी। उसने होठों को सिकोड़ते हुए अपने पिता से चुनौती भरे अंदाज में कहा–"मेरे भाग्य में एक नहीं पूरे दस हाथी लिखे हैं काका!"

मनू की बात सुनकर मोरोपंत को हँसी आ गई। मनू की हाथी पर बैठने की बात को लेकर जो तनाव उनके दिमाग में आ गया था, वह मनू की इस बात से एकाएक गायब हो गया। मोरोपंत सोचने लगे कि मेरी पुत्री क्या कह रही है? उसके भाग्य में एक नहीं बल्कि दस हाथी लिखे हैं, दस हाथी!

"यह तू क्या कह रही है बेटी! तेरे भाग्य में दस हाथी लिखे हैं?" मोरोपंत

ने हास्यपूर्वक अपनी पुत्री से पूछा।

मनू गर्व से कहने लगी–"हाँ काका! आप मेरी बात सुनकर चौंकिये मत! मैं सच कह रही हूँ।"

"चल, रहने दे मनू!"

मोरोपंत ने अपनी पुत्री की बात नहीं मानी। मनू के मन में अभी भी नाना के साथ सैर पर जाने की चिंता थी। वह अपने पिता से कहने लगी–"काका! मैं अपना घोड़ा लेकर आती हूँ।"

"घोड़ा किसलिए, बेटी?"

"मैं नाना के साथ हाथी पर नहीं बैठ सकती लेकिन अपने घोड़े पर बैठकर तो उसके साथ सैर करने जा सकती हूँ? मैं नाना के हाथी को तंग करूँगी।"

"अरे रहने दे पुत्री! कहीं हाथी बिगड़ गया और नाना को पालकी से गिरा बैठा तो बड़ी मुसीबत आ जाएगी। महाराज तुझे और मुझे कभी माफ नहीं करेंगे।"

"तो फिर मैं क्या करूँ काका! नाना के साथ मैं हाथी पर बैठ नहीं सकती, घोड़े पर चढ़कर उनके साथ जा नहीं सकती…।" कुछ क्षण सोचने के बाद मनू ने कहा–"तो फिर ठीक है। मैं आज बंदूक से निशानेबाजी करूँगी।"

"बंदूक की निशानीबाजी! क्यों बेटी?"

मनू–"क्योंकि मैंने सुना है कि अंग्रेज लोग बंदूक से बड़ा अच्छा निशाना लगा लेते हैं। हम भारतवासियों को उनसे किसी बात में कम नहीं पड़ना चाहिए। मैं बंदूक की अच्छी निशानेबाज बनना चाहती हूँ ताकि किसी अंग्रेज से मुठभेड़ होने पर मैं उसको सबक तो सिखा सकूँ।"

"ठीक है, पुत्री! जैसा तुम कहो। चलो आज हम दोनों निशाना लगाने पहाड़ी पर चलते हैं।"

इतना कहकर मोरोपंत ने अपनी बंदूक उठाई और दूसरी बंदूक भी साथ में ले ली। बंदूक काफी भारी थी और मनू की आयु छोटी थी। वह कहाँ इतनी भारी बंदूक लेकर चलती?

बाजीराव के आलीशान मकान के सामने एक ऊँची पहाड़ी थी। दोनों पिता-पुत्री ने इसी पहाड़ी पर बंदूक चलाने का अभ्यास किया। मोरोपंत ने अपनी पुत्री को अच्छा निशाना लगाना सिखाया और खुद भी अपनी बंदूक से निशाना लगाने लगे।

जब मनू ने पहले-पहल बंदूक से निशाना लगाने की इच्छा प्रकट की थी, तो

मोरोपंत उसके लिए चिड़िया मारने वाली एक छोटी-सी हल्की बंदूक लेकर आए थे। कुछ ही दिनों में उस छोटी बंदूक से मनू का मन भर गया। इसके बाद उसे अपने पिता से अपने लिए एक अलग बड़ी बंदूक की माँग करनी पड़ी। बड़ी मुश्किल से मोरोपंत ने अपनी पुत्री के लिए एक बंदूक हासिल की। उनके पास अपनी बंदूक पहले से ही थी।

मोरोपंत काफी समय तक अपनी पुत्री मनू के साथ निशाना लगाते रहे। तभी नाना हाथी की सवारी करके वापिस लौट आए। मनू के बिना हाथी की सवारी करने में उनका मन नहीं लगा। उन्हें अफसोस हो रहा था कि वे मनू को अपने साथ सैर पर क्यों नहीं ले गए? अगर मनू उनके साथ होती तो उन्हें कई तरह की प्यारी-प्यारी बातें सुनकर उनका मन बहलाती। मनू के बिना उनकी सुबह की सैर सूनी-सूनी ही रही।

जब मनू को दूर से ही नाना का हाथी आता दिखाई दिया तो वह बंदूक को जमीन पर पटक नाना को देखने के लिए पहाड़ी से नीचे की ओर उतरने लगी। एक प्रकार से उसे गुस्सा भी आ रहा था नाना पर। जब नाना हर खेल में उसके साथ होते हैं तो वे मुझे हाथी की सैर पर साथ ले जाना क्यों भूल गए थे?

जैसे ही हाथी भवन के द्वार पर आया, महावत ने हाथी रोककर नाना को आहिस्ते से नीचे उतारा। मनू के पीछे-पीछे दोनों बंदूकें लेकर उसके पिता भी मुस्कराते हुए चले आए। मनू को देखते ही नाना का चेहरा प्रसन्नता से खिल उठा। वे मनू से कहने लगे–''अच्छा! मुझको अकेले हाथी पर बैठाकर यहाँ बंदूक की निशानेबाजी का मजा लिया जा रहा है। क्यों छबीली?''

नाना जब मनू को चिढ़ाने के लिए छबीली कहते थे तो मनू को गुस्सा आ जाता था। मनू ने रूँठते हुए नाना से कहा–''मुझे झबीली मत कहा करो नाना। जाओ, मैं तुमसे नहीं बोलती।''

नाना ने मनू को और चिढ़ाया–''हाथी पर बैठने से मेरे सिर का दर्द तो अच्छा हो गया।''

मनू–''तो क्या मेरे सिर में दर्द करने का विचार है?''

दोनों बच्चों की बात सुनकर मोरोपंत ने हँसते हुए कहा–''अच्छा, चलो-चलो, भाई, अंदर चलो। नाना को भूख लगी होगी। जब नाना खाना खा लें, तब उनसे तुम लड़ लेना मनू बेटी!''

नाना मुस्कराते हुए मोरोपंत के पीछे-पीछे चल दिए और बीच-बीच में जीभ निकालकर मनू को चिढ़ाने भी लगे। अब तो मनू से रहा न गया। वह उन्हें पकड़ने

के लिए उनके पीछे-पीछे भवन के अंदर दौड़ पड़ी।

4

तात्या दीक्षित शास्त्री ज्योतिष विद्या के बड़े जानकार और विद्वान समझे जाते थे। वे झाँसी में रहते थे। एक दिन वे पेशवा बाजीराव द्वितीय के पास, बिठूर पधारे। जब तात्या दीक्षित बाजीराव के घर आए तो बाजीराव और मोरोपंत ने उनका खूब आदर-सत्कार किया।

मोरोपंत को पता था कि तात्या दीक्षित ज्योतिष विद्या में निपुण होने के साथ-साथ विवाह-संबंध कराने में काफी माहिर माने जाते हैं तथा उनके पास वर और वधुओं के कई पते-ठिकाने होते हैं। मोरोपंत के एक ही पुत्री थी, और वह अब सयानी होने लगी थी। संसार की कई बातों की समझदारी मनू के अंदर आने लगी थी। यद्यपि मनू अभी किशोरी ही थी लेकिन मोरोपंत चाहते थे कि जल्दी से जल्दी अपनी पुत्री का विवाह कर दिया जाए ताकि बेटी के विवाह की चिन्ता से मुक्त हुआ जा सके।

तात्या दीक्षित शास्त्री अभी बाजीराव के यहाँ मेहमान बने हुए थे और उनकी खातिरदारी में किसी प्रकार की कमी नहीं की जा रही थी। अवसर देखकर मोरोपंत ने शास्त्री जी से विनती की–"शास्त्री जी! मुझे अपनी बेटी के विवाह की बड़ी चिन्ता है। मैं चाहता हूँ कि किसी अच्छे घराने और योग्य वर के साथ उसका विवाह कर दिया जाए। आपका तो अच्छे-अच्छे खानदानों से परिचय है। आप मेरी कन्या के लिए कोई योग्य वर बताइए?"

तात्या दीक्षित शास्त्री ने मनू को कई बार देखा था। वे जानते थे कि मनू पढ़ी-लिखी, होशियार, समझदार तथा सुंदर लड़की है। उसकी दृष्टि बड़ी कुशाग्र है। मोरोपंत ने अपनी बेटी की विशेषताओं के बारे में बताया–"शास्त्री जी! मेरी पुत्री को मराठी भाषा के साथ-साथ हिन्दी और अंग्रेजी भाषा का भी अच्छा ज्ञान है। धर्म- कर्म में उसकी खूब रुचि है। आप तो जानते ही हैं कि इसकी माँ इसे छोटा-सा छोड़कर भगवान के पास चली गई थी। तब से मैंने ही इसको पाला-पोसा और महाराज ने हम दोनों को अपने यहाँ रहने का आश्रय और सहारा दिया। महाराज के हमारे ऊपर बड़े अहसान हैं। मैं महाराज के अहसानों का कर्ज जिन्दगी भर नहीं चुका सकता।' "मेरी बेटी मनू को तलवार, भाला, बर्छी, तीर-कमान और बंदूक आदि सभी प्रकार

के हथियार चलाना और घुड़सवारी में मेरी बेटी बहुत माहिर हो चुकी है। पूजा-पाठ में भी उसकी रुचि है···।"

मोरोपंत ताम्बे की ये बातें सुनकर शास्त्री जी प्रसन्न हो उठे। उन्होंने खुशी के साथ कहा–"भई वाह! मुझे नहीं पता था कि आपकी बेटी मनू में इतनी सारी खूबियाँ हैं। मैं तो उसे केवल एक चंचल और नटखट लड़की ही समझता था।···आप मनू बिटिया की जन्मपत्री लेकर आइए, मोरोपंत जी।"

तात्या दीक्षित के कहने पर मोरोपंत अपनी बेटी की जन्मपत्री लेकर आए। मनू की जन्मपत्री को देखकर दीक्षित शास्त्री प्रसन्न हो उठे। उन्होंने अपने दाँतों तले अँगुली दबाते हुए कहा–"ऐसी विचित्र जन्मपत्री तो मैंने पहली बार देखी है। तुम्हारी बिटिया की जन्मकुण्डली में तो रानी बनने का योग है।"

"ये आप क्या कह रहे हैं पंडित जी।" मोरोपंत ने हैरानी और खुशी के साथ पूछा।

तात्या दीक्षित शास्त्री–"मैं बिल्कुल ठीक कह रहा हूँ मोरोपंत जी। आपकी बेटी की जन्मकुण्डली का योग तो यही बता रहा है कि यह विवाहित होकर रानी बनेगी।"

"लेकिन भला कौन राजा या राजकुमार मेरी बेटी के साथ शादी करेगा?"

"यह तो वक्त ही बताएगा।"

इतने में मनू शरबत के गिलास लेकर वहाँ आ गई। चूँकि गर्मी काफी पड़ रही थी, इसीलिए ठण्डा शरबत पीकर शास्त्री जी के दिल को चैन मिला। शराबत के खाली गिलास लेकर जब मनू जाने लगी तो तात्या शास्त्री ने मनू को अपने सम्मुख बिठाते हुए कहा–"अरे रुक तो बेटी! आ बैठ जा थोड़ी देर। मुझे तुझसे कुछ बात करनी है।···"

मनू शास्त्री जी के सम्मुख लाज से गर्दन झुकाकर बैठ गई।

शास्त्री जी ने मनू से पूछा–"बेटी! तूने शास्त्र पढ़े हैं?"

"जी! रामायण पढ़ी है।" मनू ने शालीनता और नम्रता के साथ जवाब दिया। उसे शायद पता चल चुका था कि पिताजी और शास्त्री जी के बीच मेरे विवाह की बातें हो रही हैं। इसलिए वह बहुत संभल-संभलकर जवाब दे रही थी।

शास्त्री जी ने मनू से उसकी अभिरुचियों तथा योग्यताओं से संबंधित और भी कई प्रश्न पूछे। अंत में उन्हें विश्वास हो गया कि मनू के अंदर कुशल गृहिणी बनने के सारे लक्षण मौजूद हैं। उन्होंने मनू की विशेषताएँ और खूबिया देखकर इस बात का अनुमान भी लगा लिया कि अगर यह कन्या विवाहित होकर किसी राजा की रानी बन जाए तो आश्चर्य की कोई बात नहीं है।

इतने में बाजीराव वहाँ आ गए। मनू उन्हें देखकर वहाँ से चुपचाप चली गई। बाजीराव ने शास्त्री जी से पूछा–"हमारी बेटी मनू को लेकर यहाँ क्या बातें हो रही थीं, पंडित जी?"

शास्त्री कहने लगे–"मोरोपंत जी अपनी पुत्री के विवाह की बात कह रहे थे। मैंने इनकी पुत्री की जन्मकुण्डली को देखा और कहा कि मनू शादी के पश्चात् रानी बनेगी!"

"क्या यह सच है, पंडित जी?" बाजीराव ने आश्चर्य के साथ पूछा।

शास्त्री–"बेटी की कुण्डली के लक्षण तो यही बता रहे हैं।"

बाजीराव–"हमारी प्यारी बेटी मनू रानी बने, इससे बढ़कर हमारे लिए खुशी की बात और क्या हो सकती है। क्यों मोरोपंत जी?"

"आप ठीक कह रहे हैं महाराज! मनू के रानी बन जाने से हम सबका सिर गर्व के मारे ऊँचा हो जाएगा।"

"आपका सिर नीचा ही कब था मोरोपंत जी?" शास्त्री जी की यह बात सुनकर तीनों पुरुष ठहाके लगा-लगाकर हँसने लगे। इसके बाद बाजीराव ने शास्त्री जी से पूछा–"झाँसी में सब कुशल-मंगल से तो है, पंडित जी?"

"आपकी दया से सब कुशल-मंगल है···।" तात्या दीक्षित ने उत्तर देते हुए कहा।

मोरोपंत ने जिज्ञासावश पूछा–"झाँसी में बाग-बगीचे तो खूब होंगे पंडित जी?"

तात्या दीक्षित शास्त्री–"किले के भीतर बहुत बड़ा बगीचा है और किले के बाहर भी कई बड़े-बड़े बाग-बगीचे हैं।"

मोरोपंत–"और झाँसी की सेना भी काफी बड़ी होगी?"

शास्त्री–"हाँ, काफी बड़ी है।"

"घोड़े भी काफी अच्छे होंगे?"

"हाँ, मोरोपंत जी!"

इस तरह झाँसी रियासत को लेकर तीनों में बातचीत होने लगी। शास्त्री ने बताया कि झाँसी के राजा गंगाधर राव की धर्मपत्नी का निधन हो चुका है। उनके कोई संतान नहीं है। अपने राज्य का उत्तराधिकारी पाने के लिए राजा साहब फिर से नया विवाह करना चाहते हैं। उन्होंने अपने लिए कोई योग्य वधू की तलाश करने की जिम्मेवारी मुझको सौंपी है। मैं इधर-उधर घूमकर महाराज के लिए किसी अच्छी कन्या की तलाश कर रहा हूँ।"

"तो फिर आपकी तलाश अब पूरी हुई पंडितजी। हमारी मनू बिटिया राजा गंगाधर राव के लिए बिल्कुल ठीक रहेगी।" वृद्ध बाजीराव ने उत्साह के साथ कहा।

मोरोपंत ने शंका प्रकट की–"लेकिन झाँसी सम्राट की उम्र हमारी पुत्री से बहुत ज्यादा है महाराज! क्या उनके साथ अपनी बेटी का विवाह करना ठीक रहेगा?"

शास्त्री जी ने मोरोपंत को समझाया–"राजाओं के साथ संबंध स्थापित करने में उनकी उम्र नहीं देखी जाती मोरोपंत जी! और फिर राजा जब तक अपने राज्य के सिंहासन पर बैठा होता है, वह कभी बूढ़ा नहीं होता। इस बात को आप ध्यान रखिए।"

"फिर जैसी आप दोनों की मर्जी।" मोरोपंत ने विनम्रतापूर्वक कहा।

तात्या दीक्षित शास्त्री कहने लगे–"मैं शीघ्र ही झाँसी जाऊँगा और महाराज गंगाधर राव से इस संबंध में बात करके लौटूँगा। मुझे विश्वास है कि वे मेरी बात को सुनकर मान जाएँगे।"

एक-दो दिन बाजीराव के घर और विश्राम करके शास्त्री जी झाँसी के लिए चले गए। बाजीराव ने उनको काफी दान-दक्षिणा देकर विदा किया। बाजीराव और मोरोपंत को उम्मीद थी कि तात्या दीक्षित शास्त्री मनू के लिए झाँसी नरेश का संबंध पक्का करके ही लौटेंगे।

जब तात्या दीक्षित शास्त्री झाँसी पहुँचे तो वे झाँसी के राजा गंगाधर राव से मिले। राजा गंगाधर राव ने उनकी यात्रा की कुशल-क्षेम पूछी। शास्त्री ने राजा को मनू के विषय में बताते हुए कहा कि वह कन्या सर्वगुण सम्पन्न है तथा आपके लिए बिल्कुल उचित रहेगी। शास्त्री जी मनू की जन्मपत्री को अपने साथ ले आए थे। उन्होंने मनू की जन्मपत्री का राजा की जन्मपत्री के साथ मिलान किया। संयोगवश दोनों की जन्मपत्रियाँ मिल गईं। राजा गंगाधर राव ने मोरोपंत ताम्बे की पुत्री मनूबाई से विवाह करना प्रसन्नतापूर्वक स्वीकार कर लिया।

जब मनू और झाँसी नरेश की जन्मकुण्डली मिल गई और झाँसी नरेश से इस विवाह की अनुमति प्राप्त हो गई तो कुछ ही दिनों में तात्या शास्त्री झाँसी के कुछ विशिष्ट राजकर्मचारियों को अपने साथ लेकर बिठूर आ गए। राजा गंगाधर राव की इस विवाह के लिए रजामंदी देख मनू के पिता मोरोपंत और बाजीराव बड़े प्रसन्न हुए। उन्होंने अपने घर आए मेहमानों का खूब आदर-सत्कार किया।

इस प्रकार मनू का झाँसी नरेश गंगाधर राव से विवाह होना तय हो गया।

जब राजकर्मचारियों ने मनू को संपूर्ण श्रृंगार में सजे-धजे देखा तो वे बड़े प्रसन्न हुए।

इसके बाद राजा गंगाधर राव एक दिन स्वयं चलकर मनू को देखने के लिए आए और उसी दिन मनू की सगाई की रस्में पूरी की गईं। उस दिन मनू को रंगीन रेशमी साड़ी और सोने के आभूषण पहनाए गए। बाजीराव ने मनू की सगाई के लिए विशेष प्रकार के आभूषण बनवाए थे। मनू को उस दिन वे ही आभूषण पहनाए गए थे।

जब मनू की सगाई हो चुकी तो नाना उसे चिढ़ाने लगे–"हमारी मनू अब तो दुल्हन बनेगी। झाँसी के राजा के साथ शादी करेगी हमारी छबीली!"

जब नाना ने छबीली कहकर मनू को चिढ़ाया तो मनू उनसे रूँठती हुई बुरा-सा मुँह बनाकर कहने लगी–"देखो भैया! मुझे छबीली मत कहो वर्ना मैं तुमको बहुत डाँटूँगी।"

नाना ने मनू के अनुरोध पर ध्यान न देकर उसे फिर चिढ़ाया–"मनू! अब तो तू झाँसी के हाथियों पर बैठकर यहाँ आया करेगी, हमसे मिलने?"

मनू ने समझ लिया कि नाना ऐसे मानने वाले नहीं हैं। इसलिए उसने भी नाना को निर्भीकता के साथ और संकोचरहित होकर जवाब देना शुरू किया–"हाँ-हाँ। मैं दस-दस हाथियों पर चढ़कर आया करूँगी। मेरे साथ मंत्री और सेनापति सब आएँगे।"

नाना ने हँसते हुए कहा–"और अगर अंग्रेजों ने तेरी झाँसी पर धावा बोल दिया तो?"

मनू–"तो मैं एक-एक अंग्रेज को सबक सिखा दूँगी।"

नाना–"तुम तो बड़ी बहादुर हो, छबीली!"

मनू–"देखो नाना! तुमने फिर मुझे छबीली कहा। यह बात अच्छी नहीं। छबीली मेरे बचपन का नाम है। अब मैं बड़ी हो गयी हूँ। अब तो मेरी शादी होने वाली है। अब तुम मुझे छबीली मत कहा करो।"

नाना–"ठीक है, हम आज से तुमको झाँसी की रानी कहा करेंगे।"

"धत्त!" इतना कहकर मनू ने अपने होठ बिचका लिए और शरमाती हुई धीरे-धीरे मुस्कराने लगी। नाना उसकी मुस्कराहट को देख खिलखिलाकर हँस पड़े।

इतने में मनू के पिता मोरोपंत अपने स्वामी बाजीराव के साथ वहाँ आ गए। महाराज और पिता को एक साथ देखकर मनू ने नाना की ओर बनावटी क्रोध भरी आँखें दिखाईं और लाज के मारे अपनी गर्दन झुकाती हुई चली गई। नाना को भूख

लगी थी इसलिए वे भी मुस्कराते हुए भोजन करने के लिए भोजन-कक्ष की ओर चले गए।

5

झाँसी के राजा गंगाधर राव ने विवाह के ब्यौरों की चर्चा करने के लिए बिठूर के कई दक्षिणी ब्राह्मणों को बुलाया। उनके साथ ही झाँसी के भी प्रतिष्ठित ब्राह्मणों को दरबार में आमंत्रित किया गया। सबने मिलकर तय किया कि महाराज का नवीन विवाह झाँसी में किया जाएगा।

तात्या दीक्षित शास्त्री भी सभी ब्राह्मणों के साथ महाराज के दरबार में बैठे हुए थे। उन्होंने सभी ब्राह्मणों को बताया कि इस विवाह का सारा खर्च महाराज गंगाधर राव वहन करेंगे तथा यह भी कहा कि नई वधू मनूबाई के पिता, मोरोपंत ताम्बे का निवास झाँसी में ही रहेगा।

कुछ दिन पश्चात् मनू की शादी की खूब धूमधाम के साथ तैयारियाँ होने लगीं। मनू अपने विवाह को लेकर बड़ी खुश थी। उसे सबसे बड़ी खुशी इस बात की थी कि वह विवाह के पश्चात् झाँसी की रानी कहलाएगी।

झाँसी नगर काफी पुराना था। इस नगर में गणेश जी का एक पुराना मंदिर था। झाँसी राज्य के लोगों की यह प्रथा थी कि विवाह-संस्कार के पहले वर को गणेश जी के मंदिर में 'सीमंती' तथा 'वरपूजा' आदि रीतियों का निर्वाह करना पड़ता था।

इस समय झाँसी के राजा गंगाधर राव वर के रूप में थे। उनको घोड़े पर बिठाकर विवाह रस्म पूरी करने के लिए गणेश मंदिर ले जाया गया। गणेश-मंदिर के रास्ते में वह स्थान भी था जहाँ मोरोपंत ताम्बे अपनी पुत्री मनूबाई और बिठूर के साथियों सहित विवाह-कार्य के लिए ठहरे हुए थे। वह स्थान एक आलीशान भवन के रूप में था। इस भवन की अटारी से मनू ने राजा गंगाधर राव को घोड़े पर जाते हुए प्रथम बार देखा।

मनू ने देखा कि राजा गंगाधर राव अधिक आयु के हैं लेकिन उनके मुख की बनावट सुंदर है, आँखों में लाल-लाल डोरे थे, जिसके कारण उनकी आँखें सुंदर व आकर्षक कम प्रतीत होती थीं, लेकिन भयानक ज्यादा दिखती थीं। राजा का पेट कुछ बड़ा था लेकिन ठीक लगता था। उनका रंग साँवला था और शरीर बलवान

था। कुल मिलाकर वे एक ऐसे पुरुष थे जिनसे विवाह किया जा सकता था। मनू को इन सब बातों की अधिक चिन्ता नहीं थी। उसे तो सबसे ज्यादा खुशी इस बात की थी कि झाँसी नरेश से विवाह करके वह रानी कहलाई जाएगी और राजमहल के अनेक नौकर-चाकर तथा कर्मचारीगण उसे झुककर सलाम किया करेंगे।

जब गणेश पूजा के लिए राजा गंगाधर राव की सवारी उधर से होकर गुजरी तो मनू काफी दूर तक टकटकी लगाए अपने होने वाले पति को देखती रही। राजा को देखती हुई वह मुस्करा रही थी। उसके पास बिठूर से आई कुछ और लड़कियाँ खड़ी हुई हैं। झाँसी के लोग मार्ग के दोनों ओर खड़े होकर अपने राजा को आदरपूर्वक प्रणाम कर रहे थे।

तभी मनू के पास एक कन्या आई। वह पन्द्रह साल की आयु की मराठी कन्या थी। उसके शरीर का रंग साँवला और आँखें बड़ी-बड़ी थीं। मनू के पास आते ही उसने अपनी गर्दन नीची करके मनू को आदरपूर्वक प्रणाम किया।

मनू ने उस अपरिचित लड़की से पूछा, "तुम कौन हो? तुम्हारा नाम क्या है?"

"मैं आपकी दासी हूँ। मेरा नाम सुंदर है···।" लड़की ने आदरपूर्वक उत्तर दिया।

मनू के मुँह से आश्चर्यवत् निकला–"मेरी दासी! वह कैसे?"

सुंदर कहने लगी–"आप हमारी महारानी हैं न। मुझे आपकी सेवा के लिए भेजा गया है।"

मनू को किसी का दासी या गुलाम बनना पसंद नहीं था। जब उसे सुन्दर ने बताया कि महाराज गंगाधर राव ने सोलह लड़कियों को आपकी सेवा के लिए भेजा है तो मनू कहने लगी–"नहीं-नहीं। तुम सब दासियाँ नहीं, मेरी सखी-सहेलियाँ बनकर मेरे साथ रहोगी। बोलो, मंजूर है?"

सुंदर लड़की ने स्वीकारात्मकपूर्वक अपनी गर्दन हिला दी।

कुछ क्षण राजा गंगाधर राव की ओर निहारने के पश्चात् मनू ने सुंदर से पूछा–"तुम्हें घोड़ों पर चढ़ना आता है?"

"हाँ, थोड़ा-सा आता है। मैं दौड़ खूब लेती हूँ। आप मुझे लगातार एक कोस दौड़ाइए तो जरा न हाँफूँगी।"

"बहुत अच्छी बात! मुझे ऐसी ही फुर्तीली सखी चाहिए।" मनू ने मुस्कराते हुए कहा। इसके बाद पूछा–"क्या तुम हथियार चलाना जानती हो?"

"नहीं, महारानी जी।"

"अरे, तुम तो अभी से मुझे महारानी कहने लगीं। खैर, कोई बात नहीं। मैं तुम्हें हथियार चलाना और घोड़ा दौड़ाना सिखा दूँगी।"

अब तक राजा गंगाधर राव की सवारी गणेश मंदिर के लिए आगे निकल चुकी थी। तभी मनू के पास पन्द्रह-सोलह वर्ष की दो लड़कियाँ और आईं। उन्होंने मनू को झुककर प्रणाम किया। बड़ी लड़की का नाम मुंदर था और छोटी का नाम काशी था। मनू ने जब दोनों के बारे में पूछा तो सुंदर ने बताया कि ये दोनों भी आपकी दासियाँ हैं तथा आपकी सेवा के लिए भेजी गई हैं। इस पर मनू ने कहा कि तुम अपने आपको मेरी दासी नहीं बल्कि सखी और सहेलियाँ समझो। मैं सबको अपनी सहेली बनाऊँगी। किसी को दासी नहीं बनाऊँगी।

मनू का ऐसा प्रेमपूर्ण तथा उदारतापूर्ण व्यवहार देखकर तीनों लड़कियों को खुशी हुई। काशी छोटे कद की लड़की थी लेकिन उसका शरीर सुगठित था जबकि सुंदर छरहरी देहवाली, लम्बी और हल्के साँवले रंग की थी। काशी और मुंदर गोरी थीं। उनकी आँखें चंचल और तेजपूर्ण थीं। तीनों लड़कियाँ कुणभी जाति की कन्याएँ थीं।

झाँसी के राजमहल से आई कुछ और कन्याएँ तथा स्त्रियाँ मनूबाई से मिलना चाहती थीं। मनू विवाह के पश्चात् झाँसी की महारानी बनने वाली थी। इसलिए सभी स्त्रियाँ मनू से बातें करने को बेताब थीं। मनू ने हाथ का संकेत करके उन सबको अपने पास बुला लिया तथा सभी का परिचय प्राप्त करते हुए उनसे बातें कीं। मनू ने सभी से कहा कि तुम सभी स्त्रियों और लड़कियों को मैं घोड़े की सवारी करना तथा बंदूक, बर्छी, तलवार, छुरी और कटार आदि सभी प्रकार के हथियार चलाना सिखाऊँगी।

मनू की बात सुनकर सभी स्त्रियों और लड़कियों के अंदर इस तरह की नई-नई चीजें सीखने का खूब उत्साह पैदा हो गया। ये सभी स्त्रियाँ अच्छे-अच्छे वस्त्र और गहने पहने हुई थीं। मनू ने हँसते हुए इन औरतों से कहा—"तुम लोगों को मैं कुश्ती लड़ना भी सिखाऊँगी…।"

"आप कैसी बातें करती हैं महारानी जी! हम औरतें कुश्ती लड़ेंगी?" एक औरत ने शर्माते हुए कहा।

मनू ने पूछा—"क्यों, क्या औरतें अखाड़े में कुश्ती नहीं लड़ सकतीं! देख लेना एक दिन वह समय आएगा, जब हमारे देश की स्त्रियाँ बड़े-बड़े अखाड़ों में कुश्तियाँ लड़ेंगी और पुरुष लोग उन्हें देखकर शरमाएँगे।"

पहली स्त्री–"लेकिन कुश्ती तो आदमियों का खेल है⋯।"

मनू–"दुनिया में ऐसा कौन-सा काम है, जिसे स्त्री नहीं कर सकती। नारी शक्ति बड़ी महान है। स्त्री दुर्गा है, काली है, शक्तिस्वरूपिणी है। तुम्हें अपनी शक्तियों को पहचानना चाहिए।"

इसके बाद मनू ने अपने पास आई स्त्रियों से कहा–"तुम लोग गणेश मंदिर में जाकर देखो कि वहाँ क्या हो रहा है।"

मनू की आज्ञा पाकर वे स्त्रियाँ फूलमालाएँ मनू को समर्पित करके गणेश मंदिर के लिए चली गईं। सुन्दर नाम की लड़की मनू के पास ही खड़ी रही। इस महल की जो स्त्रियाँ मनू को रंग-बिरंगे खुशबूदार फूल भेंट करके चली गई थीं, उनके बारे में सोचती हुई मनू ने अपनी नवीन सखी सुंदर से पूछा–"झाँसी की स्त्रियाँ फूलों से बहुत प्यार करती हैं, सुन्दर?"

"हाँ, सरकार!" सुन्दर ने जवाब दिया।

इधर गणेश मंदिर में राजा गंगाधर राव ने अपनी वर-पूजा की रस्म को विधि-विधान सहित पूरा किया। इसके बाद मंदिर में गायन-वादन और नृत्य के कार्यक्रम हुए। गंगाधर राव की नाटकशाला में नृत्य करने वाली मोतीबाई और जूही नाम की औरतों ने सुंदर नृत्य और गीत प्रस्तुत किए।

अगले दिन विवाह की मुख्य रस्मों को गणेश मंदिर में पूरा किया गया। एक वृद्ध पंडित ने वर-वधू की भांवरें कराईं। बूढ़े पंडित को मनू की साड़ी की गाँठ राजा गंगाधर राव के दुपट्टे से जोड़नी थी। लेकिन दुपट्टे में गाँठ लगाते समय उस वृद्ध की अंगुलियाँ काँप रही थीं। मनू के जी में आया कि अपने भावी पति के दुपट्टे में गाँठ मैं ही लगा दूँ लेकिन आसपास खड़े लोगों को देखकर संकोचवश चुपचाप खड़ी रही।

वृद्ध पंडित ने राजा के दुपट्टे में गाँठ तो बाँध दी लेकिन उससे गाँठ कसी न गई। गाँठ को कसते समय उसका हाथ काँप रहा था। यह देख मनू ने पंडित जी से कहा–"पंडित जी, ऐसी गाँठ बाँधिए कि कभी खुले ही नहीं।" मनू के ये शब्द गंगाधर राव ने सुन लिए और धीरे से मुस्करा उठे। मनू के ये शब्द सुनकर पुरोहित हँस पड़ा। लोगों ने मन ही मन कहा–"अब मिली है झाँसी को ऐसी साहसी रानी। नई महारानी जी झाँसी का नाम संसार में ऊँचा कर दिखाएँगी।"

जब विवाह की रस्म पूरी हो गई तो मनू का नया नाम रखा गया। महाराज गंगाधर राव की नई वधू के रूप में मनू का नाम महारानी लक्ष्मीबाई रखा गया। जैसे ही पंडित ने यह नाम रखा, एकत्रित सभी लोग जय-जयकार करने लगे–"महाराज

गंगाधर राव की जय! महारानी लक्ष्मीबाई की जय!"

गंगाधर राव झाँसी के राजा जरूर थे लेकिन विवाह से पहले उनको शासन करने का अधिकार न था। ब्रिटिश पोलिटिकल एजेंट कप्तान डनलप ही झाँसी के शासन कार्यों को देखता था और इस कार्य के लिए उसने झाँसी दरबार में अपने कई लोगों को नियुक्त कर रखा था, जो झाँसी के राजकार्यों और शासन की प्रत्येक गतिविधि की सूचना कप्तान डनलप तक पहुँचाते रहते थे। कप्तान डनलप समय-समय पर राजा गंगाधर राव के पास आता-जाता रहता था। लोगों को ऐसा लगता था कि राजा गंगाधर राव और कप्तान डनलप के बीच मित्रता है। परंतु वास्तव में ऐसी कोई बात नहीं थी। कप्तान डनलप तो राजा गंगाधर राव को अपने अधीन बनाना चाहता था।

चूँकि गंगाधर राव को झाँसी पर शासन करने का अधिकार नहीं था और इस अधिकार को पाने के लिए वे बहुत समय से काफी कोशिश कर रहे थे। कप्तान डनलप का कहना था कि जब तक वे विधुर हैं तब तक उन्हें शासन का अधिकार नहीं दिया जा सकता। जब वे नया विवाह कर लेंगे तो ब्रिटिश सरकार उनको शासन के अधिकार दे सकती है।

चूँकि अब राजा गंगाधर राव का विवाह हो चुका था इसलिए उन्हें राज्याधिकार प्राप्त हो चुका था।

राजा गंगाधर राव को राज्याधिकार सौंपने से पहले अंग्रेजों की कंपनी सरकार ने उनके साथ एक संधि की। इस संधि का नाम 'अहदनामा संधि' था। इस संधि के अंतर्गत ब्रिटिश अधिकारियों से राजा गंगाधर राव के साथ बाकायदा लिखा-पढ़ी की। इस संधि के अंतर्गत यह निश्चित किया गया कि झाँसी के अंदर एक अंग्रेजी फौज रखी जाएगी। फौज अंग्रेजी सरकार के शासन में ही रहेगी लेकिन फौज का सारा खर्च झाँसी राज्य को वहन करना पड़ेगा।

गंगाधर राव जानते थे कि इस समय ब्रिटिश सरकार उनसे ज्यादा ताकतवर है, इसलिए उनको चुपचाप अंग्रेजों की यह बात माननी पड़ी। गंगाधर राव ने अंग्रेज फौज को नकद खर्चा न देकर अपने राज्य का एक इलाका अंग्रेजों को दे दिया ताकि उस इलाके की आमदनी से ब्रिटिश फौज के खर्चे की पूर्ति की जा सके। झाँसी के इस महत्त्वपूर्ण इलाके की आय दो लाख सत्ताईस हजार चार सौ अट्ठावन रुपये प्रतिवर्ष थी।

जब राजा गंगाधर राव ने अंग्रेजों को इस प्रकार की सहायता देनी स्वीकार की तब जाकर उन्हें अंग्रेज सरकार से शासन के अधिकार प्राप्त हुए। चूँकि गंगाधर राव

को शासन करने के सारे अधिकार प्राप्त हो गए थे, इसलिए वे इसी बात में खुश थे। इस खुशी के मौके पर उन्होंने अपना दरबार लगाया। दरबार में खूब सारी खुशियाँ मनाई गईं। नाच-गाने के कार्यक्रम हुए। नाटक भी खेला गया। नृत्य के कार्यक्रम में मोतीबाई ने अपना मनमोहक नाच दिखाया।

रानी लक्ष्मीबाई आमतौर से झाँसी के किले वाले महल में ही रहा करती थीं। वे महल से बहुत कम निकलती थीं। जब भी महल से बाहर निकलती थीं, या तो पालकी में या पर्दे की कैद में निकलती थीं। किले से बाहर जाकर घुड़सवारी करना उनके लिए मना था। यह झाँसी के राजकुल की मर्यादा के खिलाफ था। किले के अंदर ही चारदीवारी की ओट में वे व्यायाम और घुड़सवारी आदि किया करती थीं। घोड़े की सवारी करने में और व्यायाम आदि करने में उनका काफी सारा वक्त निकल जाता था। अपने महल की दासियों को वे अपनी सहेली समझती थीं। उन्होंने इन स्त्रियों और लड़कियों को दासी या नौकरानी कहकर कभी नहीं पुकारा। आमतौर से उन्हें 'सखी' कहकर या उनका नाम लेकर बुलाया करती थीं। घुड़सवारी के अलावा रानी लक्ष्मीबाई तलवार चलाने, बंदूक चलाने तथा बर्छी, भाला आदि हथियार चलाने का अभ्यास प्रतिदिन किया करती थीं। उनका मानना था कि भारत की प्रत्येक स्त्री को और लड़की को इस प्रकार के हथियार चलाने सीखने चाहिए ताकि जरूरत पड़ने पर वह कभी भी स्वयं भी अपने परिवार की और अपने राज्य की रक्षा कर सके। रानी लक्ष्मीबाई के पास इन सब चीजों के अभ्यास से जो समय बचता था, उस समय को वे धार्मिक ग्रंथों का अध्ययन करने में लगाती थीं। श्रीमदभगवद्गीता का पाठ वे प्रतिदिन, नियमपूर्वक किया करती थीं। यद्यपि वे अपनी किशोरवय को त्याग कर युवावस्था में प्रवेश कर रही थीं लेकिन बहुमूल्य आभूषण और नवीन रेशमी वस्त्र पहनने का तथा शृंगार इत्यादि करने का कोई शौक उनको नहीं था। रानी लक्ष्मीबाई नारी के शरीर की बाहरी सुंदरता से ज्यादा उसके आंतरिक गुणों को तथा अंतर्मन को अथवा आंतरिक सुंदरता को महत्त्व दिया करती थीं।

जब से रानी लक्ष्मीबाई विवाहित होकर झाँसी आई हैं तब से उनके स्वभाव की चपलता और चंचलता न जाने कहाँ चली गई है। वे अब कम बोलने लगी हैं और उनके स्वभाव के अंदर एक प्रकार की गंभीरता और दूरदर्शिता आती जा रही है। उनके चेहरे पर बचपन की-सी खिलखिलाहट नहीं, बल्कि एक प्रकार की सरल और भव्य मुस्कान बनी रहती है।

रानी लक्ष्मीबाई बचपन से आत्मविश्वास से भरपूर और दृढ़ निश्चय वाली

थीं। उन्हें बंधनों में रहना अच्छा नहीं लगता था लेकिन वे यह भी नहीं चाहती थीं कि उनके किसी चलन से राजकुल की परंपरा का उल्लंघन हो। दूसरी तरफ राजा गंगाधर राव पुराने विचारों को मानने वाले थे। वे मानते थे कि राजपरिवार की विवाहित स्त्रियों को हमेशा पर्दे में ही रहना चाहिए। उन्हें दिल्ली के मुगलों की और लखनऊ के नवाबों की पर्दाप्रथा अच्छी लगती थी। राजा साहब को इस बात की परवाह नहीं थी कि झाँसी की आम स्त्रियाँ पर्दे में रहती हैं या नहीं लेकिन वे इतना जरूर चाहते थे कि उनके महल की स्त्रियाँ पर्दे में रहने के नियम का पालन करें।

एक रात की बात है। राजा गंगाधर राव अपनी नाटकशाला का खेल देखकर कुछ जल्दी ही लौट आए। जैसे ही वे अपने शयनकक्ष में आए रानी लक्ष्मीबाई ने मुस्कराते हुए उनका स्वागत किया। राजा कुछ उदास थे इसलिए रानी ने पूछा, ''आज आप नाटकशाला से कुछ जल्दी लौट आए। क्या खेल अच्छा नहीं हुआ वहाँ?''

''नहीं, ऐसी बात नहीं है रानी। खेल तो अच्छा था लेकिन आज नाटकशाला में एक ऐसी घटना घट गई कि मन कुछ उखड़ा हुआ सा है।'' राजा ने कहा।

रानी लक्ष्मीबाई–''ऐसी भी क्या बात हुई, जरा मैं भी तो सुनूँ?''

राजा गंगाधर राव ने बताया–''हमारा एक सरदार था खुदाबख्श नाम का। एक दिन वह दरबार में हमसे उल्टा-सीधा बोलने लगा तो हमने गुस्से में आकर उसको देश-निकाला दे दिया। आज न जाने कैसे वह हमारी नाटकशाला में घुस आया। हमारी नाटकशाला की नर्तकी नाटक में अभिनय कर रही थी। जब नाटक खत्म हुआ तो वह हमसे पहले ही बोल उठा–'वाह-वाह मोतीबाई जी! आपने तो कमाल कर दिया।' वह हमारे पीछे ही बैठा हुआ था। हमें उसकी अभद्रता पर बड़ा क्रोध आया। मैंने कोशिश की कि सैनिकों से कहकर उसे पकड़वा लूँ और हमेशा के लिए अपने कारागृह में डाल दूँ लेकिन जरा-सी देर में वह धूर्त और मक्कार व्यक्ति न जाने कहाँ गायब हो गया। मैंने उसे पकड़ने के लिए सैनिकों को भेजा लेकिन उसका कहीं पता नहीं लग रहा है कि वह कम्बख्त कहाँ जाकर छिप गया है! मुझे लगता है कि मोतीबाई से उसका कुछ विशेष परिचय है। मैंने मोतीबाई को नाटकशाला की नौकरी से निकाल दिया है।''

महाराज की बात सुनकर रानी ने मुस्कराते हुए कहा–''यह तो आपने अच्छा किया राजा साहब, लेकिन अब आपको नृत्य और गीत का आनन्द कहाँ से मिलेगा?''

"हमारे यहाँ नाचने वाली और गानेवाली स्त्रियों की कमी नहीं है रानी! आप भी चला कीजिए हमारे साथ नाटकशाला का आनन्द लेने…।"

"नाच-गानों में मेरा मन नहीं लगता, महाराज।"

"हाँ-हाँ, आपको तो घोड़े की सवारी करना, कुश्ती और कसरत करना, तलवार चलाना, घोड़ा दौड़ाना और बंदूक से निशाना लगाना अच्छा लगता है?"

"जी हाँ, महाराज। इसमें कोई शक नहीं। इन सब कामों में साहस और हिम्मत की आवश्यकता पड़ती है और मुझे साहस वाले काम सबसे अच्छे लगते हैं।"

"अच्छा रानी साहिबा! आपको और क्या अच्छा लगता है?"

रानी लक्ष्मीबाई से बातें करके राजा गंगाधर राव का सारा तनाव दूर हो चुका था। अब वे विनोद के मूड में थे। रानी लक्ष्मीबाई ने उनके प्रश्न का जवाब देते हुए कहा–"मुझे सहेलियाँ बनाना अच्छा लगता है तथा सखियों को अपने जैसी निडर और बहादुर बनाना अच्छा लगता है। मैं चाहती हूँ कि स्त्रियाँ आवश्यकता पड़ने पर पुरुषों को अच्छी सीख दें तथा अपने घर में साफ-सफाई बनाए रखें। मैं अपनी तरह झाँसी की सभी स्त्रियों को कसरत, कुश्ती, तलवारबाजी और घुड़सवारी आदि सिखाना चाहती हूँ ताकि बहादुरी के मामले में झाँसी की कोई भी स्त्री, पुरुषों से पीछे न रहे। आज तक स्त्री को 'अबला' या कमजोर कहा जाता रहा है लेकिन मैं दुनिया को दिखा देना चाहती हूँ कि नारी अबला नहीं बल्कि सबला है। वह पुरुष से किसी भी मामले में कमजोर नहीं है। आज हमारे देश की स्त्रियों को अपना तन और मन, दोनों सबल बनाने की जरूरत है।"

"लेकिन अगर स्त्रियाँ नृत्य-कलाओं को सीखें, तब भी तो उनके शरीर और मन की काफी अच्छी कसरत हो सकती है?"

"लेकिन उससे स्त्रियों की आत्मरक्षा तो नहीं हो सकती, महाराज?"

राजा गंगाधर राव ने रानी की बात का कोई जवाब नहीं दिया। उन्होंने अपनी चर्चा का प्रसंग बदलते हुए कहा–"हमारे राज्य की बड़ी बुरी दशा है रानी। यहाँ लोगों में फूट फैल रही है। गाँवों में उपद्रवी, डाकू और लुटेरे भरे हुए हैं। अंग्रेज लोगों के पास अच्छे हथियार हैं। इस कारण उन्होंने भारत में बड़ा साम्राज्य स्थापित कर लिया है।"

रानी कहने लगीं–"आप अपने राज्य का कुशलतापूर्वक प्रबंध कीजिए महाराज! जो बटमार, डाकू, लुटेरे, आतंकी या उपद्रवी हैं; उनका कठोरतापूर्वक दमन कीजिए तभी आपका राज्य सुस्थिर हो सकेगा वर्ना ये ही लोग आपकी कमजोरी का

फायदा उठाकर आपके खिलाफ बगावत खड़ी कर देंगे। यदि आपसे अपने राज्य का प्रबंध संचालन ठीक प्रकार से न हो पाएगा, तो अंग्रेज लोग आपकी नाजुक स्थिति का फायदा उठाकर शासन के सभी अधिकार अपने हाथ में ले लेंगे। आपने देखा नहीं, अंग्रेजों ने आपके इलाके की दो-ढाई लाख रुपये की जागीर को यों ही हड़प लिया?''

''हाँ, मुझे पता है रानी। इसी बात का तो रोना है। देश की सारी रियासतों में अंग्रेज हुकूमत ने अपनी फौज की कई टुकड़ियाँ तैनात कर दी हैं। केवल झाँसी का एक इलाका नहीं बल्कि भारत के कई राज्यों के इलाके उन्होंने अपनी सेना का खर्च चलाने के लिए अपने कब्जे में ले लिए हैं। कई राज्यों से तो अंग्रेज अधिकारी अपनी सेना के लिए खर्च के लिए हर साल नकद रकम भी हासिल कर लेते हैं।''

राजा गंगाधर राव की बात सुनकर रानी कुछ क्षण के लिए मौन रहीं। राजा ने उनसे कहा–''अब रात बहुत हो चुकी है रानी! आपको नींद आ रही होगी। आप विश्राम कीजिए। मैं भी थोड़ा सो लेता हूँ।''

इतना कहकर रानी लक्ष्मीबाई और राजा गंगाधर राव अपने-अपने पलंग पर चले गए। चूँकि गंगाधर राव की उम्र रानी लक्ष्मीबाई की तुलना में काफी अधिक थी, इसलिए रानी उनकी बहुत इज्जत करती थीं।

6

रानी लक्ष्मीबाई की सलाह मानकर राजा गंगाधर राव ने अपनी प्रशासनिक व्यवस्था कड़ी कर दी। चोर-डकैतों और लुटेरों को पकड़-पकड़कर कारागृह में बंद किया जाने लगा। अपराधियों को उनके जघन्य अपराधों की सजा देने के लिए उनके ऊपर छोटे और बड़े अनेक बिच्छू छोड़े जाते। इन बिच्छुओं के डंक से तड़पकर अपराधी तुरंत अपना गुनाह कबूल कर लेते। इसके बाद उन्हें सारी जिन्दगी कैदखाने में रखकर रोजाना तरह-तरह की यातनाएँ दी जातीं। अपराधियों को इस प्रकार की कड़ी सजा मिलने के कारण कई अपराधियों ने अपने जुर्म से तौबा कर ली थी और हमेशा के लिए सदाचार और सादगी से पूर्ण सच्चा जीवन अपनाने का फैसला कर लिया था।

रानी लक्ष्मीबाई का जब विवाह हुआ था, उस समय उनकी उम्र केवल तेरह साल की थी। विवाह के तीन वर्ष पश्चात् उनकी कोख से एक पुत्र पैदा हुआ।

महाराज गंगाधर राव पुत्र प्राप्ति की खबर सुनकर बड़े खुश हुए। उनके राजमहल के अंदर उत्सव का-सा माहौल छा गया। पुत्र जन्म की खुशी में राजा ने गरीब, याचकों और दासियों को जी भरकर दान दिया लेकिन गंगाधर राव का पुत्र इस दुनिया में अधिक दिनों तक नहीं जी पाया। पैदा होने के तीन महीने बाद बच्चे का निधन हो गया।

पुत्र के असमय निधन के कारण गंगाधर राव बड़े दुखी हो चले। पुत्र शोक का असर उनके शरीर और मन पर गहरा पड़ा। आए दिन वे अस्वस्थ और चिंतित रहने लगे। रानी लक्ष्मीबाई को भी बेटे के मर जाने का दुख था। उनका भी शारीरिक स्वास्थ्य बिगड़ गया लेकिन जल्दी ही रानी का स्वास्थ्य संभल गया।

पुत्र की मृत्यु के पश्चात् राजा गंगाधर राव और रानी लक्ष्मीबाई ने बड़े ही मानसिक कष्ट के साथ दिन बिताए।

एक दिन राजा गंगाधर राव को पता चला कि उनका पुराना खुदाबख्श बागी हो गया है तथा वह नवाब अली बहादुर के यहाँ आता-जाता है। यह खबर सुनकर राजा ने नवाब अली का महल जब्त कर लिया। एक छोटी-सी हवेली उनको रहने के लिए दे दी। राजा गंगाधर राव पहले से ही नवाब अली बहादुर से नाराज रहते थे।

झाँसी नरेश महाराज गंगाधर राव के पिता का नाम शिवराज भाऊ था। उनके तीन पुत्र थे। सबसे बड़े बेटे का नाम कृष्णराव था। पिता के जीवनकाल में ही कृष्णराव का निधन हो गया था। झाँसी की राजगद्दी कृष्णराव के पुत्र रामचंद्र राव को मिली थी। लेकिन राज्याधिकारी बनने के कुछ समय बाद ही रामचंद्र राव का देहांत हो गया। शिवराज भाऊ के मँझले पुत्र का नाम रघुनाथ राव था। रामचंद्र राव की मृत्यु के बाद रघुनाथ राव झाँसी के राजा बने। इनके पास लच्छो नाम की एक वेश्या थी। रघुनाथ राव इस वेश्या के रासरंग में डूब हुए थे तथा इस वेश्या के साथ ही भोग विलास करने में व्यस्त रहते। इस वेश्या के जरिए इनका अली बहादुर नाम का एक पुत्र पैदा हुआ। अली बहादुर को आगे चलकर नवाब कहा जाने लगा।

जब रघुनाथ राव का देहांत हो गया तो नवाब अली बहादुर ने झाँसी का शासक बनने की इच्छा प्रकट की। इधर गंगाधर राव उसके चाल-चलन से खुश नहीं थे। वे शिवराज भाऊ के सबसे छोटे पुत्र थे। उनकी इच्छा थी कि वे खुद झाँसी का राज्य सँभालें।

इस तरह से झाँसी की राजगद्दी को लेकर गंगाधर राव और नवाब अली

बहादुर के बीच कशमकश चलती रही।

जब दोनों उत्तराधिकारियों का झगड़ा अंग्रेज सरकार के पास पहुँचा तो अंग्रेज सरकार ने राजा गंगाधर राव को झाँसी राज्य का असली हकदार ठहराया। फिर भी अली बहादुर के पास एक छोटी जागीर बनी रही।

नवाब अली बहादुर, राजा गंगाधर राव से बड़ा द्वेष रखता था।

सन् 1853 ई. की बात है। शारदीय नवरात्रि के दिन चल रहे थे। झाँसी में शारदीय नवरात्रि का त्यौहार खूब धूमधाम और हर्षोल्लास के साथ मनाया जाता है। राजा गंगाधर राव पिछले दो वर्षों से बीमार चल रहे थे। पुत्र की अकाल मृत्यु के बाद ही उनकी शारीरिक दशा बिगड़ गई थी। इसके बाद झाँसी नरेश फिर कभी स्वस्थ नहीं हो पाए।

शारदीय नवरात्रि के पर्व पर झाँसी में उत्सव जैसा माहौल छाया हुआ था लेकिन राजा गंगाधर राव को कुछ भी अच्छा नहीं लग रहा था। उनके मन में इच्छा उत्पन्न हुई कि मैं किसी सुपात्र बालक को गोद ले लूँ ताकि उसे अपना वारिस बनाया जा सके। राजा गंगाधर राव के केवल एक ही बेटा पैदा हुआ था और अपने जन्म के तीन महीने बाद वह भी चल बसा था, इसलिए राजा को चिन्ता थी कि अगर मेरा कोई वारिस नहीं हुआ तो अंग्रेज सरकार मौका देखकर मेरे राज्य को हड़प लेगी तथा झाँसी की जनता के ऊपर मनमाने अत्याचार किया करेगी।

जब राजा ने अपने मन की यह इच्छा रानी लक्ष्मीबाई के सम्मुख प्रकट की तो रानी किसी बालक को गोद लेने के लिए राजी हो गईं। फलस्वरूप राजा ने एक सजातीय बालक को गोद ले लिया। बालक को गोद लेने के बाद उसका नाम दामोदर राव रखा गया। गोद लेने से पहले बच्चे का नाम आनन्द राव था।

झाँसी के राजमहल में बच्चे के गोद लेने का उत्सव मनाया गया। राजा की ओर से इस उत्सव में जनता के सभी पंचों को, सेठ-साहूकारों को तथा राज्य के सरदारों को निमंत्रित किया गया। अंग्रेज अधिकारी मेजर एलिस को और कप्तान मार्टिन को भी बुलाया गया।

जब उत्सव समाप्त हो गया तो अन्य सभी मेहमानों को विदा कर दिया गया। केवल मेजर ऐलिस, कप्तान मार्टिन, मोरोपंत और प्रधानमंत्री को दरबार में रोक लिया गया। राजा गंगाधर राव ने अपनी उपस्थिति में अपने प्रधामंत्री से गोद की स्वीकृति का एक खरीता अथवा सरकारी आदेश पत्र लिखवाया। उन्होंने यह खरीता अपने हाथ से अंग्रेज अफसरों को दे दिया। रानी लक्ष्मीबाई दरबार में पर्दे के पीछे बैठी हुई यह सब देख रही थीं।

राजा गंगाधर राव अंग्रेज अफसरों से कहने लगे–"मेजर साहब! आज से दामोदर राव हमारा दत्तक पुत्र हुआ। यह बड़ा ही नेक, सुंदर और होनहार लड़का है। इसके बड़े सौभाग्य हैं कि इसे रानी लक्ष्मीबाई जैसी श्रेष्ठ माता मिली। माँ और बेटा मिलकर मेरे झाँसी राज्य का नाम संसार में ऊँचा करेंगे।…"

इसके बाद राजा ने रानी लक्ष्मीबाई की प्रशंसा करते हुए कहा–"हमारी महारानी के अंदर इतने श्रेष्ठ गुण हैं कि दुनिया के बड़े-बड़े पुरुष एक दिन उनके पैरों की धूल अपने माथे से लगाएँगे।"

इतना कहते-कहते राजा गंगाधर राव को खाँसी आ गई। मेजर एलिस ने उनसे कहा–"आपकी बात में सच्चाई है राजा साहब, लेकिन आप बातें कम करें वर्ना आपकी तबियत फिर से खराब हो जाएगी।"

मेजर एलिस की बात सुनकर महाराज कहने लगे–"ठीक है, मैं अब ज्यादा नहीं बोलूँगा। अगर मुझे कुछ हो जाए तो आप सभी झाँसी राज्य की व्यवस्था को लेकर अधिक परेशान नहीं होना। महारानी लक्ष्मीबाई झाँसी का राज्य संभालने में पूरी तरह से सक्षम हैं। मेरा दत्तक पुत्र भले ही अभी नाबालिग है, लेकिन रानी लक्ष्मीबाई इसके नाम से राज्य की सारी व्यवस्थाएँ संभाल लेंगी।"

तभी राजा गंगाधर राव के हृदय में पीड़ा हुई और उन्हें जोर की खाँसी आई। उन्होंने अपने आपको नियंत्रण में करने की कोशिश करते हुए कहा–"लगता है अब मैं ज्यादा समय तक जिन्दा नहीं रहूँगा।"

"ऐसा न कहिए महाराज!" कहते हुए मोरोपंत की आँखों में आँसू आ गए। वे आगे बोले–"आप जल्दी अच्छे हो जाएँगे। हम देश के और भी अच्छे वैद्यों से आपका इलाज करवाएँगे। आप हिम्मत मत हारिए मालिक।"

राजा गंगाधर राव ने फीकी मुस्कान के साथ कहा–"मनुष्य कहाँ हिम्मत हारना चाहता है मोरोपंत जी! वह तो विधि का विधान है, जो उसे जीवन और मृत्यु के सुख और दुख के, हार और जीत के खेल खिलाता रहता है। हमें आज भी अपनी झाँसी के लोग बहुत प्यारे हैं। हम चाहते हैं कि हमारे राज्य के लोग हमेशा सुखी रहें और स्वाधीन रहें। हमने जिसे जो कुछ दिया है, वह उसके पास बना रहे।"

रानी लक्ष्मीबाई अभी तक पर्दे के पीछे से साँस को रोके महाराज के शब्द सुन रही थीं। महाराज की यह दयनीय हालत उनसे देखी नहीं गई। वे राजदरबार की परंपरा तोड़कर पर्दे से बाहर आ गईं और महाराज गंगाधर राव के पास आकर कहने लगीं–"मैं झाँसी की स्वाधीनता की रक्षा करूँगी महाराज! मेरे होते हुए झाँसी को किसी प्रकार की आँच नहीं आने पाएगी।"

रानी लक्ष्मीबाई को अपने सामने देख पहले तो राजा को हैरानी हुई फिर वे तसल्ली से कहने लगे–"हमें आपसे यही उम्मीद थी रानी जी। हमारी जिन्दगी की साँसें अब बहुत सीमित हैं। न जाने कब हमारे जीवन की डोर टूट जाए। हमारी आपसे प्रार्थना है कि झाँसी कभी अनाथ न होने पाए।"

"मेरे जीते जी झाँसी कभी अनाथ न होने पाएगी महाराज! आप धीरज रखें। मैं अपनी जान देकर भी झाँसी की आन, बान और शान की रक्षा करूँगी।" महारानी लक्ष्मीबाई के ये शब्द सुनकर दोनों अंग्रेज अधिकारी हैरान रह गए।

राजा गंगाधर राव ने अपने दत्तक पुत्र दामोदर राव को अपने पास बुलाया और उसके सिर पर प्यार से हाथ फेरने लगे।

अगले दिन तक उनकी हालत एकदम असाध्य हो गई। उन्होंने पहले इतना कहा–"गंगाजल…" रानी लक्ष्मीबाई ने अपने हाथों से गंगाजल उनके मुख में डाला। अंत में राजा इतना बोले–"ओम हरि…क्षमा कर दो…बहुतों को सताया है…अपराधों को क्षमा…।"

इतने कहते ही महाराज के प्राण पखेरू अनंत की ओर उड़ गए। रानी की आँखों से अश्रुधारा बहने लगी। वे सिसकियाँ ले-लेकर रोने लगीं। उनके पिता मोरोपंत, प्रधानमंत्री, सरदार, सभासद तथा राजमहल के अन्य सभी लोग वहाँ खड़े-खड़े विलाप करने लगे। सारे महल में हाहाकार मच गया। महल में रानी को कभी किसी ने विह्वल होते नहीं देखा था। उनके धीरज का बाँध भी आज टूट चला था।

7

झाँसी के राजा गंगाधर राव के देहांत के कुछ वर्ष बाद बिठूर में बाजीराव का भी निधन हो गया। वे वृद्ध तो थे ही इसलिए उनकी मृत्यु कोई आश्चर्यजनक घटना नहीं थी। जब जक वे जीवित थे, उन्हें अपने परिवार के खर्च के लिए आठ लाख रुपया सालाना की पेंशन मिलती रही, लेकिन जैसे ही उनका निधन हुआ, उन्हें पेंशन मिलनी भी बंद हो गई।

चूँकि बाजीराव के अपनी कोई संतान नहीं हुई थी इसलिए उन्होंने नाना धोंडूपंत नाम के बालक को गोद लिया था। अब तक नाना वयस्क या बालिग हो चुके थे। उनको अंग्रेज सरकार का रूखा-सूखा बर्ताव बहुत अखरता था।

जिस समय बाजीराव और अंग्रेज सरकार के बीच संधि हुई थी, उस समय

अंग्रेज सरकार की ओर से संधि-पत्र पर यह लिखा गया था–"यह संधि कभी नहीं टूटेगी। जब तक सूरज और चाँद हैं यह संधि अक्षय रहेगी।"

लेकिन बाजीराव के निधन के तुरंत पश्चात् इस संधि को समाप्त कर दिया। फलस्वरूप बाजीराव के आश्रित परिवार को मिलने वाली आर्थिक सहायता बंद कर दी गई।

तात्या को नाना अपना मित्र मानते थे। दोनों ने मिलकर अंग्रेजी साम्राज्य के विरुद्ध बगावत करने का फैसला किया। वे भारतवर्ष को अंग्रेजी सरकार से मुक्त करना चाहते थे और स्वराज्य की पुनः स्थापना करना चाहते थे।

इधर अंग्रेज अपने राज्य का विस्तार करने में लगे हुए थे। उन्होंने दिल्ली पर कब्जा कर लिया था तथा अवध की नवाबी प्रथा को भी खत्म कर दिया था। अब तक भारतवर्ष का काफी बड़ा क्षेत्र अंग्रेजों के कब्जे में आ चुका था।

भारत के कई राजाओं को, नवाबों को और जन-नायक या लोक-नेताओं को अंग्रेजों ने अपने अधीन कर लिया था। राज्य-सत्ता, राजा-नवाब और नेताओं को अपने वश में करने के अलावा अंग्रेजों ने अपने ईसाई धर्म का प्रचार करना भी शुरू कर दिया था। यद्यपि ईसाई धर्म प्रचार की शुरुआत उन्नीसवीं शताब्दी के पहले दशक से ही शुरू हो चुकी थी लेकिन अब यह प्रचार कार्य अपने प्रबल रूप से जारी था।

जब राजा गंगाधर राव का निधन हुआ था तो नाना और तात्या अपनी शोक संवेदनाएँ प्रकट करने झाँसी आए थे। महाराज के शव का दाह-संस्कार हो चुका था। महारानी लक्ष्मीबाई शोक संतप्त अवस्था में अपने किले वाले महल में रहती थीं। महल के एक तरफ काफी बड़ा और ऊँचा मंदिर था। इस मंदिर में रात के समय भजन-पूजा में मग्न रहने लगी थीं। किले के नीचे की ओर भगवान शिव का मंदिर था। इस मंदिर में रानी लक्ष्मीबाई सुबह के समय पूजा-पाठ करने के लिए जाती थीं। झाँसी नगर में रानी का एक और महल था। इस महल में सेना और हाथियारों की पूरी व्यवस्था थी।

जब रानी लक्ष्मीबाई को पता चला कि बिठूर से नाना और तात्या आए हैं तो उनके दिल का बोझ कुछ कम हुआ। उन्होंने आदरपूर्वक दोनों को अपने किले वाले महल में ठहराया। वहाँ दोनों अतिथि कई दिनों तक रहे।

एक रात नाना और तात्या, महारानी लक्ष्मीबाई के महलों में बैठकर राजनैतिक विषयों पर उनसे बातें करने लगे। रानी की सुंदर, मुंदर तथा काशीबाई आदि तीनों सखियाँ भी कक्ष के एक कोने में बैठकर उन तीनों के वार्तालाप का आनंद प्राप्त करने

लगीं।

पुत्र की मृत्यु और पति की मृत्यु के शोक के कारण रानी लक्ष्मीबाई कुछ दुर्बल हो गई थीं। इस कारण रानी का मुख कुछ लम्बा दिखाई देता था लेकिन अभी भी उनके चेहरे पर एक प्रकार का तेजपूर्ण सौंदर्य था। यह तेज रानी के प्रति मन में आदर भावना पैदा करता था।

रानी लक्ष्मीबाई गले में मोतियों की माला पहनती थीं तथा हाथ में हीरे की अंगूठी थी। इसके अलावा रानी के शरीर पर और कोई आभूषण नहीं था। सफेद रंग की साड़ी के ऊपर वे एक मोटा दुशाला ओढ़े हुए थीं क्योंकि सर्दियों का मौसम था।

रानी अपने शुभचिंतक नाना और तात्या से कह रही थीं–''बुंदेलखंड के रजवाड़े तो बुझे हुए दीपक की तरह हैं। इनमें तेल तो है लेकिन लौ नहीं है।''

''क्या इन रजवाड़ों में फिर से लौ पैदा नहीं की जा सकती?'' नाना ने पूछा।

रानी कहने लगीं–''कहा नहीं जा सकता। मैं तो अभी तक बाहर आने-जाने में विवश रही हूँ और कुछ समय तक मुझे इसी प्रकार किले के अंदर कैद होकर रहना होगा। आप ही कुछ कोशिश कीजिए, नाना।''

इस बार तात्या बोले–''इस बारे में इधर-उधर काफी घूमा-फिरा हूँ। मुझे तो माहौल एकदम ठोस या जड़ जान पड़ता है। राजा और नवाब अपने सरदार और प्रजा का प्रणाम स्वीकार करने में ही अपना परम सौभाग्य समझते हैं। आज भी कई राजा और नवाब सुरापान और रागरंग में व्यस्त रहते हैं।''

नाना–''यही तो देश का दुर्भाग्य है तात्या जी। इस बुंदेलखंड में वीरसिंह देव और राजा छत्रसाल जैसे वीर और प्रतापी शासक हुए हैं। इस राज्य की ऐसी दुर्दशा···।''

तात्या ने आशा भरी दृष्टि से कहा–''लेकिन लखनऊ और दिल्ली के लोगों में अपनी मातृभूमि की स्वतंत्रता के लिए कुछ जोश अवश्य है।''

नाना ने रानी लक्ष्मीबाई से झाँसी का हाल जानना चाहा। उन्होंने पूछा–''आपकी झाँसी के क्या हालचाल हैं, रानी साहिबा?''

रानी लक्ष्मीबाई ने उदास स्वर में कहा–''महाराज तो चले ही गए। अब झाँसी में है ही क्या? लगता है आगे हमारे हाथ में झाँसी ही न रहे।''

''ये आप क्या कहती हैं?'' तात्या ने पूछा।

रानी लक्ष्मीबाई–''मैं बिल्कुल ठीक कह रही हूँ तात्या जी। अंग्रेजों की आँखें

काफी समय से झाँसी पर लगी हुई हैं। लगता है वे इसी दिन का इंतजार कर रहे थे। अब वे शीघ्र झाँसी को अपने कब्जे में करना चाहेंगे। लेकिन मैं ऐसा नहीं होने दूँ। झाँसी मेरी है और मेरी रहेगी।''

नाना–''हम लोगों को झाँसी से बड़ी आशाएँ हैं। मुझे लगता है कि अंग्रेज सरकार दामोदर राव के दत्तक पुत्र होने की बात को स्वीकार कर लेगी और तुम्हें यहाँ के लोगों को मिलाकर एक नया संगठन बनाना चाहिए।''

तात्या–''नाना साहब ठीक कहते हैं। अंग्रेजों की जात का कोई भरोसा नहीं। ये लोग केवल अपना उल्लू सीधा करना जानते हैं। हमें इनसे निपटने के लिए हर समय तैयार रहना चाहिए।''

रानी लक्ष्मीबाई का कहना था कि हमें झाँसी में जगह-जगह जाकर लोगों की मनोवृत्ति को जानना चाहिए तथा उनके अंदर स्वदेश प्रेम का मंत्र फूँकना चाहिए। नाना ने बताया कि लखनऊ और दिल्ली की जनता में अपने अधिकार और कर्तव्यों के प्रति जागृति है तथा वहाँ की जनता अंग्रेज सरकार के अत्याचारों से तंग आ चुकी है। शीघ्र ही वहाँ ब्रिटिश हुकूमत के खिलाफ विद्रोह पैदा होने की संभावना है।

रानी लक्ष्मीबाई जानती थीं कि भारतदेश की असली शक्ति यहाँ की जनता है। यदि जनता साथ दे तो कुछ भी कैसा भी परिवर्तन किया जा सकता है, एक नया इंकलाब लाया जा सकता है। यहाँ तक कि ब्रिटिश हुकूमत का तख्त भी पलटा जा सकता है।

रानी लक्ष्मीबाई ने नाना और तात्या में उत्साह का संचार करते हुए कहा–''महाराज शिवाजी ने जनता का संगठन करके दिल्ली के मुगल सम्राट को चुनौती दी थी। मावले और कुणभी किसानों ने छत्रपति की मदद की थी। ये कृषक लोग अब भी हमारी मदद करेंगे। मुझे तो इनके हलों की मूँठ में स्वराज्य पाने की लालसा और शान्ति नजर आती है। दक्षिण की जनता को शिवाजी ने अपना नेतृत्व प्रदान किया था। यहाँ भी जनता को आप दोनों अपना नेतृत्व प्रदान कीजिए।''

नाना ने रानी लक्ष्मीबाई को आश्वासन देते हुए कहा–''ठीक है रानी जी। हम अपनी तरफ से पूरी कोशिश करेंगे। जनता के पास घर-घर जाएँगे। हमें विश्वास है कि जनता अंग्रेजी शासन के विरुद्ध शीघ्र ही संगठित हो जाएगी। जनता को बस एक अच्छा नेता चाहिए।''

रानी लक्ष्मीबाई–''इस कार्य में आप दोनों को ही जनता को नेतृत्व प्रदान करना होगा। आप ही बुंदेलखंड की प्रजा को उचित मार्गदर्शन दीजिए। कहीं ऐसा न हो

कि दुष्ट अंग्रेज हमारे देखते ही देखते सारे बुंदेलखंड को अपना गुलाम बना लें। हमें शीघ्र ही कुछ करना होगा। हमें अपने राज्य और राष्ट्र की स्वतंत्रता तथा अखंडता को बनाए रखने के लिए जो साधन जहाँ से भी मिलें, उनका उपयोग करना चाहिए। जनता ही इस शुभ कार्य के लिए वास्तविक साधन और हथियार है। मुझे विश्वास है कि बुंदेलखंड की जनता हमारा साथ अवश्य देगी। यहाँ के सभी लोग हथियार चलाना जानते हैं। अनेक स्त्रियों ने भी अस्त्र-शस्त्र चलाना सीखा है और सीख रही हैं। जनसंख्या भी यहाँ की काफी ज्यादा है। अगर अंग्रेजों से हमारा संघर्ष छिड़ा तो जीत आखिर में हमारी ही होगी।''

रानी लक्ष्मीबाई की बातें सुनकर तात्या और नाना प्रसन्न हो उठे। इसके बाद रानी लक्ष्मीबाई अपने दोनों अतिथियों को महल के भीतर जलपान के लिए ले गईं।

8

नवाब अली बहादुर रिश्ते में महारानी लक्ष्मीबाई का भतीजा लगता था। वह रानी के दिवंगत पति गंगाधर राव के बड़े भाई रघुनाथ का पुत्र था। जिस समय गंगाधर राव झाँसी के शासक बने उस समय अली बहादुर ने काफी कोशिश की कि उसके पिता की राजगद्दी उसको हासिल हो। राजा गंगाधर राव से पहले अली बहादुर के पिता रघुनाथ राव ही झाँसी के शासक थे। जब झाँसी के उत्तराधिकार का मामला ब्रिटिश सरकार के पास पहुँचा तो अंग्रेज सरकार ने नवाब अली बहादुर की जगह गंगाधर राव को ही झाँसी के वास्तविक उत्तराधिकारी के रूप में मान्यता दी। ब्रिटिश सरकार के इस फैसले से नवाब अली बहादुर बुरी तरह से जल-भुन गया, लेकिन अंग्रेज हुकूमत के निर्णय के खिलाफ वह कर भी क्या सकता था? किसी प्रकार से विनती आदि करके उसने अंग्रेज हुकूमत से अपने लिए झाँसी की एक बहुत बड़ी जागीर माँग ली थी और उसी जागीर की आय से नवाब अली बहादुर अपने पिता की तरह ऐशो-आराम की जिन्दगी गुजारने लगा था।

जब से झाँसी के राजा गंगाधर राव का देहांत हुआ है, तब से नवाब अली बहादुर की निगाहें फिर से झाँसी के सिंहासन की ओर लगी हुई हैं। वह पुनः सोचने लगा है कि झाँसी की राजगद्दी का असली वारिस अब वही है। उसके चाचा गंगाधर राव ने जिस बच्चे को अपना पुत्र माना है, वह अभी अवयस्क है और इस कारण

उसे झाँसी का सम्राट नहीं बनाया जा सकता। अपने सम्राट बनने के सपने में सबसे बड़ी रुकावट नवाब को रानी लक्ष्मीबाई ही दिखाई देती थीं। नवाब ने तय कर लिया था कि वह किसी भी हालत में रानी लक्ष्मीबाई को झाँसी की साम्राज्ञी बनने नहीं देगा। या तो झाँसी के सिंहासन पर खुद बैठेगा या फिर अंग्रेज अधिकारियों को झाँसी का राज्य चलाने के लिए आमंत्रित करेगा।

एक-दो बार इस संबंध में नवाब ने कम्पनी सरकार के बड़े अधिकारियों से बातचीत भी की लेकिन उन अधिकारियों का कहना था कि रानी लक्ष्मीबाई झाँसी के भूतपूर्व नरेश गंगाधर राव की पत्नी और उनके दत्तक पुत्र की संरक्षिका एवं माता हैं। उनको झाँसी की राजनीति से इस प्रकार बेदखल नहीं किया जाएगा। इससे झाँसी की प्रजा ब्रिटिश हुकूमत के खिलाफ बगावत खड़ी कर देगी।

ब्रिटिश अधिकारियों का यह जवाब सुनकर नवाब अली बहादुर असमंजस और परेशानी में पड़ गया।

अंग्रेज अधिकारी मेजर एलिस नवाब अली बहादुर को अपना मित्र मानता था। एक दिन उसकी दोस्ती का ख्याल करके अली बहादुर हाथी पर बैठकर उनकी कोठी पर गया। नवाब अली के साथ उसका विश्वासपात्र नौकर पीर अली भी था। नौकर पीर अली को कोठी के बाहर खड़ा करके नवाब अली बहादुर भीतर गया। उसने मेजर एलिस से अभिवादन किया। एलिस ने भी नवाब की कुशल-क्षेम पूछी।

इसके बाद दोनों अंदर बैठकर बातचीत करने लगे। नवाब का कहना था कि दामोदर राव की गोद स्वीकार नहीं की जानी चाहिए लेकिन मेजर एलिस ने इस मामले में सिर्फ इतना कहा कि यह तो ब्रिटिश हुकूमत के बड़े अधिकारियों के ऊपर निर्भर करता है।

इस पर नवाब कहने लगा–"आप नहीं जानते कि दिवंगत राजा गंगाधर राव के राज्य में झाँसी की प्रजा पर बड़े-बड़े जुल्म हुए हैं। अब यहाँ के लोग ब्रिटिश हुकूमत को पसंद करने लगे हैं।"

मेजर एलिस कहने लगा–"मैं भी यही चाहता हूँ नवाब साहब कि झाँसी पर ब्रिटिश सरकार का कब्जा हो लेकिन जब तक रानी लक्ष्मीबाई झाँसी की सत्ता में है, वह ऐसा नहीं करने देगी।"

"वह एक अकेली औरत इतने बड़े ब्रिटिश साम्राज्य का कुछ नहीं बिगाड़ सकती मेजर साहब! आप उस स्त्री को झाँसी की सत्ता से बेदखल कर दीजिए।"

"यदि यह सब इतना आसान होता तो ब्रिटिश सरकार अब तक ऐसा कर चुकी होती और झाँसी के किले पर ब्रिटिश साम्राज्य का ध्वज लहरा रहा होता। मत

भूलिए कि रानी के साथ झाँसी की प्रजा है और नाना, तात्या जैसे कई शुभचिंतक लोग रानी के साथ हैं। जब तक ये लोग ब्रिटिश हुकूमत के खिलाफ बागी साबित नहीं हो जाते, तब तक कुछ नहीं किया जा सकता।''

मेजर एलिस की बात सुनकर अली बहादुर कुछ देर तक मौन और गंभीर होकर बैठा रहा। इसके बाद उसने अपनी व्यक्तिगत समस्या एलिस को बताई–''मेरे पिता रघुनाथ राव ने मुझे पिचासी गाँव जागीर के रूप में दिए थे। राजा गंगाधर राव ने सरकारी फौज के खर्चे के लिए जो इलाका ब्रिटिश सरकार को दिया था, उस इलाके में ये पिचासी गाँव भी आ गए थे। सरकारी बंदोबस्त के अंतर्गत ये सभी गाँव मुझ से ले लिए गए हैं। अब ब्रिटिश सरकार मुझे केवल पाँच सौ रुपया मासिक वेतन देती है। इतने कम धन में मेरी गुजर नहीं हो पा रही है। आप मेरी ओर से सरकार से प्रार्थना कर दीजिए। सरकार मेरा वेतन बढ़ा दे।''

''ठीक है, मैं अपनी ओर से पूरी-पूरी कोशिश करूँगा। आप अर्जी दे दीजिए।'' एलिस ने आश्वासन देते हुए कहा।

नवाब खुश होकर कहने लगा–''बहुत-बहुत शुक्रिया मेजर साहब। खुदा आपको लाट साहब बना दे।''

इसके बाद नवाब ने मेजर एलिस को दूसरी समस्या बताई–''मेजर साहब! आपको मालूम है कि मेरे पिता महाराज रघुनाथ राव का महल पहले मेरे अधिकार में था। बाद में राजा गंगाधर राव ने वह महल मुझ से छीन लिया। अब उस महल में ताले पड़े हुए हैं। वह किले के काम नहीं आ रहा है। अगर आप सरकार से कहकर मेरा महल मुझे वापिस दिला दें तो आपकी बड़ी मेहरबानी होगी।''

मेजर एलिस–''आपकी जगह आपको जरूर मिलेगी नवाब साहब। थोड़ा सा इंतजार कीजिए।''

मेजर एलिस ने आश्वासनों को सुनकर नवाब को इतनी खुशी हुई कि नवाब ने एलिए की प्रशंसा के पुल बाँध दिए। इसके बाद जब नवाब चलने को हुआ तो एलिस ने उससे अनुरोध किया कि वह थोड़ी देर और बैठ जाए। एलिस की बात मानकर नवाब खुश होकर कुछ और देर तक एलिस के पास बैठा रहा।

एलिस ने नवाब से पूछा कि झाँसी के लोगों के क्या हाल-चाल हैं? इस पर नवाब ने जवाब दिया कि यहाँ के लोग परेशान हैं। सच्ची खुशी तो झाँसी के लोगों को तभी मिलेगी जब झाँसी में कम्पनी सरकार का राज हो जाएगा।

मेजर एलिस–''आपकी यह इच्छा शीघ्र ही पूरी होगी नवाब साहब। आप झाँसी के प्रमुख लोगों से मिलते रहिए और उनके हाल-चाल के बारे में हमें बताते रहिए।''

"बहुत अच्छा, मेजर साहब।"

इसके बाद मेजर एलिस ने रानी लक्ष्मीबाई के बारे में पूछा–"रानी साहिबा के क्या हाल-चाल हैं? उनका स्वभाव और मिजाज कैसा चल रहा है आजकल!"

नवाब कहने लगा–"पति के गुजर जाने से थोड़ा रंज में रहती हैं। सोचती होंगी कि मैं अकेली इतनी बड़ी झाँसी का शासन कैसे संभाल पाऊँगी? चाल-चलन तो उनका अच्छा है और धर्म की वे काफी पाबंद हैं।"

"चलिए, झाँसी के लोगों को काफी समय बाद ऐसी धार्मिक रानी देखने को मिली। सुना है कि वे घुड़सवारी और हथियार चलाने में भी रुचि लेती हैं?"

"हाँ, आपने ठीक सुना है।"

"तब तो रानी साहसी लगती हैं।"

"ये सब बातें कहकर आप मेरा दिल न जलाइए मेजर साहब!"

"ओह! माफ कीजिए…।"

कुछ क्षण मौन रहने के बाद एलिस ने पूछा–"क्या रानी के शुभचिंतक और रिश्तेदार भी बाहर से आए हैं?"

नवाब कहने लगा–"हाँ, कुछ लोग फेरे की रीति मनाने आए थे, वे अब जा चुके हैं।"

"आप ऐसे लोगों पर नजर रखिए नवाब साहब। कहीं ऐसा न हो कि ये लोग रानी के साथ मिलकर ब्रिटिश हुकूमत के खिलाफ कोई योजना बना लें।"

"आप निश्चिंत रहिए मेजर साहब। अगर ऐसा होगा तो मैं आपको तुरंत सूचित करूँगा। मेरा एक नौकर पीर अली नाम का है। वह बड़े भरोसे का आदमी है और इन कामों में वह बड़ा ही होशियार है। मैं आज से ही उसे इस काम पर लगाऊँगा। वह रानी के महल में आने-जाने वाले लोगों पर निगरानी रखेगा।"

"हाँ, लेकिन इस तरह कि रानी को जरा-सा भी शक न हो वर्ना वह बड़ी खतरनाक औरत है। सुना है कि वह दोषी, गद्दार और अपराधियों को बहुत कड़ा दंड देती है। उनके ऊपर जरा भी दया नहीं बरतती।"

"आप निश्चिंत रहें मेजर साहब, हमारे जासूसों की रानी को कोई खबर नहीं होने पाएगी। अच्छा अब जाने की इजाजत दें। पीर अली बाहर खड़ा हुआ है…।"

"अरे, उसे अंदर आने दिया होता।"

"कोई बात नहीं मेजर साहब। जाता हूँ।"

इतना कहकर नवाब अली बहादुर ने मेजर एलिस को सलाम किया और

अपने नौकर पीर अली के साथ वापिस अपनी कोठी की ओर चला गया। कोठी पर पहुँचकर नवाब ने अपने नौकर पीर अली को झाँसी के किले वाले महल पर निगरानी रखने के संबंध में सारी बातें समझा दीं।

खुदाबख्श उस समय नवाब की हवेली में ठहरा हुआ था। उसे पता चल गया था कि नवाब, मेजर एलिस से बातें करके लौटा है। उसने नवाब से पूछा कि आपने एलिस साहब से मेरे संबंध में बात की?"

"कैसी बात, खुदाबख्श?" नवाब ने पूछा।

खुदाबख्श कहने लगा–"मुझे सरकार से जागीर दिलाने के मामले में!"

नवाब ने ऊपरी मन से बात बनाते हुए कहा–"हाँ, बात की थी लेकिन वे बड़ी कठिनाई से इस बारे में माने। उन्होंने कहा है कि खुदाबख्श को जागीर दिलाने के मामले में विचार करेंगे।"

नवाब के झूठे दिलासे से खुदाबख्श को बड़ी तसल्ली हुई। वह खुश होकर कहने लगा–"शुक्रिया नवाब साहब! मैंने रानी साहिबा के पास भी इस संबंध में विनती भेजी थी। उन्होंने मेरी प्रार्थना स्वीकार करके मुझे झाँसी में रहने की आज्ञा दे दी है। मुझे जागीर प्रदान करने के मामले में उन्होंने मुझे हुक्म दिया है कि जब लाट साहब के यहाँ से तुम्हारी जागीर का आदेश-पत्र आ जाएगा तब तुम्हें तुम्हारी जागीर दे दी जाएगी।"

"क्या रानी जी के पास विनती तुम खुद लेकर गए थे, खुदाबख्श?"

"नहीं नवाब साहब! मैंने झाँसी राजमहल की नाटकशाला में काम करने वाली नर्तकी मोतीबाई के जरिए महारानी जी के पास विनती भेजी थी। उसे भी रानी जी से अपनी तनख्वाह लेनी थी, इसलिए उनके पास गई थी। बातचीत के दौरान उसने मेरी भी प्रार्थना सुना दी।"

खुदाबख्श की बात सुनकर नवाब अली बहादुर ने उसे आश्वासन देते हुए कहा–"मैं तुम्हारी पूरी मदद करूँगा, खुदाबख्श!"

"शुक्रिया, नवाब साहब! मुझे आपसे यही उम्मीद थी।" खुदाबख्श ने नम्रतापूर्वक सिर झुकाते हुए कहा।

एक दिन झाँसी के किले में मेजर एलिस अपने अंगरक्षकों के साथ पहुँच गया। वह सीधा रानी के महल में जा पहुँचा। महल में कदम रखने से पहले उसने रानी के पास सूचना भेजी कि बड़े लाट साहब की आज्ञा से छोटे लाट साहब यानी मेजर एलिस साहब रानी साहिबा से मिलने आ रहे हैं। बड़े लाट साहब ने उनके लिए जो आदेश भेजा है, उसी को सुनाने के लिए वे आ रहे हैं।

महारानी लक्ष्मीबाई ने जब मेजर एलिस के आने की खबर सुनी तो उन्होंने राजमहल के सेवकों को आदेश दिया कि एलिस साहब को दीवानखाने में बुलाया जाए।

जब एलिस दीवानखाने में आ गया तो रानी पर्दे की ओट में बैठ गई। मेजर एलिस ने दीवान से पूछा–"क्या महारानी साहिबा आ चुकी हैं?"

दीवान ने जवाब दिया–"जी साहब! वे यहाँ आ चुकी हैं तथा पर्दे के पीछे विराजमान हैं।"

महारानी की उपस्थिति का पता चल जाने के बाद मेजर एलिस ने अपनी जेब से अंग्रेज लाट साहब का एक आदेश-पत्र निकाला और निःसंकोच होकर उस आदेश-पत्र को पढ़कर सभी को सुना दिया। वह आदेश-पत्र क्या था, एक तरह से झाँसी राज्य की स्वतंत्रता का हरण था। उस आदेश-पत्र में लिखा था कि महाराज गंगाधर राव जब तक जीवित थे, तब तक वे झाँसी राज्य का प्रबंध संभाल रहे थे। चूँकि अब उनका कोई बालिग उत्तराधिकारी मौजूद नहीं है इसलिए अंग्रेज सरकार झाँसी राज्य की व्यवस्था को अपने हाथ में लेती है। महारानी साहब और उनके परिवार के लिए पाँच हजार रुपयों की मासिक पेंशन अंग्रेज हुकूमत की ओर से दी जाएगी।

जब रानी लक्ष्मीबाई और उनके राजकर्मचारियों ने लाट साहब के इस आदेश को सुना तो वे हैरान रह गए। लाट साहब का आदेश-पत्र सुनकर सभी को गुस्सा आ गया। रानी पर्दे के पीछे से ऊँचे स्वर में चिल्लाईं–"नहीं-नहीं। मैं अपनी झाँसी अंग्रेजों को किसी कीमत पर नहीं दूँगी।" महारानी के इन शब्दों से सारा दीवान-खाना गूँज उठा।

एलिस कहने लगा–"गवर्नर जनरल साहब ने मुझे जो आदेश-पत्र दिया था, वह मैंने आप सभी को पढ़कर सुना दिया। जो कुछ भी मेरे वश में था, मैंने किया लेकिन मेरी कोशिश व्यर्थ गई। मेरा निवेदन है कि आप गवर्नर जनरल साहब की बात मान लें। फिर पाँच हजार रुपये की मासिक पेंशन…।"

"मालिक पेंशन रखें गवर्नर जनरल अपने पास! क्या वे मुझे पाँच हजार रुपये की मासिक पेंशन देकर मेरी झाँसी को मुझसे खरीदना चाहते हैं। गवर्नर जनरल ने यह आदेश देकर मेरे साथ अन्याय किया है। यह झाँसी की प्रजा के ऊपर जुल्म है। यह आदेश मैं हरगिज नहीं मान सकती।"

महारानी लक्ष्मीबाई के ऐसे दृढ़तापूर्ण शब्द सुनकर एलिस का दिमाग चकरा गया। वह अपने स्थान से उठकर खड़ा हो गया और तटस्थतापूर्वक कहने लगा–

"जिस काम के लिए गवर्नर जनरल साहब ने मुझे भेजा था, मैंने अपना वह काम पूरा कर दिया है। अब यह आपके ऊपर निर्भर करता है कि आप लाट साहब के हुक्म को कितना मानते हैं। मैं चलता हूँ।"

मेजर एलिस ने दीवानेखास में अधिक देर ठहरना उचित नहीं समझा। वह अपने अंगरक्षकों को साथ लेकर वहाँ से चला गया।

एलिस के चले जाने के बाद महारानी लक्ष्मीबाई के दीवान, सभी सभासदों और सरदारों ने एक स्वर में रानी से कहा कि हमें अंग्रेज गवर्नर जनरल के आदेश को नहीं मानना चाहिए।

कुछ ही क्षणों में अंग्रेज गवर्नर जनरल के इस अन्यायपूर्ण आदेश की खबर सारे झाँसी शहर में फैल गई। इससे झाँसी के नागरिकों में क्षोभ और आक्रोश फैल गया। लोगों की यही राय थी कि रानी को अन्यायपूर्ण आदेश नहीं मानना चाहिए। हम अपने जीते जी अपनी झाँसी को अंग्रेजों का गुलाम नहीं होने देंगे। जब झाँसी के सैनिकों के पास यह खबर पहुँची तो सभी ने मिलकर रानी लक्ष्मीबाई के पास सूचना भेजी कि अगर आपकी इजाजत हो तो हम शीघ्र ही अंग्रेजों से युद्ध छेड़ दें।

सैनिकों की अभिलाषा जानकर रानी को हार्दिक प्रसन्नता हुई। उन्होंने अपने सैनिकों को समझाते हुए कहा–"अभी अंग्रेजों से युद्ध करने का समय नहीं आया है। जब अंग्रेजों के खिलाफ जंग करनी होगी तो मैं खुद तुम सभी सैनिकों के साथ युद्ध के मैदान में चलूँगी।"

महारानी की यह बात सुनकर उनके सैनिकों के उत्साह में वृद्धि हुई। उन्हें खुशी थी कि हमें ऐसी रानी का नेतृत्व मिला है, जो झाँसी की सबसे अधिक बहादुर महिला है तथा वह किसी भी मुसीबत से नहीं घबराती।

9

अंग्रेज गवर्नर जनरल के आदेश से मेजर एलिस ने शीघ्र ही झाँसी राज्य का प्रबंध कार्य करना शुरू कर दिया था। एलिस ने गवर्नर जनरल के मुताबिक रानी लक्ष्मीबाई के दीवान से दफ्तरों की चाबियाँ लेकर अपने कब्जे में कर ली थीं। उसने ब्रिटिश सैनिकों को साथ लेकर झाँसी के थाने पर भी अधिकार कर लिया था। सारे झाँसी नगर में इस बात की डोंडी पिटवा दी थी कि अब झाँसी पर ब्रिटिश हुकूमत का अधिकार हो गया है इसलिए आगे से झाँसी के नागरिक ब्रिटिश हुकूमत के

आदेश को ही मानें।

एलिस ने झाँसी की तहसीलों के अंदर भी ब्रिटिश शासन के अधिकार की सूचना तथा आदेश भेजा तथा झाँसी नगर के साथ-साथ झाँसी की तहसीलों के अंदर भी कड़े प्रबंधों वाली शासन व्यवस्था करनी प्रारंभ कर दी।

मेजर एलिस ने उन महत्त्वपूर्ण व्यक्तियों की सूची बनाई जिनको जागीरें और जायदादें दी गई थीं। उसने इन लोगों की जायदाद तथा जागीर जब्त करने का कार्य भी करना शुरू कर दिया।

चूँकि ब्रिटिश गवर्नर जनरल ने मेजर एलिस तथा अन्य कुछ ब्रिटिश अधिकारियों को झाँसी का प्रबंध करने के अधिकार दे दिए थे इसलिए इन अधिकारियों ने दबाव डालकर रानी लक्ष्मीबाई से झाँसी का किला खाली करवा लिया। अब रानी झाँसी नगर में आकर रहने लगी थीं। ब्रिटिश अधिकारियों ने किले की रक्षा के लिए ब्रिटिश सेना का एक दस्ता तैनात कर दिया था।

रानी ने झाँसी किले को जब छोड़ा जब उन्हें काफी उदास तथा दुखी देखा गया। उनके साथ-साथ उनकी तीनों सखियाँ सुंदर, मुंदर तथा काशीबाई भी दुखी थीं। इन तीनों सहेलियों की आँखों में आँसू थे।

सुंदर सखी ने बेचैन होकर रानी लक्ष्मीबाई से पूछा–"सरकार, अब आगे क्या होगा?"

इतना कहकर रानी की तीनों सखियाँ जब रोने लगीं तो रानी ने एक-एक करके तीनों के सिर पर बड़े प्यार से हाथ फेरा और तीनों को पुचकारती हुई कहने लगीं–"मेरी प्यारी सखियो! तुम उदास और दुखी न होवो। इस तरह आँसू बहाने से कुछ नहीं होगा। आँसू बहने से नारी के बल का क्षय हो जाता है। हमें अपना कार्य हिम्मत और उत्साह से आरंभ करना है। यदि हम लोगों ने रोने-सिसकने में ही समय गँवा दिया तो अंग्रेजों का मुकाबला हम कैसे कर पाएँगे? तुमने सुना होगा कि छत्रपति शिवाजी की माँ जीजाबाई को अपने पति का सुख नहीं मिला, फिर भी उन्होंने हिम्मत रखकर अपने पुत्र की परवरिश इस आशा के साथ की कि मेरा पुत्र बड़ा होकर अपने राज्य की और भारत राष्ट्र के सम्मान की रक्षा करेगा। जीजाबाई ने अपने पुत्र की श्रेष्ठ परवरिश उन्हें केवल राजगद्दी पर बिठाने के लिए तो नहीं की थी। पुत्र को हाथी पर बैठाने और उन्हें नरम गद्दी का सुख देने के लिए जीजाबाई ने शिवाजी को राष्ट्र-भक्ति की शिक्षा नहीं दी थी। जिन्दगी का सार केवल सुख-सुविधाओं का और राज्य का भोग करने में तो नहीं है। हमें हर प्रकार के कष्ट झेलने और त्याग के लिए भी तैयार रहना चाहिए।

रानी की बातों से उनकी तीनों सहेलियों के अंदर उत्साह का संचार होने लगा। रानी लक्ष्मीबाई केवल इतना कहकर ही नहीं रुक गईं, वे आगे भी कहती गईं–"हमें जो कुछ आगे करना है, उसके बारे में हमें सबको भली-भाँति मालूम है। राज्य और प्रशासन के मामले में रुकावटें तो आती ही हैं। अंग्रेजों ने हमारे पंचवर्षीय बालक दामोदर राव को हमारा दत्तक पुत्र होना स्वीकार नहीं किया है। यदि ब्रिटिश सरकार दामोदर राव को महाराजा के उत्तराधिकारी के रूप में मान्यता दे देती, तो इस प्रकार की कोई समस्या या मुसीबत ही खड़ी नहीं होती। हमारे दादा पेशवा बाजीराव हम सबको बिठूर में बैठे-बैठे यही सिखाते थे कि हमको अन्याय के आगे कभी अपना सिर नहीं झुकाना चाहिए। वे हमको सदैव स्वराज्य की प्रेरणा और शिक्षा दिया करते थे। भगवान ने गीता में भी कहा है कि मनुष्य को सदैव अपना कर्म करते रहना चाहिए तथा उसे फल की इच्छा नहीं रखनी चाहिए। मैं अपनी झाँसी की स्वतंत्रता के लिए अंतिम साँस तक लड़ूँगी। मैंने भगवान के सम्मुख यह प्रतिज्ञा कर ली है कि मैं अंग्रेजों से सतत संघर्ष करूँगी तथा अपना खोया हुआ स्वराज्य फिर से प्राप्त करूँगी। झाँसी की जनता हमारे साथ है। और जनता की शक्ति सबसे बड़ी शक्ति है। अंग्रेज राजा को मिटा सकते हैं लेकिन जनता को कभी नहीं मिटा सकते। जागरूक जनता अपना राजा खुद चुन लेती है। जागरूक नागरिक किसी अत्याचारी के आगे कभी अपना सिर नहीं झुकाते। एक दिन आएगा जब मैं जनता को साथ लेकर झाँसी के किले पर स्वराज्य का झंडा लहराऊँगी।"

महारानी लक्ष्मीबाई की बातें सुनकर उनकी सखियों की आँखों में एक नए प्रकार की चमक पैदा हो गई।

रानी कहने लगीं–"मैं स्त्रियों की एक नई फौज तैयार करूँगी। अंग्रेजों को उन पर किसी प्रकार का शक भी नहीं होने पाएगा।"

रानी लक्ष्मीबाई ने झाँसी की स्त्रियों को घुड़सवारी करने और हथियार चलाने का प्रशिक्षण देना शुरू कर दिया था। धीरे-धीरे महिला प्रशिक्षणार्थियों की संख्या बढ़ने लगी।

अंग्रेज अधिकारी यह सोचते थे कि रानी के ऊपर महिलाओं को घुड़सवारी करने और हथियार चलाने का प्रशिक्षण देने की सनक सवार हुई है। उन्हें यह नहीं पता था कि महारानी लक्ष्मीबाई ब्रिटिश सरकार को सबक सिखाने की भूमिका तैयार कर रही हैं।

दिन निकलते ही रानी तथा उनकी कई सखी-सहेलियाँ नगर के बाहरी इलाकों तथा पहाड़ियों का निरीक्षण करने चली जाती थीं। रानी की सारी सखी-

सहेलियाँ बंदूक, तलवार, बर्छी, भाला आदि हथियार चलाने और घुड़सवारी करने में माहिर हो चुकी थीं।

एक दिन तात्या टोपे आकर रानी लक्ष्मीबाई से मिले। तात्या ने रानी के चेहरे पर एक अजीब प्रकार का तेज देखा तथा उनकी आँखों में अटूट आत्मविश्वास तथा उत्साह की झलक देखी। यह सब देखकर तात्या टोपे रानी लक्ष्मीबाई से काफी प्रभावित हुए। उन्हें आज की लक्ष्मीबाई बचपन की मनूबाई से बिल्कुल अलग-सी जान पड़ी।

तात्या ने रानी से झाँसी के वर्तमान राजनैतिक हालात पर चर्चा की तथा उनको देश के हालात के बारे में बताया। तात्या कहने लगे–''अधिकांश राजा और नवाब लोग तो अंग्रेजों से बुरी तरह आशंकित हो चुके हैं। लेकिन देश की जनता सजग है। हमारे देश के सिपाही स्वाभिमानी हैं। वे ब्रिटिश सैनिकों से मुकाबले करने में पूरी तरह से सक्षम हैं।''

रानी लक्ष्मीबाई कहने लगीं–''तात्या जी, अभी हमें मिलकर बहुत सारा काम करना है। मैं महत्त्वपूर्ण स्थानों की भौगोलिक परिस्थितियों का बारीकी से निरीक्षण कर रही हूँ। हमें यह देखना है कि कहाँ पर किस प्रकार की सेना को ले जाना चाहिए और हमें कहाँ-कहाँ युद्ध करने की जरूरत पड़ेगी। आप भी इन चीजों का ध्यान रखें।''

''आप निश्‍चिंत रहिए बाई सा। आपकी आज्ञा का पूरी तरह से पालन होगा। हमारे लिए तो आप अभी भी झाँसी की महारानी हैं। नाना साहब भी आपके बताए अनुसार अपने उद्देश्य में दृढ़ हैं। वे पूरी तरह से हमारी मदद करेंगे।''

''आप तोप, बंदूक, बारूद, गोले और बंदूक की गोलियाँ बनाने वाले कारीगरों को एकत्रित कीजिए। भविष्य में हमें इस प्रकार की युद्ध-सामग्री की निश्‍चित रूप से आवश्यकता पड़ेगी।''

''यह काम मैं कल से ही करना शुरू कर दूँगा। हमें एक जासूसी विभाग की जरूरत भी पड़ेगी, जो अंग्रेजों की हरकतों पर नजर रखेगा।''

''मैंने जासूसी विभाग की स्थापना कर दी है।''

''वाह बाई साहब! आपने जासूसी विभाग की स्थापना कब और कैसे की?''

''मेरी सुंदर, मुंदर और काशीबाई आदि तीन पक्की सहेलियाँ जासूसी के काम को अंजाम दे रही हैं। उनके साथ कुछ और सखियाँ भी बड़ी बारीकी से ब्रिटिश अधिकारियों पर नजर रखे हुए हैं। जासूसी का काम बड़ी सावधानी और मुस्तैदी के

साथ हो रहा है।"

"यह तो आपने अच्छा किया बाई साहब! इधर नाना साहब और उनके भाई भी क्रांतिकारी कार्यों में लगे हुए हैं। मेरठ के कई मुसलमान भी ब्रिटिश सरकार के विरुद्ध भारतीयों के अंदर क्रांति की नई चिंगारी पैदा करने में लगे हुए हैं।"

"जब हमारी तैयारियाँ पूरी हो जाएँगी, तब हम बड़े पैमाने पर स्वराज की स्थापना का कार्य शुरू कर देंगे।"

"आपने बिल्कुल ठीक कहा बाई साहब! स्वराज्य जैसे महत्त्वपूर्ण कार्य के लिए अधकचरी तैयारी की नहीं बल्कि पूरी तैयारी की जरूरत है। मैंने सुना है कि मद्रास के सिपाहियों ने ब्रिटिश हुकूमत के खिलाफ अचानक उपद्रव शुरू कर दिया था लेकिन उनका विद्रोह निष्फल गया। अंग्रेज अब भारतीय सैनिकों के मामले में काफी सावधानी बरतने लगे हैं।"

"लेकिन सच बात तो यह है कि हमारे देश के लोग, चाहे वे हिन्दू हों या मुसलमान–अंग्रेजी शासन के खिलाफ हैं।"

चूँकि रानी लक्ष्मीबाई के भोजन का समय हो चुका था इसलिए उनकी दो सखियाँ उन्हें भोजन के लिए बुलाने आ गईं। रानी भोजनकक्ष की ओर चली गईं। तात्या भी अपने कक्ष की ओर लौट गए। अगले दिन तात्या दो युवकों के साथ रानी के पास आए। इन दोनों युवकों का नाम रघुनाथ सिंह और जवाहर सिंह था। रघुनाथ सिंह मजबूत देह वाला ताकतवर इंसान था जबकि जवाहर सिंह छरहरे शरीर वाला था। ये दोनों नवयुवक रानी को प्रणाम करने के बाद बैठ गए।

दीवान जवाहर सिंह झाँसी के पास के एक गाँव के रहने वाले थे। इनके गाँव का नाम कंटीली था। ये भी क्रांतिकारी विचारधारा वाले युवक थे। तात्या कल रात ही जवाहर सिंह को उसके गाँव से लेकर आए थे। दीवान रघुनाथ सिंह ने इस कार्य के लिए अपना ऊँट सवार भेज दिया था।

बातचीत के दौरान जवाहर सिंह ने रानी से कहा–"महारानी जी, आप आज भी हमारे राज्य की मालिक हैं। हम अपनी झाँसी के लिए और अपने स्वामी के लिए प्राणों की बाजी लगा देंगे।"

जवाहर सिंह की बात सुनकर रानी ने खुश होते हुए कहा–"मुझे आप लोगों का ही भरोसा है जवाहर सिंह जी। लेकिन हमें अवसर आने पर ही अपनी तलवार को म्यान से बाहर निकालना है। छोटी-छोटी बातों पर तलवार को म्यान से खींच लेना ठीक नहीं।"

रघुनाथ सिंह ने आवेशपूर्वक कहा–"हमें अंग्रेज सरकार के अन्यायपूर्ण आदेश पर बड़ा गुस्सा आया है।"

रानी बोलीं–"पाप का घड़ा पहले भरता है, तभी फूटता है दीवान रघुनाथ सिंह जी। अंग्रेजों के अन्याय इसी प्रकार बढ़ेंगे तभी तो उनके साम्राज्य की समाप्ति होगी। अंग्रेजों ने गाय की हत्या करनी शुरू की है। हमने उन्हें बहुत समझाया लेकिन वे नहीं माने। गौहत्या बंद करने के लिए देश के हिन्दू और मुसलमान बहुत रोये और चिल्लाए लेकिन अंग्रेजों ने उनकी एक न सुनी। अब भगवान ही हम सबकी पुकार सुनेंगे और ब्रिटिश शासन का शीघ्र ही खात्मा होगा।"

जवाहर सिंह की इच्छा थी कि महारानी उनकी तलवार पर गंगाजल छिड़कें। यह बात जानकर रानी लक्ष्मीबाई ने अपनी सखी सुंदर को अपने पास बुलाया और उससे कहा–"सुंदर! तुम गंगाजल ले आओ।"

सुंदर गंगाजल का पात्र ले आई। रघुनाथ सिंह और जवाहर सिंह ने अपनी-अपनी म्यानों से तलवारें निकाल लीं। रानी ने दोनों की तलवारों पर गंगाजल को छिड़का। इसके बाद दोनों वीरों ने अपनी तलवारें अपनी-अपनी म्यान में रख लीं और रानी के चरण स्पर्श किए। यह देख रानी लक्ष्मीबाई खुशी से भर उठीं।

रघुनाथ सिंह ने महारानी से आशीर्वाद माँगा। रानी ने अवरुद्ध कण्ठ से भावविभोर होकर कहा–"आप सबके हाथों स्वराज्य के आदर्श का पालन हो। आप हमेशा सुखी रहें और अपने पीछे ऐसा नाम छोड़ जाएँ कि आने वाली पीढ़ियाँ वर्षों तक आपकी महानता और गौरव को याद करती हुई आपसे शक्ति व प्रेरणा पाती रहें।"

"आप हमारी माता हैं, महारानी जी। आपका आशीर्वाद और पवित्र गंगाजल की शक्ति हमारे पास है, तो हमें सफलता अवश्य मिलेगी।" जवाहरसिंह नम्रतापूर्वक कहने लगे।

इस तरह शिष्टाचार बरतते हुए तीनों वीर पुरुष महारानी से विदा लेकर चले गए। महारानी और उनकी तीनों सखियाँ आज बड़ी प्रसन्न और उत्साहित दिखाई दे रही थीं।

रानी लक्ष्मीबाई विद्रोह को अंजाम देने का काम काफी सतर्कता और दृढ़ता के साथ करने लगीं। उनके अनुयायी भी यथासंभव उनकी सहायता करने लगे।

कम्पनी सरकार तरह-तरह के उपाय करके भारत की जनता पर अंग्रेजी साम्राज्य का रौब जमा रही थी। ग्राम पंचायतों का काम आदलतें करने लगी थीं।

लोगों की जागीरें छीनी जाने लगी थीं। मंदिरों की जायदादों को भी छीना जाने लगा था। जनता के लिए यह जरूरी हो गया था कि वह अंग्रेज साहब को झुककर 'सलाम' किया करे। गौहत्या बंद नहीं की गई थी। यह सब देखकर रानी लक्ष्मीबाई क्रोधित होती हुई अपने कार्यकर्ताओं से कहतीं–"शीघ्र ही वह दिन आ रहा है, जब झाँसी को और पूरे भारत देश को स्वराज्य प्राप्त होगा और अंग्रेज लोग इस देश से बाहर निकाले जाएँगे। अब धर्म और इंसानियत की हमेशा के लिए स्थापना होने वाली है। इसके लिए हम सबको मिलकर संघर्ष करना है। अंग्रेजों के खिलाफ अपनी बिखरी हुई शक्ति को संगठित करना है।"

10

जब से झाँसी में ब्रिटिश शासन लागू हुआ है तब से झाँसी के इलाकों में डकैती की घटनाएँ ज्यादा बढ़ गई हैं। सागरसिंह नाम के डाकू का गिरोह झाँसी में ज्यादा सक्रिय हो गया था। वह दिन-दहाड़े लोगों को लूट लेता और चाहे जिसका खून कर डालता। झाँसी के लोग सागरसिंह के नाम से थर-थर काँपने लगे थे।

एक दिन ब्रिटिश पुलिस के प्रयासों से सागरसिंह को पकड़ लिया गया। उसके कुछ साथी भी गिरफ्तार हुए। डाकुओं और पुलिस के बीच काफी समय तक गोली-बारी चलती रही। दोनों पक्षों के कई लोग मारे गए किन्तु सागरसिंह अन्ततः पुलिस की पकड़ में आ गया।

जब झाँसी की पुलिस ने सागरसिंह को पकड़ लिया तो उसे झाँसी की जेल में ले जाया गया और जेल में ही उसको बंद कर दिया गया।

झाँसी में सागर सिंह डाकू का इतना आतंक था कि अंग्रेज अधिकारी, पुलिस कमिश्नर और झाँसी का कलेक्टर आदि सब उस कुख्यात डाकू को देखना चाहते थे। ये सभी लोग सागर सिंह को देखने के लिए झाँसी की जेल में आए। जेल के दारोगा का नाम बख्शीश अली था। दारोगा बख्शीश अली ने इन सभी अफसरों का आदर सहित स्वागत किया। इसके बाद बख्शीश अली दारोगा ने इन सभी ब्रिटिश अधिकारियों को सागरसिंह से मिलाया। इन अफसरों ने साधारण तौर पर डाकू सरदार से बातें कीं तथा उसके हालचाल आदि के बारे में पूछा। सागरसिंह के अंदर अपने डाकूपने की बड़ी अकड़ थी। उसने रूखेपन से और रौब के साथ

इन अफसरों से बात की। अंग्रेज अधिकारी भला एक भारतीय डाकू के सामने कहाँ दबने वाले थे। इन अफसरों ने सागर सिंह को धमकी दी कि अगर जेल में रहकर उसने अपना सुधार नहीं किया तो वह सारी जिन्दगी जेल में ही पड़ा सड़ता रहेगा।

सागर सिंह जिद्दी था। वह इतनी आसानी से किसी से दबने वाला नहीं था। पुलिस कमिश्नर उससे उसके गिरोह के कुछ और सदस्यों के नाम जानना चाहते थे। जब सागरसिंह ने कमिश्नर को नाम नहीं बताए तो उसे भूखा और प्यासा रखा गया। आखिर भूखे-प्यासे सागर सिंह ने अंग्रेजों के अत्याचार के आगे अपनी हार मान ली। उसने अपने बाकी सभी साथियों के नाम तथा पते बता दिए। दारोगा ने खुश होकर सागरसिंह डाकू को पेट भरकर खाना खिलाया। उसे जेल में हथकड़ियाँ और बेड़ियाँ पहनाई गई थीं। उन भारी-भरकम लोहे की हथकड़ी और बेड़ियों को उतार दिया गया। कमिश्नर ने दारोगा को आजादी दी कि सागरसिंह को जेल में भरपेट भोजन दिया जाए लेकिन इसके ऊपर निगरानी अवश्य रखी जाए।

पुलिस कमिश्नर की सलाह मानकर जेल दारोगा बख्शीश अली ने डाकू सागर सिंह के साथ नरम व्यवहार किया। उसे अच्छा भोजन दिया जाने लगा। एक रात मौका देखकर डाकू सागर सिंह जेल से भाग गया। जब सागर डाकू भाग गया तो बख्शीश अली यह सोचकर अपने आप पर बहुत पछताया कि उसने सागर सिंह के साथ इतना नरम व्यवहार क्यों रखा तथा उसके ऊपर कड़ी निगरानी क्यों नहीं रखी?

दारोगा बख्शीश अली से बड़ा उस जेल का एक और अफसर था। वह जेल अधीक्षक एक अंग्रेज था और भारतीयों से बहुत चिढ़ता था। कुछ दिनों के लिए वह किसी काम से जेल से बाहर गया हुआ था। जब वह वापिस जेल लौटकर आया तो उसने पाया कि पुलिस की इतनी कोशिशों और कई सिपाहियों की कुर्बानियों के पश्चात् बड़ी मुश्किल से पकड़ा गया डाकू सरदार सागरसिंह जेल से भाग निकला और वह भी दारोगा बख्शीश अली की लापरवाही के कारण। जेल अधीक्षक को दारोगा पर इतना गुस्सा आया कि उसने दारोगा बख्शीश अली की जूतों की ठोकरों से पिटाई की और उसे बुरा-भला कहते हुए काफी अपमानित किया।

दारोगा बख्शीश अली झाँसी की जेल का पुराना नौकर था। राजा गंगाधर राव के शासनकाल में यह झाँसी किले के फाटक का मुख्य अफसर था।

जेल अधीक्षक की मार बख्शीश अली से सहन नहीं हो पा रही थी फिर भी उसने अपनी नौकरी का ख्याल करके अपना वह अपमान तथा दुत्कार भी सह

लिया।

लेकिन शीघ्र ही दारोगा के साथ घटी इस घटना का समाचार सारे झाँसी शहर में फैल गया। भारतीय सैनिकों को इस बात का पता चलते ही उन्होंने अंग्रेज जेल अधीक्षक को खूब बुरा-भला कहा। रानी लक्ष्मीबाई के पास भी इस घटना की खबर पहुँची। उन्हें मोतीबाई के माध्यम से यह बात पता चली। मोतीबाई प्रायः रोज रानी जी को मीराबाई और सूरदास आदि के भजन सुनाने आया करती थी। उसने झाँसी जेल के दारोगा की व्यथा-कथा बड़े दुख के साथ सुनाई।

महारानी लक्ष्मीबाई ने उसे यह कार्य सौंपा था कि वह उनको भक्तिभाव भरे भजन सुनाया करेगी तथा झाँसी शहर में घटने वाली मुख्य घटनाओं के बारे में भी बताया करेगी। मोतीबाई शक्ल-सूरत से सुंदर थी और उसकी बुद्धि भी काफी कुशाग्र थी। प्रारंभ से ही मोतीबाई झाँसी राज्य के प्रति वफादार और राजभक्त रही थी। वह महारानी लक्ष्मीबाई के प्रति भी बड़ी अपार श्रद्धा रखती थी।

मोतीबाई और जूही, झाँसी के भूतपूर्व दिवंगत सम्राट गंगाधर राव की नाटकशाला की दो प्रमुख अभिनेत्रियाँ थीं। राजा गंगाधर राव की सेना के एक अफसर का नाम कर्नल जमाल खाँ था। जूही उन्हीं के पड़ौस में रहा करती थी। ये दोनों अभिनेत्रियाँ राजा की नाटकशाला की प्रमुख उपकरण थीं और दोनों ही मुसलमान थीं। मोतीबाई की तरह जूही भी रानी लक्ष्मीबाई के प्रति अपार श्रद्धा रखती थी।

कर्नल जमाल खाँ की एक हवेली थी। तात्या जब कभी झाँसी आते थे तो अक्सर करके जमालखाँ की हवेली में ही ठहरते थे क्योंकि ब्रिटिश अधिकारियों ने रानी का किले वाला महल अपने कब्जे में कर लिया था। अब रानी लक्ष्मीबाई भी झाँसी के नागरिकों की तरह नगर के बीच ही रहती थीं। नाटकशाला की अभिनेत्री जूही से तात्या की मुलाकात पहले रानी के किले वाले महलों में एकाध बार हुई थी लेकिन कर्नल जमाल खाँ के निवास के आसपास अक्सर करके वह दिखाई दे जाती थी। रानी लक्ष्मीबाई और तात्या टोपे ने जूही को जो काम सौंपा था, उस काम में जूही पूरे तन-मन से लगी थी।

अंग्रेज सेना में जो भारतीय सिपाही थे, उनके पास जाना तथा उन तक रानी का संदेश गुप्त प्रकार से पहुँचाना–यही जूही का काम था। ब्रिटिश फौज के शिविर के अफसर समझते थे कि जूही भारतीय सैनिकों को भजन सुनाकर उनका मनोरंजन करने या उनका दिल बहलाने के लिए आती है। इससे सैनिकों के उत्साह में वृद्धि

होती है। यही कारण था कि ब्रिटिश सेनानायकों ने जूही को भारतीय सैनिकों के पास आने-जाने से कभी रोका या टोका नहीं था।

जूही भारतीय सैनिकों के पास पहुँचकर इस बात का पता भी लगाने की कोशिश करती थी कि सैनिक शिविर में क्या-क्या हो रहा है तथा ब्रिटिश सेनानायक भारतवर्ष के खिलाफ क्या-क्या योजनाएँ बना रहे हैं।

जूही बड़ी सतर्कता से अपना कर्तव्य निभा रही थी। वह भारतीय सिपाहियों को स्वराज्य की लड़ाई में कूद जाने की प्रेरणा देती रहती थी, लेकिन यह काम जूही अंग्रेज सेनानायकों से नजरें बचाकर करती थी। वह भारतीय सैनिकों से स्वराज्य के विषय पर इस कुशलता से बात करती थी कि शिविर अधिकारी और उसके गुप्तचरों को किसी प्रकार का शक न हो।

रानी लक्ष्मीबाई ने मोतीबाई और जूही को जासूसी के काम में भली-भाँति निपुण कर दिया था। रानी ने उनको अपनी आत्मरक्षा के लिए कई प्रकार के हथियार भी चलाने सिखा दिए थे। ये दोनों स्त्रियाँ अपनी कटार को हर समय साथ रखती थीं।

अली बहादुर ने अपने भी एक-दो जासूस रानी लक्ष्मीबाई के नगर स्थित महल पर निगरानी के लिए लगा दिए थे। जासूसों द्वारा उसे यह बात मालूम हो गई थी कि मोतीबाई और जूही रानी के महल में उनको भजन सुनाने के लिए रोज आती हैं। अली बहादुर जानना चाहता था कि मोतीबाई से रानी की और क्या बातें होती हैं तथा रानी के महल में और कौन-कौन कब आता-जाता है।

इसके लिए नवाब अली ने एक दिन मोतीबाई को अपने पास बुलाया। वह मोतीबाई की बड़ी तारीफ करने लगा। मोतीबाई रानी लक्ष्मीबाई के प्रति वफादार थी लेकिन वह नवाब अली बहादुर के दिल की गहराई जानना चाहती थी। नवाब ने अपनी तरह से मोतीबाई को रिझाने की कोशिश की। इधर मोतीबाई ने भी नवाब के मन की बात पता करनी चाही ताकि नवाब के दिल का सारा हाल वह रानी को बता सके।

दोनों में इस प्रकार बातचीत होने लगीं–

"सुना है कि आप बहुत अच्छा गा लेती हैं मोतीबाई जी? आपके नृत्य की तारीफ भी सुनी है मैंने लोगों से।"

मोतीबाई–"यह सब आप की कृपा और दुआ का फल है नवाब साहब, वर्ना हम क्या चीज हैं?"

नवाब–"क्या आप रानी साहिबा के पास भजन सुनाने जाती हैं?"

''हाँ, जाती हूँ। उनको भजन बहुत प्यारे लगते हैं। खासतौर से मीराबाई के भजन··· ।''

''आप तो मुसलमान हैं, फिर हिन्दू गीत और भजन कैसे गा लेती हैं?''

''कलाकार का अपना कोई धर्म नहीं होता नवाब साहब। वह सभी धर्म वालों का होता है। हिन्दुओं के आगे वह हिन्दू शैली की कला को प्रस्तुत करता है, मुसलमानों के आगे मुस्लिम तहजीब की कला को। एक कलाकार को हिन्दू और मुसलमान–सभी तरह के लोगों का मन रखना पड़ता है। अगर आपको अच्छा लगे तो मैं आपको उर्दू शैली की गजलें सुना सकती हूँ।''

''वाह-वाह! तब तो हमें बड़ी खुशी होगी। क्या तुम गजल गाने में भी रुचि रखती हो, मोतीबाई?''

''जी सरकार! गीत गाना मेरा पेशा है। फिर वह चाहे गीत हो या गजल। मुझे तो इन दोनों शैलियों में कोई अंतर नहीं जान पड़ता। केवल जबान का फर्क है··· ।''

''और अपने जायके का भी।'' कहकर नवाब ने ठहाका लगाया। मोतीबाई को नवाब की विचित्र हँसी देखकर आश्चर्य हुआ। उसने सोचा कि भजन और गीत भी क्या कोई खाने की चीज है जिसका जायका लिया जाए? हाँ, गीतों को सुनकर एक अनोखा आनंद प्राप्त होता है, यह बात सच है।

काफी देर तक मोतीबाई से इधर-उधर की बातें करने के बाद नवाब ने उससे अपने मतलब की बात करनी शुरू की। नवाब ने कहा–''महारानी साहिबा की पेंशन से आप जैसे कई लोगों को सहारा मिलता है।''

''हाँ, महारानी जी बड़ी उदार चित्तवाली महिला हैं। वे दान-पुण्य भी खूब करती हैं।''

''हाँ-हाँ क्यों नहीं। वे अपने पुराने नौकरों, आने-जाने वाले लोगों और रिश्तेदारों को भी आर्थिक सहायता देती होंगी?''

''जी नवाब साहब। मैंने कहा ना। महारानी साहिब बड़ी सरल चित्त और उदार स्वभाव वाली महिला हैं।''

कुछ क्षण गहरी साँस लेकर उसे छोड़ने के बाद नवाब ने मोतीबाई को फिर कुरेदना शुरू किया–

''मोतीबाई, मैंने सुना है कि महारानी जी घुड़सवारी करने और हथियार आदि चलाने में भी रुचि लेती हैं?''

''आपने बिल्कुल ठीक सुना है हुजूर। उन्होंने हमें भी घुड़सवारी करना, बंदूक

और तलवार चलाना सिखाया है।''

''लेकिन औरतों के लिए इन सब चीजों की क्या जरूरत है?''

''अपने स्वयं के शरीर की, अपने सम्मान की और अपने आश्रित लोगों की रक्षा करना हर मनुष्य का फर्ज है नवाब साहब। इन साधनों के जरिए महारानी भी हमको आत्मरक्षा करना सिखाती हैं।''

''लेकिन इस बात के पीछे महारानी का क्या कोई और भी उद्देश्य है?''

''अपने शरीर की रक्षा के अलावा मुझे और तो कोई उद्देश्य नजर नहीं आता। इस बात के पीछे रानी जी का कोई और मतलब हो तो वही जानें।''

नवाब अली बहादुर को लगा कि मोतीबाई महारानी के बारे में सारी बातें खुलकर नहीं बता पा रही है। उसने मोतीबाई की तारीफ करनी शुरू की–''आप सचमुच बड़ी सुंदर हो मोतीबाई और आपकी तंदुरुस्ती पहले से भी ज्यादा अच्छी हो गई है। क्या आप भी महारानी की तरह कसरत आदि में रुचि लेती हैं?''

''जी हाँ, अपने शरीर का व्यायाम तो हर एक मनुष्य को करना चाहिए, फिर चाहे वह स्त्री हो या पुरुष।'' नवाब के मुख से अपनी तारीफ सुनकर मोतीबाई शरमाने लगी। उसने कहा– आप तो यों ही हमारी तारीफ कर रहे हैं, हुजूर!''

नवाब कहने लगा–''नहीं, तारीफ नहीं, सच कह रहा हूँ। तुम तो लाखों में एक हो।''

''हाय अल्लाह!'' कहकर लाज के मारे मोतीबाई ने अपने दोनों हाथों से अपना मुख ढँक लिया।

जब नवाब ने देखा कि मोतीबाई अपनी प्रशंसा सुनकर खुश है तो उसने मोतीबाई से फिर अपने मतलब की बात पूछी–''मोतीबाई, जरा यह तो बताओ कि रानी साहिबा के पास कौन-कौन लोग आते हैं?''

मोतीबाई ने पहले तो सोचा कि मैं क्यों रानी का भेद इसको बताऊँ लेकिन फिर यह सोचकर कि नहीं बताने से नवाब को शक हो जाएगा–मोतीबाई कहने लगी–''अभी कुछ ही दिनों में महारानी जी से मिलने कई लोग आए थे। बिठूर से तात्या टोपे आए थे, कटीली से दीवान जवाहर सिंह आए थे, एक दूल्हाजू नाम के कहीं के प्रसिद्ध व्यक्ति आए थे। और भी कई लोग आए थे, जिनके नामों के बारे में मुझको नहीं मालूम। आगे से महारानी के पास आने वाले लोगों के नाम याद रखा करूँगी।''

नवाबअली बहादुर–''हाँ मोतीबाई। अगर तुम हमारी इतनी सेवा कर दिया करो तो तुम्हारी बड़ी मेहरबानी होगी। हम तुम्हें रुपये-पैसे, गहने और सामान से खुश कर दिया करेंगे।''

"अच्छी बात है, हुजूर!"

"मोतीबाई! महारानी के पास आने-जाने वाले लोग जो कुछ भी बातें किया करें, उसे तुम हमें बता जाया करो··· । क्या हाल ही में महारानी की उनके अतिथियों से कोई खास बातें हुई हैं?"

मोतीबाई ने नवाब का विश्वास जीतने के लिए बताया–"जी हाँ, नवाब साहब! ऐसी कुछ बातें तो मुझे याद हैं?"

"बताओ-बताओ, मोतीबाई।" नवाब ने अधीर मन से कहा।

मोतीबाई कहने लगी–"रानी जी अपने गोद लिए बेटे का जनेऊ करना चाहती हैं।"

मोतीबाई ने नवाब को यह नहीं बताया कि रानी लक्ष्मीबाई ब्रिटिश हुकूमत के खिलाफ एक नई जंग की तैयारी कर रही हैं और इस काम में उनके साथ नाना साहब, तात्या टोपे आदि कई बहादुर लोग हैं। मोतीबाई जानती थी कि अगर अभी से यह बात नवाब या अंग्रेजों के कानों में पहुँच गई तो महारानी जी के ऊपर बैठे-बिठाए ही मुसीबत आ जाएगी। अंग्रेज लोग उनकी स्वराज्य प्राप्ति के शुभकार्य में हजारों रुकावटें पैदा कर देंगे और महारानी का लक्ष्य पूरा होने से पहले ही उनका सपना टूट जाएगा।

यही सोचकर मोतीबाई ने नवाब अली बहादुर को ऐसी-ऐसी बातें बताईं जो रानी और उनके दत्तक पुत्र की निजी जिन्दगी से संबंधित जरूर थीं, लेकिन उन बातों का राज्य से, क्रांतिकारी आंदोलन या महारानी के खुफिया तंत्र से दूर-दूर तक कोई वास्ता नहीं था।

ऐसी बातें सुनकर नवाब खुश तो हुआ लेकिन उसके मन को पूरी संतुष्टि नहीं हुई। वह मोतीबाई से महारानी के लक्ष्य की कोई 'गहरी बात' सुनना चाहता था। लेकिन जब उसने देखा कि मुख्य बात बताने के बजाय मोतीबाई इधर-उधर की साधारण-सी बातें कहकर उनकी बातों को टाल रही है तो नवाब ने मोतीबाई के साथ अपना अधिक समय बर्बाद करना उचित नहीं समझा। उसने शीघ्र ही मोतीबाई को कुछ उपहार तथा धन आदि देकर विदा किया।

नवाब की हवेली से निकलकर मोतीबाई सीधी रानी लक्ष्मीबाई के महल में पहुँची। उसने रानी लक्ष्मीबाई से कहा–"महारानी जी! आपके विरुद्ध इस नगर में एक और जासूस पैदा हो गया है··· ।"

"मैं समझी नहीं··· ।" महारानी लक्ष्मीबाई ने हँसते हुए पूछा। मोतीबाई ने नवाब से हुई अपनी वार्तालाप के विषय में सारा कुछ रानी को बता दिया।

मोतीबाई की कुशाग्र बुद्धि को देखकर रानी को बड़ी खुशी हुई। उन्होंने मोतीबाई से जूही के विषय में पूछा तो मोतीबाई ने बताया कि जूही ब्रिटिश हुकूमत का भेद पता करने में लगी हुई है तथा अवसर के हिसाब से वह भारतीय फौजियों को नई क्रांति की भी प्रेरणा देती है।

यह बात सुनकर रानी लक्ष्मीबाई ने मोतीबाई को अपने गले से लगा लिया और कहने लगी–"तुम दोनों मेरी सच्ची सखी हो मोतीबाई। तुम लोगों के दम पर ही तो मैं अंग्रेजों के इतने विशाल साम्राज्य से टक्कर लेने का प्रयास कर रही हूँ।"

11

रानी लक्ष्मीबाई जब घुड़सवारी करने निकलती थीं तो वह मर्दानी पोशाक ही पहने हुए होती थीं। उनके सिर पर लोहे का टोप होता था, टोप के ऊपर साफा बँधा होता था। कंचुकी के ऊपर वे अंगरखा पहनती थीं। कमर से नीचे पाजामा पहनती थीं। कमर में पेटी कसी हुई होती थी। इधर-उधर बगल में दो पिस्तौलें लटकी होती थीं। परतलों में दोनों तरफ तलवारें लटकी होती थीं। रानी लक्ष्मीबाई अपनी आत्मरक्षा के लिए इन हथियारों को अपने पास रखना जरूरी समझती थीं। उन्होंने अपनी सखियों को भी यह हिदायत दे रखी थी कि वे भी अपनी आत्मरक्षा के लिए इस प्रकार के जरूरी हथियारों को अपने पास रखा करें।

रानी लक्ष्मीबाई जानती थीं कि इस समय चारों तरफ उनके दुश्मन उनके ऊपर घात लगाये बैठे हैं इसलिए वे अपनी सुरक्षा के मामले में लापरवाह नहीं बनना चाहती थीं। वे चाहती थीं कि उनकी सखियाँ भी अपनी सुरक्षा के मामलों में हर समय सचेत रहें।

घोड़े पर निकलते समय महारानी लक्ष्मीबाई कभी-कभी अपने हाथ में बर्छी भी ले लिया करती थीं। हथियारों का अपने शरीर पर इतना बोझ होते हुए भी वे अपने घोड़े को काफी तेज दौड़ा लेती थीं।

लोहे का टोप पहनने में रानी के केश बाधा डालते थे। एक दिन उन्होंने विचार किया कि काशी जाकर अपने केशों का मुंडन करा आऊँ तथा अपनी जन्मभूमि के भी दर्शन कर आऊँ। रानी लक्ष्मीबाई का जन्म काशी में ही हुआ था।

रानी लक्ष्मीबाई शीघ्र ही काशी की यात्रा करना चाहती थीं लेकिन डिप्टी कमिश्नर ने उनको झाँसी के बाहर जाने की अनुमति नहीं दी। इस बात से परेशान

होकर रानी ने प्रतिज्ञा की–''मैं अपने केशों का मुंडन तभी कराऊँगी, जब पूरे भारतवर्ष को अंग्रेजों की दासता से मुक्ति मिल जाएगी वर्ना श्मशान में अग्नि देवता मेरे केशों का मुंडन करेंगे।''

दिन पर दिन व्यतीत होने लगे। रानी लक्ष्मीबाई अपने क्रांतिकारी कार्यों को अंजाम देने में पूरी लगन और सतर्कता बरत रही थीं। अपनी जासूस सखियों की मदद से उन्हें झाँसी के सब तरह के समाचार प्राप्त होते रहते थे। रानी ने अस्त्र-शस्त्रों को इकट्ठा करने का काम शुरू कर दिया था। उनके जासूस और भरोसेमंद साथी पूरी वफादारी से अपने कार्यों को अंजाम देने में लगे हुए थे।

उनके साथ नाना, तात्या टोपे, दिल्ली सम्राट बहादुर शाह तथा अवध के नवाब आदि सभी थे। सभी अपने-अपने तरीके से क्रांतिकारी कार्यों को अंजाम देने में लगे हुए थे।

एक दिन रानी लक्ष्मीबाई ने गहराई से समय और परिस्थितियों के ऊपर विचार किया और यह निर्णय लिया कि अपनी क्रांतिकारी योजना में भाग ले रहे सभी साथियों को एकत्रित किया जाए। इस कार्य के लिए किसी मौके या अवसर की तलाश रानी को थी। अपने दत्तक पुत्र दामोदर राव का यज्ञोपवीत संस्कार तो उनको करना ही था। उन्होंने सोचा कि यही अच्छा मौका रहेगा जब अपने सभी सहयोगियों को इकट्ठा करके क्रांति-कार्य की अगली रणनीति तैयार की जाएगी।

रानी लक्ष्मीबाई ने अनुमान लगाया कि पुत्र के यज्ञोपवीत संस्कार में कम से कम एक लाख रुपये का खर्चा आएगा। उस समय इतना धन रानी के पास नहीं था।

बालक दामोदार राव अब सात वर्ष का हो चुका था। इस आयु में बालक का यज्ञोपवीत अथवा जनेऊ संस्कार होना आवश्यक माना जाता है।

दत्तक पुत्र के यज्ञोपवीत संस्कार के बहाने रानी को अपनी क्रांतिकारी योजना की रणनीति पर मिलकर विचार भी करना था।

मोतीबाई ने एक दिन रानी लक्ष्मीबाई को बताया कि अंग्रेजों के पास जो भारतीय फौज है, उस फौज के सैनिकों में ब्रिटिश सरकार के प्रति काफी असंतोष फैल गया है।

एक दिन रानी ने पुरोहित जी को बुलाकर अपने दत्तक पुत्र के यज्ञोपवीत संस्कार का मुहूर्त दिखवाया। उसके बाद डिप्टी कमिश्नर गार्डन को एक पत्र लिखा कि दामोदर राव के नाम से जो दस लाख रुपया ब्रिटिश खजाने में गया है, उनमें से एक लाख रुपया उन्हें अपने दत्तक पुत्र के जनेऊ-संस्कार अथवा यज्ञोपवीत संस्कार

के लिए दिया जाए।

डिप्टी कमिश्नर किसी भी तरीके से रानी की इस बात को टालना चाहता था। वह रानी को रुपया देने के पक्ष में नहीं था लेकिन उसे मालूम हुआ कि कानून के हिसाब से रानी लक्ष्मीबाई को एक लाख देने से मना नहीं किया जा सकता।

डिप्टी कमिश्नर गार्डन ने इस संबंध में ब्रिटिश सरकार के अन्य उच्च अधिकारियों से बातचीत की। बाद में सभी ने मिलकर यह तय किया कि अगर काशी शहर के चार धनवान लोग मिलकर रानी की जमानत देवें तो रानी को एक लाख रुपया दिया जा सकता है। कारण यह था कि अगर रानी का दत्तक पुत्र बालिग हो जाए तो वह ब्रिटिश सरकार से अपना रुपया माँगे तो ब्रिटिश सरकार उसे किसी प्रकार का और रुपया नहीं देगी। यह रुपया जमानत देने वाले धनाढ्य लोगों को देना पड़ेगा।

रानी की जमानत देने की बात से न केवल रानी को बल्कि झाँसी नगर के लोगों को भी गहरा क्षोभ हुआ। वे इस बात को लेकर डिप्टी कमिश्नर गार्डन से और ब्रिटिश सरकार से नाराज हो गए।

झाँसी शहर में उन दिनों बावन (52) लोग लखपति माने जाते थे। वे सब के सब रानी लक्ष्मीबाई की जमानत देने को तैयार हो गए। इनमें से कुछ ने रानी से कहा–"आपको ब्रिटिश सरकार के आगे हाथ फैलाने या उससे रुपया माँगने की क्या जरूरत है? एक लाख रुपया तो हम सब लोग मिलकर ही आपको उपहारस्वरूप दे सकते हैं।"

लेकिन रानी अपने हक का धन ब्रिटिश सरकार से लेने की जिद पर अड़ी हुई थीं। अतः रानी का फैसला जानकर झाँसी के चार लखपति सज्जन पुरुष रानी लक्ष्मीबाई की जमानत देने के लिए आ गए।

महारानी लक्ष्मीबाई के दत्तक पुत्र दामोदर राव के यज्ञोपवीत संस्कार के लिए जिस दिन को तय किया गया था, बच्चे का यज्ञोपवीत संस्कार उसी दिन ही हुआ। इस यज्ञोपवीत में बाहर से कई अतिथियों को तो बुलाया गया था साथ ही साथ झाँसी की सारी जनता को भी इस संस्कार समारोह के रूप में आमंत्रित किया गया था।

झाँसी के लोगों ने इस संस्कार समारोह में पूरे हर्षोल्लास के साथ भाग लिया। सभी को दावत खिलाई गई। भोज के पश्चात् गायन और वादन का कार्यक्रम हुआ। इसके बाद रानी लक्ष्मीबाई ने एकांतपूर्ण माहौल में कुछ चुने हुए अतिथियों के साथ बैठक की। इस बैठक में तात्या टोपे, नाना साहब, जवाहरसिंह,

रघुनाथ सिंह और खुदाबख्श आदि महत्त्वपूर्ण लोगों ने भाग लिया। खुदाबख्श अब रानी लक्ष्मीबाई के प्रति और झाँसी राज्य के प्रति पूरी तरह से वफादार हो चुका था।

उपरोक्त विशिष्ट लोगों के अलावा रानी की कई विशेष सखियाँ भी इस बैठक में उनके साथ थीं। ये सखियाँ गुप्तचर के रूप में किसी न किसी अन्य प्रकार से भी क्रांतिकारी आन्दोलन से जुड़ी हुई थीं तथा महारानी का पूरी तरह से सहयोग कर रही थीं।

इस गुप्त बैठक में रानी ने सभी क्रांति वीरों और वीरांगनाओं को सम्बोधित करते हुए कहा–"आप सभी के सहयोग से यह छोटा-सा यज्ञ सफल हो गया है। अब हमें उस विशाल यज्ञ की पूर्ति भी करनी है जो इस यज्ञ से भी बड़ा है। वह है क्रांति का विशाल यज्ञ।"

नाना ने महारानी की बात से खुश होकर सांकेतिक भाषा में कहा–"महारानी जी! उस विशाल यज्ञ के लिए अच्छे-अच्छे पुरोहितों और बढ़िया सामान का प्रबंध कर लिया गया है। यज्ञ की सामग्री ढोने वाले लोगों और अवश्मेध के घोड़ों का भी प्रबंध कर दिया गया है।"

तात्या टोपे ने सांकेतिक भाषा को त्यागकर सीधे-सादे शब्दों में बात की–"उत्तरी भारत में और भारत के पूर्वी इलाकों में ब्रिटिश सरकार के विरुद्ध क्रांति को काफी अच्छे ढंग से अंजाम दिया जा रहा है।···अंग्रेजों ने भारतीय सेना के बीच चर्बी वाले कारतूसों का प्रयोग करने की कोशिश की थी लेकिन उनकी यह कोशिश अब व्यर्थ सिद्ध हो रही है। भारतीय सैनिकों ने अब चर्बी वाले कारतूसों का प्रयोग करने से मना कर दिया है।"

रानी लक्ष्मीबाई–"इसका मतलब यह है कि भारतीय सैनिकों के अंदर भी ब्रिटिश हुकूमत के खिलाफ बगावत करने का जोश है।"

"हाँ, महारानी साहिबा!" खुदाबख्श कहने लगा–"चर्बी वाले कारतूसों से हिन्दू और मुस्लिम सैनिकों के मन में ब्रिटिश हुकूमत के खिलाफ चिढ़ पैदा हो गई है। ब्रिटिश सैनिक अधिकारी चर्बी वाले कारतूसों का प्रयोग करने के लिए भारतीय सैनिकों पर फिर से जोर डालने लगे हैं। जो सैनिक चर्बी वाले कारतूसों का प्रयोग करने से मना करते हैं, उनके खिलाफ ब्रिटिश सेना अधिकारी सरकारी कार्यवाही शुरू करने लगे हैं।"

इसके बाद रघुनाथ सिंह के बोलने की बारी थी। वे कहने लगे–"महारानी जी, क्या हमें ब्रिटिश हुकूमत के खिलाफ विद्रोह बुंदेलखंड की धरती से अब शुरू कर

देना चाहिए?"

रानी लक्ष्मीबाई कहने लगीं–"नहीं। अभी विद्रोह की शुरुआत करने का उचित समय नहीं आया है। अभी हमारी सेना का संगठन पूरा नहीं हुआ है। जब हमारा सैन्य संगठन पूरा हो जाएगा तब हम सभी एक ही तिथि और एक ही समय पर योजनाबद्ध तरीके से क्रांतियुद्ध को अंजाम देंगे।"

इसके बाद रानी लक्ष्मीबाई ने क्रांति की योजना के अन्य पहलुओं पर सभी के साथ विचार-विमर्श किया। महारानी की बात से सभी क्रांतिकारी सहमत हो गए। तत्पश्चात् बैठक की समाप्ति की घोषणा की गई।

12

मोतीबाई की तरह जूही भी रानी लक्ष्मीबाई की पक्की सहेली थी। पहले से दोनों स्त्रियाँ महाराज गंगाधर राव की नाटकशाला में अभिनय करने का काम किया करती थीं लेकिन अब दोनों रानी लक्ष्मीबाई की पूर्णतः विश्वसनीय बनकर उनके क्रांतिकारी कार्यों में तन-मन से पूरा सहयोग किया करती थीं।

जूही का झाँसी की ब्रिटिश छावनी अथवा सैनिक शिविर में आना-जाना एक आम बात हो गयी थी। सैनिक शिविर में उसको आने-जाने पर कोई टोकता नहीं था। सैनिक शिविर में वह भारतीय सैनिकों को अपने नृत्यगान की कला भी दिखाती थी। इससे सैनिक अधिकारियों को यह विश्वास हो जाता था कि जूही केवल सैनिकों का दिल बहलाने के लिए ही आती है।

रानी लक्ष्मीबाई ने जूही को जो क्रांतिकारी कार्य सौंपा था, जूही उसी कार्य को अंजाम देने में लगी हुई थी। उसका काम था–ब्रिटिश सेना के भारतीय सिपाहियों में ऐसे उपयुक्त व्यक्ति ढूँढ़ना, जो महारानी के बताए हुए कार्यों में मददगार साबित हो सकें। शीघ्र ही जूही ने ब्रिटिश फौज में ऐसे कुछ व्यक्ति ढूँढ़ लिए। इन लोगों को मालूम हो चुका था कि एक दिन उन्हें रानी जी के बताई हुई योजना के अनुसार 'महान कार्य' को अंजाम देना है। तिथि और समय अभी इन लोगों को नहीं बताया गया था।

इधर ब्रिटिश सेना अधिकारी कप्तान डनलप के जासूसों ने उसे बताया कि सैनिक शिविर में कुछ भारतीय स्त्रियाँ नृत्य पेश करने आती हैं। कप्तान डनलप को शक हुआ कि कहीं वे नर्तकियाँ हमारे भारतीय दुश्मनों या गद्दारों की जासूस न हों

जो हमारी सेना का राज जानने और हमारी युद्ध रणनीतियों को जानने के लिए छावनी में आती हों।

यह सोचकर कप्तान डनलप ने एक दिन खुद उन नर्तकियों का नृत्य देखने और उनके विचार जानने का मन बनाया। जिस समय ब्रिटिश सैनिक शिविर में घुसकर जूही भारतीय सिपाहियों को अपना नृत्य दिखला रही थी, उस समय कप्तान डनलप भी अपने कुछ अंगरक्षकों को लेकर वहाँ आ गया और जूही का नृत्य देखने लगा।

जूही उसे देखकर पहले तो सकपकाई लेकिन अपनी सकपकाहट या घबराहट को उसने अपनी आँखों से जाहिर नहीं होने दिया। वह नृत्य करती हुई कप्तान डनलप को भी अपनी बाँकी अदाओं से लुभाने की कोशिश करती रही।

जब जूही का नृत्य समाप्त हुआ तो कप्तान डनलप ने उसके चेहरे को गौर से देखते हुए पूछा–''ऐ नर्तकी ! तुम यहाँ छावनी में नृत्य दिखाकर कितने पैसे ले जाती हो?''

''जो भी मिल जाता है, वह ले जाती हूँ, हुजूर!'' जूही ने नम्रतापूर्वक जवाब दिया।

कप्तान डनलप ने अपनी त्यौरियों को चढ़ाकर थोड़ा कड़क स्वर में जूही को आदेश दिया–''अब तुम जाओ यहाँ से। तुम्हारा यहाँ कोई काम नहीं। छावनी में फिर कभी मत आना तुम!''

कप्तान डनलप की बात सुनकर जूही ने अपना चेहरा ऐसा बना लिया मानो उसे कप्तान के आदेश से गहरी निराशा और दुख हुआ हो। तत्पश्चात् जूही कप्तान डनलप को अदब से प्रणाम करती हुई चली गई। मन ही मन वह सोच रही थी– 'बच्चू को अभी मेरे बारे में पता ही क्या है? एक दिन मैं घोड़े पर सवार होकर आऊँगी और इसे बंदूक का मजा चखाऊँगी। शायद इसने मुझे कोई ऐसी-वैसी नाचने वाली समझ लिया है।'

जब जूही सैनिक शिविर से चली गई तो कप्तान डनलप ने अपने शिविर के सैनिकों को आदेश दिया–''इन औरतों को यहाँ मत आने दिया करो।''

यह आदेश देकर डनलप चला गया। जूही के चले जाने से शिविर के सैनिक निराश हो गए। चूँकि कप्तान डनलप ने सुरीली, सुंदर गायिका जूही का अपमान किया था, इसलिए सैनिक मन ही मन डनलप से नाराज थे लेकिन डनलप से वे कुछ कह भी नहीं सकते थे। इसका कारण यह था कि डनलप उनका सैनिक अधिकारी था। सैनिकों की बात से नाराज होकर वह उनको फौज की नौकरी से

निकाल सकता था।

यदि भारतीय सैनिकों के पास रोजी-रोटी कमाने का और जरिया होता तो वे अंग्रेज फौज की नौकरी से कब का त्याग-पत्र दे चुके होते। अंग्रेजों की नीतियों को तो भारतीय सैनिक शुरू से ही पसंद नहीं करते थे। वे जानते थे कि अंग्रेज हमारे देश को गुलाम बनाने, हम पर कब्जा करने तथा हमारे देशवासियों को दुख-तकलीफ देने के लिए ही ब्रिटेन से यहाँ आए हैं। अंग्रेज सेना में नौकरी करने के कारण अंग्रेज सैनिक अधिकारियों का आदेश मानना भारतीय सैनिकों की मजबूरी थी।

उस दिन शाम के समय जूही रानी लक्ष्मीबाई के पास आई और शिविर में घटित सारी बातें रानी जी को बतला दीं।

रानी कहने लगीं–"किसी एक निश्चित दिन एक साथ सभी स्थानों पर ब्रिटिश सरकार के खिलाफ विद्रोह उत्पन्न किया जाएगा। वह दिन कौन सा होगा, यह तो भविष्य ही बताएगा।"

इसके बाद महारानी लक्ष्मीबाई से विदा लेकर जूही चली गई। उस रात रानी जी सोने के लिए अपने कमरे में गईं लेकिन महल में उनको नींद नहीं आ रही थी। रह-रहकर उनके मन में यही ख्याल उठ रहे थे कि अंग्रेज लोग और कब तक इस देश पर राज्य करते रहेंगे? राजा और नवाबों को अपना गुलाम बनाकर वे कब तक भारत की गरीब जनता का खून पीते रहेंगे। क्या इस देश का कभी उद्धार नहीं होगा? सात सौ वर्षों से भारत गुलाम बनता आया है। पहले मुगल शासकों का गुलाम बना और अब अंग्रेज लोग इस देश पर अपना कब्जा जमाने के लिए आ गए। भारत की जनता अपने निजी स्वार्थों की नींद में बेखबर सो रही है। लोगों को अपने अधिकार और कर्तव्यों के बारे में पता नहीं है। यहाँ के लोग ब्रिटिश हुकूमत को क्यों नहीं उखाड़ फेंकते? क्या हमारे धर्मशास्त्रों की शक्ति वेद, पुराण और गीता की शक्ति व्यर्थ जाएगी? क्या भगवान फिर से इस धरती का उद्धार करने के लिए नहीं आएँगे? भगवान ने तो गीता में वचन दिया है कि जब भारत में धर्म की हानि और अधर्म की वृद्धि होगी, तब मैं भारत का उद्धार करने के लिए आऊँगा। भगवान भला कब आएँगे हमारे देश में अंग्रेजों से हमको मुक्ति दिलाने के लिए? मैं अपनी झाँसी के ऊपर अंग्रेजों का अधिकार नहीं होने दूँगी। मुझे झाँसी की मुक्ति का उपाय करना है। झाँसी के लोगों को ब्रिटिश शासन से मुक्ति दिलाना है। यदि मैं स्वाधीनता के इस संग्राम में मर भी जाऊँगी तो मुझसे भी बड़ा उद्धारकर्ता इस देश की धरती पर आ खड़ा होगा और तपस्वियों-मुनियों की इस पावन भूमि

का उद्धार करेगा। अंग्रेजों के अपवित्र कदम इस देश की पावन माटी को कलुषित नहीं कर पाएँगे।

रानी लक्ष्मीबाई अपने राष्ट्र के उद्धार के लिए अभी ये सब बातें सोच ही रही थीं कि मोतीबाई ने आकर उनसे मिलने की अनुमति लेनी चाही। रानी ने हैरान होकर सोचा–'इतनी रात गए! मोतीबाई को मुझ से भला कौन सा जरूरी काम हो सकता है। आज तो वह दिन में भी मुझ से मिलने के लिए नहीं आई?'

रानी ने अपने कक्ष के द्वार पर पहरा दे रही युवती से कहा कि मोतीबाई को अंदर ले आओ। पहरेदार युवती मोतीबाई को आदरपूर्वक अंदर ले आई। अंदर आकर मोतीबाई ने अपनी जेब से एक चिट्ठी निकालकर महारानी के हाथ में दी। महारानी ने दीपक के प्रकाश में उस चिट्ठी को पढ़ा। चिट्ठी में इस तरह की बातें लिखी थीं–''अब और नहीं सहा जाता है। यह छुरी हमारे कलेजे में भला कब तक चुभती रहेगी? हे भारतवासियो! उठो और धर्म के नाम पर कट मरो। थोड़े से विदेशियों ने आकर इतने बड़े राष्ट्र को घेर लिया है। सब मिलकर इन फिरंगियों को यहाँ से निकाल दो और अपने देश को स्वतंत्र करा लो।''

यह चिट्ठी पढ़कर रानी लक्ष्मीबाई हैरान रह गईं। उन्होंने तो किसी से ऐसी चिट्ठियाँ लिखने के लिए कहा भी नहीं था, फिर किसने ये चिट्ठियाँ लिखी हैं। मोतीबाई ने रानी को बताया कि इस तरह की कई चिट्ठियाँ झाँसी की ब्रिटिश सैनिक छावनी में भारतीय सैनिकों को बाँटी गई हैं। शाम के समय इन चिट्ठियों के बारे में हमको पता चला तो हमने तात्या जी को बताया। वे आज शाम को झाँसी आए हैं और आपसे मिलकर सवेरे ही यहाँ से चले जाएँगे। तात्या जी आपके दर्शन करना चाहते हैं।

तात्या टोपे रानी के महल के बाहर वाली कोठी में ठहरे हुए थे। महारानी शीघ्र ही अपनी सफेद साड़ी पर मोटा-सा दुशाला ओढ़कर मोतीबाई के साथ तात्या टोपे से मिलने के लिए चली गईं। फरवरी का महीना था और हवा ठंडी थी इसलिए रानी ने दुशाला ओढ़ना जरूरी समझा था।

रानी लक्ष्मीबाई और तात्या में क्रांतिकारी योजना को लेकर काफी देर तक वार्तालाप होता रहा। रानी ने उनसे चिट्ठियों के बारे में बात की–''तात्या जी! इस तरह की क्रांतिपूर्ण चिट्ठियों का प्रचार कौन कर रहा है? समय से पहले इस तरह की चिट्ठियों का सैनिक शिविरों में पहुँचना हम सबके लिए नुकसानकारक साबित हो सकता है।''

तात्या टोपे कहने लगे–''आप बिल्कुल ठीक कह रही हैं महारानी जी! अभी

हमारा संगठन अंग्रेजों के खिलाफ युद्ध के लिए पूरी तरह से तैयार नहीं हो पाया है और हमने अगर समय से पहले ही जंग छेड़ दी तो हमको भारी नुकसान उठाना पड़ सकता है इसलिए इस मामले में अभी से किसी तरह की जल्दबाजी करना उचित नहीं। समय से पूर्व ही अगर विस्फोट हो गया तो कई लोग बेकार ही मारे जाएँगे।''

''आप कुछ कीजिए, तात्या जी। इस तरह की उत्तेजनापूर्ण चिट्ठियों का प्रचार बढ़ने से रोकिए।''

''मैं कल सवेरे ही इस कार्य के लिए निकल रहा हूँ, बाई साहब। यदि अभी से इसकी रोकथाम न की गई तो परिणाम हमारे लिए अच्छा न होगा।''

तात्या ने रानी जी को बताया कि क्रांतियोजना को अंजाम देने के लिए पर्याप्त धन इकट्ठा हो गया है। उस धन से काफी समय तक अंग्रेजों से युद्ध किया जा सकता है। गोला-बारूद का भी अच्छा प्रबंध है। आप केवल मुझे क्रांतिकारी योजना की सही तारीख बता दीजिए।''

तात्या और रानी जी ने मिलकर 31 मई, 1857, रविवार के दिन 11 बजे का समय इस कार्य के लिए निश्चित किया। उस दिन 11 बजे देश के सभी प्रमुख स्थानों पर एक साथ विस्फोट किया जाना था। रानी की योजना थी कि अगर एक ही समय पर सभी जगह ब्रिटिश सरकार के खिलाफ विद्रोह और उत्पात मचेगा तो ब्रिटिश हुकूमत बौखला जाएगी।

13

जब गर्मियों का मौसम आया तो तालाबों में कमल के पुष्प खिलने लगे। किसान लोगों ने अपने खेतों की फसलें काटकर भी अपने घरों में रख ली थीं। रानी लक्ष्मीबाई ने देखा कि स्वाधीनता-संग्राम के दो प्रमुख चिह्न प्रकट हो चुके हैं– एक तो कमल और दूसरा रोटी। ये दोनों ही चिह्न हमारी क्रांति की सफलता और अंग्रेजों पर हमारी विजय का शुभ लक्षण हैं।

भारतीय संस्कृति में कमल पुष्प का बड़ा ही महत्त्व है। कमल सुख-समृद्धि का सूचक है। देवी-देवताओं के हाथों में हमेशा कमल पुष्प सुशोभित होता है। उनके कर या हाथों को कर-कमल कहा जाता है, पैरों को चरणकमल और मुख को मुख-कमल कहा जाता है। कमल पुष्प का लाल रंग रानी लक्ष्मीबाई को क्रांति का सूचक

जान पड़ता था।

भारत के स्वाधीनता संग्राम की इस पहली क्रांति के लिए कमल का पुष्प और रोटी–ये दो प्रतीक निश्चित किए गए।

घर-घर क्रांति की अलख जगाने के लिए एक गाँव से दूसरे गाँव एक रोटी भेजी जाती थी। दूसरे गाँव में फिर ताजी रोटी बनाई जाती थी और तीसरे गाँव भेजी जाती थी। केवल हिन्दू लोग ही नहीं बल्कि मुस्लिम समुदाय के लोग भी भारत के इस प्रथम स्वाधीनता संग्राम में शामिल हुए थे।

कमल और रोटी को एक गाँव से दूसरे गाँव भेजने की प्रक्रिया अभी खत्म नहीं हो पाई थी कि क्रांति की पूर्व निश्चित तारीख 31 मई से पहले 6 मई को ही मेरठ की सैनिक छावनी में ब्रिटिश सरकार के विरुद्ध विद्रोह पैदा हो गया। यह प्रथम विस्फोट एक सैनिक विद्रोह था। वैसे भी सैनिक शिविर से ही इस तरह के विद्रोह की शुरुआत करने का निर्णय लिया गया था, लेकिन यह विद्रोह निश्चित तिथि से पहले ही प्रारंभ हो जाएगा–इस बात का पता क्रांतिकारियों को नहीं था। न ही किसी ने ऐसा अनुमान किया था। मेरठ के सैनिक विद्रोह से पहले बंगाल की बैरकपुर छावनी के सैनिक शिविर में भी इस प्रकार का उपद्रव हो चुका था।

मेरठ की छावनी के भारतीय सैनिकों ने मिलकर तय किया कि वे दिल्ली जाएँगे और दिल्ली के भारतीय सैनिकों से मिलकर दिल्ली के लाल किले पर अधिकार कर लेंगे। हुआ भी बिल्कुल ऐसा ही। मेरठ के सैनिक अपनी धुन के पक्के निकले। ब्रिटिश सैन्य अधिकारियों के लाख मना करने पर भी वे सब मिलकर दिल्ली गए और दिल्ली के भारतीय सैनिकों से मिले। मेरठ और दिल्ली के सैनिकों ने मिलकर बड़ी आसानी से दिल्ली के लाल किले पर अधिकार कर लिया। इन सैनिकों ने बहादुरशाह जफर को पूरे भारत का राजा घोषित कर दिया। सम्राट बहादुर शाह जफर ने हिन्दुओं की भावनाओं की कद्र करते हुए गोवध को तुरंत बंद करने का आदेश जारी कर दिया। बादशाह के आदेश पर अमल भी किया गया और दिल्ली तथा समस्त भारत में गोहत्या पर रोक लगा दी गई।

भारत के सम्राट के रूप में बादशाह जफर ने अपनी तरफ से एक महत्त्वपूर्ण घोषणा और की। इस घोषणा में कहा गया कि भारत के हर प्रांत का शासन अलग-अलग होगा और मैं सबका प्रतिनिधि बनकर सबकी सहमति से ही काम करूँगा। मुझे अकेले को किसी काम का निर्णय लेने का अधिकार नहीं होगा।

सम्राट बहादुर शाह ने अपनी घोषणा में यह भी कहा कि अंग्रेजों ने हमारे देश

के व्यवसाय और व्यापार को चौपट बना दिया है अर्थात् बर्बाद कर दिया है। मेरी कोशिश रहेगी कि भारत के व्यापार में फिर से उन्नति की जाए। मैं चाहता हूँ कि भारत में रहने वाले हर धर्म के अनुयायी स्वतंत्रतापूर्वक अपने-अपने धर्म का पालन करें तथा कोई किसी की धार्मिक स्वतंत्रता में हस्तक्षेप या व्यवधान पैदा न करे। अंग्रेज लोग भारतीयों को बड़ी नौकरियों में नहीं रखते। ऐसा नहीं होना चाहिए। न्याय के ऊपर गरीब और अमीर सभी का एक समान हक है। सभी के साथ एक जैसा न्यायपूर्ण व्यवहार किया जाएगा।

उस साल मई माह का महीना सारे उत्तरी भारत में क्रांति की एक तीव्र लहर लेकर आया। यह मई 1857 ई. का महत्त्वपूर्ण साल था, जिसे भारतवर्ष के इतिहास में प्रथम स्वाधीनता संग्राम के वर्ष के रूप में याद किया जाता है। इस वर्ष मई माह में सारे उत्तरी भारत में क्रांति की एक नई लहर दौड़ गई थी। लेकिन मई माह में किसी एक दिन सभी स्थानों पर एक साथ विद्रोह नहीं भड़का, जैसा कि तय किया गया था। इस महीने उत्तरी भारत के इलाकों में अलग-अलग जगहों पर अलग-अलग दिन विद्रोह भड़के।

झाँसी के ब्रिटिश अधिकारी डनलप को भारतीय सैनिकों के विद्रोह का पता लग चुका था। झाँसी के विद्रोह को दबाने के लिए डनलप ने ठोस कदम भी उठाने शुरू कर दिए थे। झाँसी के महल में आने-जाने वाले लोगों पर डनलप ने पाबंदी लगानी शुरू कर दी थी। रानी लक्ष्मीबाई से मिलने के लिए अब उनके महल में ज्यादा लोग नहीं आ-जा सकते थे। अगर किसी नए आदमी को महल में जाना होता था तो उसे डनलप की स्वीकृति लेनी पड़ती थी। तथापि मोतीबाई को रानी के महल में जाने पर किसी प्रकार की रोकटोक नहीं थी।

मोतीबाई का खुदाबख्श और रघुनाथ सिंह जैसे क्रांतिकारियों से संपर्क थे। वह रानी का क्रांति-संदेश इन लोगों तक पहुँचाती रहती थी और इन लोगों की खबरें या महत्त्वपूर्ण सूचनाओं को रानी के पास तक पहुँचाती रहती थी।

4 जून सन् 1857 ई. के दिन कानपुर और झाँसी में ब्रिटिश सरकार के खिलाफ सैनिक विद्रोह फैल गया। एक हवलदार ने अपने साथ कुछ भारतीय सैनिकों को लिया और वे ब्रिटिश कम्पनी द्वारा बनाए गए एक छोटे से किले में घुस गए। यह किला झाँसी के बड़े किले से एक मील दूर था। इस छोटे किले को इसकी आकृति या बनावट के कारण 'तारागढ़ का किला' या 'स्टार फोर्ट' कहा जाता था। तारागढ़ के किले में लड़ाई का जितना भी सामान था और रुपया-पैसा था–उस सबको उठाकर ये सैनिक ले चले। जब डनलप को इस बात की सूचना मिली तो वह थोड़ी-सी सेना

लेकर इन भारतीय सैनिकों का विरोध करने गया लेकिन भारतीय सैनिक और शिविर का सामान उसको नहीं मिला। डनलप ने झाँसी के कमिश्नर को इस बात की सूचना दे दी। कमिश्नर ने राय प्रकट की कि तारागढ़ किले में जितने भी स्त्री-पुरुष अपने बाल-बच्चों के साथ हैं वे किले से बाहर निकल आएँ ताकि किले की सुरक्षा के लिए उचित व्यवस्था बनाई जा सके।

अंग्रेज कमिश्नर गार्डन, रानी लक्ष्मीबाई की बहादुरी से बड़ा प्रभावित था। एक दिन उसने रानी के पास अपनी विनती भरा संदेश भेजा–''हमारी फौज में गड़बड़ मच गई है। अगर हमारे ऊपर कोई मुसीबत आए तो आप हमारी सहायता करना।''

कमिश्नर को लगता था कि रानी लक्ष्मीबाई के पास कुछ हथियार और सैनिक हैं। अगर उनकी शक्ति को भारतीय सैनिकों का विद्रोह दबाने के कामों में लाया जाए तो एक ही तीर से दो शिकार हो जाएँगे।

महारानी लक्ष्मीबाई झाँसी के कमिश्नर डनलप की इस बात को भली-भाँति समझती थीं। वे अंग्रेज अधिकारियों को उनकी चालों में कामयाब नहीं होने देना चाहती थीं, इसलिए उन्होंने डनलप के पास अपना उत्तर भरा संदेश पहुँचाया–''इस समय हमारे पास हथियार और सैनिक नहीं हैं। यदि आप सहमत हों तो मैं अपनी और झाँसी की जनता की रक्षा के लिए एक बड़ी फौज बना लूँ। डनलप ने रानी की बात से अपनी सहमति जताई।

झाँसी में तीन सबसे बड़े अंग्रेज अधिकारियों ने मिलकर एक बैठक की। इस बैठक में लिए गए निर्णय के अनुसार डनलप ने ब्रिटिश सेना के शिविर में पहुँचकर सैनिकों को खूब फटकारा। भारतीय सिपाहियों से डनलप की ऐसी फटकार सहन नहीं हुई। एक सैनिक काले खाँ को इतना गुस्सा आया कि उसने अपनी बंदूक से डनलप को गोली मार दी। डनलप के गोली लग जाने से उसकी मौत हो गई। इससे झाँसी के अंग्रेज घबरा उठे। कमिश्नर गार्डन महारानी लक्ष्मीबाई के पास भागा-भागा गया। उसने रानी से विनती की–''हमारी स्त्रियों और बच्चों को आप महल में आश्रय दे दीजिए। झाँसी की छावनी के सैनिक विद्रोह पर उतर आए हैं। वे हमारी स्त्रियों और बच्चों के साथ बुरा सलूक कर सकते हैं।''

रानी लक्ष्मीबाई दयावान थीं। उनकी लड़ाई अंग्रेज पुरुषों से थी। उनकी स्त्रियों और बच्चों से नहीं। उन्होंने सोचा कि मुझे भारतीय सिपाहियों पर नियंत्रण पाना चाहिए। अगर मैं अपने सैनिकों को वश में करना न सीखी तो मैं कैसे उनका नेतृत्व करूँगी?''

इतना सब सोचने के बाद रानी ने गार्डन को आश्वासन दिया कि वे अपनी औरतों और बच्चों की चिन्ता न करें और उनकी जान की हिफाजत के लिए उन्हें महल में भेज दें। गार्डन ने शीघ्र ही तारागढ़ किले की सारी औरतों और बच्चों को रानी के महल में भेज दिया। रानी की अंग्रेज स्त्रियों और बच्चों से कोई दुश्मनी नहीं थी, इसलिए उन्होंने उनको प्रेमपूर्वक भोजन करवाया तथा तसल्ली भी प्रदान की। लेकिन ये स्त्रियाँ और बच्चे रानी के महल में ज्यादा दिन नहीं रह पाए। उन्हें रानी के किले वाले महल में सुरक्षित जगह पर भेज दिया गया। इस महल में चारों तरफ अंग्रेज फौज तैनात थी, इसलिए औरतों और बच्चों को यहाँ किसी प्रकार का खतरा नहीं था।

झाँसी के भारतीय सिपाही झाँसी की सैनिक छावनी को तहस-नहस करने में लगे हुए थे। सैनिक छावनी को नष्ट करने के बाद वे झाँसी के किले की ओर बढ़े। गार्डन ने किले के सभी फाटकों को बंद कर लिया लेकिन भारतीय सैनिकों की संख्या ज्यादा थी। उनके पास कई तोपें भी थीं। जबकि किले के अंदर तोप नहीं थी। झाँसी किले की रक्षा में तैनात सैनिकों के पास युद्ध की सामग्री और भोजन की सामग्री बहुत थोड़ी-सी थी।

नवाब अली बहादुर ऐसे समय में अंग्रेजों की मदद करके अंग्रेजों से सहानुभूति प्राप्त करना चाहता था। उसने अपने वफादार नौकर पीर अली को गार्डन के पास भेजा और उससे कहा कि अगर आपका आदेश हो तो ओरछा और दतिया रियासत से सहायता हेतु सेना बुला ली जावे?

ब्रिटिश अधिकारी गार्डन ने जवाब दिया कि झाँसी के भारतीय सिपाहियों का यह विद्रोह ज्यादा बड़ा नहीं है। इसके लिए बाहर से सेना बुलाने की क्या जरूरत है? इसे तो बिना किसी बाहरी सहायता के दबा लिया जाएगा।

नवाब अली बहादुर का नौकर पीर अली, खुदाबख्श से मिला हुआ था। उसने खुदाबख्श को शीघ्र ही यह बात कह सुनाई। खुदाबख्श ने मोतीबाई से यह बात कही और रघुनाथ सिंह से बातें करने उनके पास चला गया।

इधर मोतीबाई ने रानी लक्ष्मीबाई से मुलाकात की। उसने खुदाबख्श द्वारा बताई गई सारी बातें रानी को कह सुनाईं और कहा कि अब ब्रिटिश सरकार को एक सबक सिखाने का समय आ गया है।

मोतीबाई की बात सुनकर रानी कहने लगीं–''हाँ, तुम ठीक कहती हो। हमें शीघ्र ही अपनी सेना को तैयार करने की कोशिश शुरू कर देनी चाहिए। मोतीबाई···।''

"जी सरकार···।"

"तुम रघुनाथ सिंह को खबर दे दो कि वे कटीली से दीवान जवाहर सिंह को बुला लें और जितनी विश्वसनीय सेना इकट्ठी हो सके, यहाँ से 8 मील पर रसका गाँव के पास जमा कर लें। हमारी सेना में घुड़सवार ज्यादा होने चाहिए। जब तक मेरा आदेश न मिले वे गाँव के पास ही रहें और झाँसी की ओर न जाएँ।

रसका नामक गाँव झाँसी नगर की दक्षिण दिशा की ओर था। इस गाँव के इधर-उधर कई पहाड़ और पहाड़ियाँ थीं। महारानी की अनुमति तथा संदेश लेकर मोतीबाई रघुनाथ सिंह के पास गईं। उन्होंने रघुनाथ सिंह को अपना आदेश कह सुनाया। महारानी के कार्य को अंजाम देने के लिए रघुनाथ सिंह ने खुदाबख्श को अपने साथ लिया और दोनों जने महारानी के कार्य को अंजाम देने लगे।

इधर ब्रिटिश सरकार की गलत नीतियों से परेशान हुए भारतीय सैनिक झाँसी के किले को अंग्रेजों के शिकंजे से मुक्त कराने के लिए किले के ऊपर लगातार आक्रमण करते रहे लेकिन किले के भीतर तैनात अंग्रेज सैनिक भी उनके ऊपर गोलियाँ चलाते रहे। अगले दिन पुनः सैनिकों ने किले पर हमला किया। शाम के समय युद्ध की रफ्तार कम हो गई। अंग्रेजों का राशन किले के अंदर समाप्त हो गया था। अब उनके भूखे रहने की नौबत आ गई थी।

अंग्रेज जानते थे कि रानी लक्ष्मीबाई के पास सैनिक, हथियार, धन और भोजन-सामग्री आदि सबका प्रबंध है। यह सोचकर कि रानी भूख की हालत में किले के अंग्रेजों की मदद करेंगी। सैनिक अधिकारियों ने रानी के पास समाचार भेजा कि किले के अंदर राशन समाप्त हो गया है और भारतीय सैनिकों ने रसद के सारे रास्तों पर रोक लगा दी है। कृपया हमारी कुछ मदद करें और हमारे लिए भोजन का इंतजाम कराएँ।

यदि रानी चाहतीं तो अंग्रेजों से सहायता के लिए मना भी कर सकती थीं। लेकिन उनकी दुश्मनी किसी भूखे इंसान से नहीं थी। किसी भी भूखे इंसान की तो वे मदद करना चाहती थीं। रानी की दुश्मनी अंग्रेजों की कूटनीतियों से और उनके शोषण व अन्याय के दमन चक्र से थी। उन्होंने किले के भूखे अंग्रेजों की मदद करने का फैसला कर लिया। रानी ने अंग्रेजों की क्षुधा तृप्ति के लिए दो मन आटे की रोटियाँ बनवाईं। रानी के महल के किले के भीतर पहुँचने के लिए एक सुरंग थी। रानी ने अपनी तीनों प्यारी सहेलियाँ—सुंदर, मुंदर और काशीबाई को अपने पास बुलाया और उन्हें आदेश दिया—"तुम तीनों को किले के भीतर पहुँचने वाली सुरंग

के रास्ते का पता है। किसी भी तरह से तुम ये रोटियाँ किले के भीतर पहुँचा दो। अंग्रेज लोग बेचारे भूखे हैं और भारतीय सैनिकों ने किले को चारों तरफ से घेर रखा है।''

रानी का यह आदेश सुनकर काशीबाई विनयपूर्वक रानी से पूछने लगी–''आप इन लोगों को कब तक खिलाती रहेंगी, महारानी जी। भारतीय सैनिकों से इनका संघर्ष अब रुकने वाला नहीं है। हमारे सैनिकों ने यह बात अपने मन में ठान ली है कि वे अंग्रेजों को झाँसी से बाहर खदेड़कर ही दम लेंगे।''

रानी लक्ष्मीबाई बहुत समझदार और गंभीर विचारों वाली महिला थीं। उन्होंने अपनी सहेली काशीबाई को समझाया–''यह बात तुम्हारी ठीक है काशीबाई। मैं यह भी जानती हूँ कि अंग्रेज लोग हमारे दुश्मन हैं लेकिन भूखा व्यक्ति लाचार होता है। उनसे दुश्मनी हम फिर कभी निभा लेंगे। पहले उन्हें पेट के लिए रोटी चाहिए, अपनी भूख को शांत करने के लिए। वैसे भी हमारी फौज अभी तक तैयार नहीं हुई है। जैसे ही हमारी सेना तैयार हो जाएगी, मैं अंग्रेजों से हथियार रखवा लूँगी और उन्हें किसी सुरक्षित स्थान पर कैद कर लूँगी।''

रानी के आदेश का पालन करते हुए सुंदर, मुंदर और काशीबाई ने रोटियों के गट्ठर अपनी पीठ के ऊपर लादे और सुरंग के गुप्त मार्ग में दाखिल हो गईं। कुछ समय बाद वे किले के अंदर पहुँचीं। जब सेना के अफसरों ने उन्हें देखा तो तीनों नारियों को प्रणाम किया। उनके लिए ये तीनों अन्नपूर्णा माता बनकर आई थीं। मार्टिन नामक अंग्रेज ने सुरंग वाला मार्ग पहचान लिया और एक दिन मौका पाकर वह इसी रास्ते से होकर किले से बाहर निकल गया।

शनैः-शनैः झाँसी की ब्रिटिश फौज और भारतीय सिपाहियों के मध्य संघर्ष बढ़ता ही गया। झाँसी के किले के उत्तरी फाटक के ऊपर की खिड़की में गार्डन अधिकारी मोर्चा साधे था। वह अपनी बंदूक से भारतीय सैनिकों के ऊपर गोलियाँ बरसा रहा था। तभी भारतीय सिपाहियों को झाँसी का रहने वाला एक अचूक निशानेबाज मिल गया। वह तीर से निशाना लगाता था। उस व्यक्ति ने चट्टान की ओट से कमिश्नर गार्डन की गर्दन पर निशाना साधा। तीर गार्डन की गर्दन में ही जाकर लगा और तत्काल ही गार्डन के प्राण पखेरू उड़ गए। गार्डन के मर जाने से अंग्रेजों के बीच उदासी छा गई।

रिसालदार काले खाँ ने किले के उत्तर-पश्चिमी कोने वाले क्षेत्र अर्थात् शंकरगढ़ पर जबरदस्त हमला बोल दिया। काले खाँ भारतीय सेना की एक टुकड़ी को लेकर झाँसी के किले के अंदर घुस आया। अंग्रेज लोग इन भारतीय सैनिकों से बुरी तरह

भयभीत हो गए थे। अपनी जान बचाने के लिए उन्होंने भारतीय सैनिकों के आगे अपना आत्मसमर्पण कर दिया।

नए कमिश्नर ने झाँसी किले का दक्षिणी फाटक खुलवा दिया और भारतीय सैनिकों से विनती की कि इन लोगों को सागर चले जाने दीजिए लेकिन भारतीय सिपाहियों ने अंग्रेजों की बात नहीं मानी। भारतीय सिपाही जानते थे कि अंग्रेज बहुत चालाक कौम है। यह कभी भी हमारे साथ विश्वासघात कर सकती है, इसलिए इनको मुक्त नहीं करना चाहिए। ऐसा सोचकर भारतीय सिपाहियों ने किले के सभी अंग्रेजों को कैद कर लिया।

झाँसी के भारतीय सैनिकों का मुखिया काले खाँ था। जब काले खाँ छावनी की ओर चला गया तो जेल दारोगा बख्शीश अली भारतीय सैनिकों के पास आया। उसने भारतीय सैनिकों से कहा–''रिसालदार साहब अभी रास्ते में मुझे मिले थे। मुझे हुक्म दे गए हैं कि बंदी अंग्रेजों को झोकन बाग ले जाया जाए। वहीं इनको सजा दी जाएगी।''

झोकन झाँसी के बाहर, कुछ ही दूरी पर था। भारतीय सिपाही बंदी अंग्रेजों को झोकन बाग में ले गए।

बख्शीश कुछ दिनों से अंग्रेजों से बेहद नाराज चल रहा था। उसे वह दिन याद था जब जेल के अंग्रेज अधीक्षक ने उसे जूतों से पीटा था और उसे बुरा-भला कहकर गालियाँ दी थीं। उस समय बंदी अंग्रेजों में कमिश्नर सहित जेल का वह अधिकारी अर्थात जेल अधीक्षक भी वहाँ मौजूद था। उसे देखते ही बख्शीश आग-बबूला होकर भारतीय सिपाहियों से कहने लगा–''इस जेल अधीक्षक ने मुझे जूतों से मारा था। तुम लोग देखते क्या हो, मारो साले को। यह अंग्रेज कौम हम भारतीयों का ऐसा अपमान करे, यह हम कैसे बर्दाश्त कर सकते हैं? काले खाँ सरदार मुझे हुक्म दे गये हैं कि बंदी अंग्रेजों को मार डाला जाए।''

बख्शीश अली की बातों में आकर भारतीय सैनिकों ने बंदी अंग्रेजों के ऊपर गोलियाँ चला दीं। वे सब अंग्रेज मारे गए। कुछ देर बाद जब काले खाँ आया तो अंग्रेजों को मृत देखकर बड़ा दुखी हुआ। उसने भारतीय सैनिकों से कहा कि मैंने इनको सिर्फ बंदी बनाने का हुक्म दिया था, मार डालने का नहीं। तुम लोग जेल दारोगा की बातों में आ गए। खैर, जो हुआ सो हुआ। आगे से मुझसे पूछे बिना कुछ मत करना।''

इतना कहकर काले खाँ ने सभी भारतीय फौजियों को अपने साथ लिया और वे सबके सब रानी के महल की ओर चल पड़े। भारतीय सिपाही शोर मचाते हुए

महल के फाटक पर आए। फाटक के पहरेदार ने इन लोगों को देखते ही फाटक बंद कर लिया।

इतने में काले खाँ ने तीव्र स्वर में कहा–''खलक खुदा का! मुल्क बादशाह का! राज महारानी लक्ष्मीबाई का।'' सभी भारतीय सिपाहियों ने काले खाँ का यह नारा दोहराया। यह नारा सुनकर रानी लक्ष्मीबाई ने महल की खिड़की खुलवा दी। वे हाथ जोड़े हुए खड़ी थीं। उनके पीछे उनकी सहेलियाँ अपने हाथों में हथियार लिए खड़ी थीं। गोरे रंगवाली रानी अपने गले में हीरों का कंठा पहने हुए थीं। उनके होंठ बंद थे। सेना के फौजियों ने महारानी को हाथ जोड़कर तथा अपना सिर झुकाकर प्रणाम किया। रानी ने अपना हाथ उठाकर उनका अभिवादन स्वीकार किया। मानो वे फौजियों को अपना आशीर्वाद दे रही हों।

इसके बाद रानी काले खाँ से कहने लगीं–''तुम रिसालदार काले खाँ हो न?''

काले खाँ कहने लगा–''हाँ हुजूर, मैं आपका ताबेदार रिसालदार काले खाँ ही हूँ।''

रानी लक्ष्मीबाई ने भारतीय सिपाहियों की तलवारों में लगा हुआ रक्त देखकर कहा–''सैनिकों की तलवारों पर यह रक्त कैसा, काले खाँ?''

काले खाँ ने विनम्र स्वर में बताया कि हम लोग अपनी तलवार और बंदूकों से दुश्मन अंग्रेजों को मौत के घाट उतारकर आए हैं।

रानी लक्ष्मीबाई–''ऐसे कर्मों से हमारा स्वराज्य और बादशाही की स्थापना कैसे होगी, काले खाँ! यह तो तुमने घोर दुष्कर्म किया है। बंदी अंग्रेजों को इस तरह मार डालना अपराध है। मुझे खुशी होती कि तुम लोग उनके हाथों में हथियार देकर उनसे युद्ध करते। फिर उन्हें हराते हुए मार डालते।''

रानी की बात सुनकर काले खाँ और सभी भारतीय सैनिक बेहद शर्मिंदा हुए। इसके बाद रानी लक्ष्मीबाई भारतीय फौजियों से कहने लगीं–''मुझे पता चला है कि तुम लोग झाँसी नगर को लूटना चाहते हो? मेरी समझ में नहीं आता कि तुम्हारी दुश्मनी किससे है? अंग्रेजों से या धनवान भारतीय लोगों से? तुम लोग वीर होकर भी डाकू-लुटेरों जैसा कायरतापूर्ण काम करना चाहते हो?''

काले खाँ ने लज्जित होकर कहा–''श्रीमंत सरकार! अगर आपके खिलाफ कुछ भी किया जाए तो हम सभी को तोप से उड़ा दीजिएगा। आप जैसा हुक्म देंगी, हम वैसा ही करेंगे।''

रानी लक्ष्मीबाई को काले खाँ की बात सुनकर प्रसन्नता हुई। वे कहने लगीं–

"तो फिर मेरा कहना है कि तुम सभी अपनी छावनी में लौट जाइए। शाम के समय मैं काफी सोच-विचार करने के बाद तुमको आज्ञा दूँगी कि आगे तुम लोगों को क्या करना है?"

"जो हुक्म, सरकार का!" काले खाँ ने नम्रतापूर्वक सिर झुकाकर कहा और महारानी से विनती करने लगा–"सरकार! हमारे सिपाही भूखे हैं। हम लोगों के पास धन नहीं है।"

"ओह! शायद इसीलिए तुम लोग झाँसी नगर को लूटना चाहते थे?…तुम लोग कैसे भूल गए कि झाँसी तुम लोगों की मातृभूमि है। अपनी भूख शांत करने के लिए तुम लोग अपनी मातृभूमि माता की इज्जत को लूटोगे?" इतना कहकर रानी ने अपने गले में पड़ा हुआ हीरों का हार उतारकर काले खाँ को दिया और कहने लगी–"इस हार से तुम लोगों की सारी मुश्किलें दूर हो जाएँगी। अब तुम सभी शीघ्र दिल्ली पहुँचो। वहाँ बादशाह को तुम सब लोगों की जरूरत है। तुम्हारे बलबूते पर ही दिल्ली सम्राट अंग्रेजों का राज वहाँ खत्म कर सकते हैं। लेकिन मार्ग में तुम कहीं भी लूटपाट मत करना। इससे हमें बदनामी मिलेगी।"

"ठीक है महारानी जी।" काले खाँ ने अपनी गर्दन झुकाकर कहा। इसके बाद भारतीय सैनिक महारानी लक्ष्मीबाई के प्रति मन ही मन अपनी कृतज्ञता अर्पित करते हुए शांतिपूर्वक अपनी छावनी की ओर चले गए। छावनी से इन सैनिकों ने तोप, बंदूकें, तलवार आदि फौजी सामान लिए और अगले दिन सुबह दिल्ली के लिए रवाना हुए। कुछ सैनिक रानी लक्ष्मीबाई की सेवा में रहना चाहते थे और इसके लिए उन्होंने काले खाँ तथा महारानी से जिद भी की। रानी ने उनकी इस हठ को स्वीकार कर लिया।

इसके पश्चात् महारानी लक्ष्मीबाई ने अपना दूत भेजकर रसका के दीवान जवाहर सिंह को सेना सहित बुला लिया। रानी ने जवाहर सिंह को झाँसी के किले और नगर के प्रबंध की जिम्मेदारी सौंपी।

14

रानी लक्ष्मीबाई ने अपनी योजना के अनुसार कई विशिष्ट लोगों को अपने महल के अंदर आमंत्रित किया। इन लोगों में सेना और शासन से संबंध रखने वाले कई कर्मचारी थे। साथ ही साथ रानी के कई विश्वासपात्र सरदार, जागीरदार, जनता

के मुखिया, पंच तथा साहूकार लोग आदि भी थे। ये सभी लोग महल के अंदर जिस स्थान पर बैठे थे, उसके पास एक पर्दा था। इस पर्दे के दूसरी तरफ रानी लक्ष्मीबाई बैठी हुई थीं।

बैठक में भाग लेने आए सभी लोगों को सम्बोधित करती हुई रानी कहने लगीं–"कल किले पर हमला करने वाले सैनिक आए थे मेरे पास। वे झाँसी नगर को लूटना चाहते थे। बड़ी मुश्किल से आज उनको दिल्ली के लिए रवाना किया है। वैसे तो सिपाही लोग शहर से चले गए हैं लेकिन मुझे अभी भी ऐसा लगता है मानो नगर में लूटमार और डकैती की घटनाएँ ज्यादा होने वाली हैं। मैं चाहती हूँ कि झाँसी की जनता को किसी भी प्रकार का कष्ट न हो। इसी कारण मैंने आप सभी विशिष्ट लोगों को यहाँ बुलाया है। आप सब बताइए कि ऐसी हालत में हमें क्या करना चाहिए?"

इस बैठक में कमिश्नर गार्डन के एक रिश्तेदार को भी बुलाया गया था। उसने राय दी–"मेरी सलाह है कि बलवे की सूचना जबलपुर के कमिश्नर को दे दी जाए और झाँसी का राज कमिश्नर को संभालने के लिए दे दिया जाए।"

इस पर झाँसी का कछवाहा मुखिया कहने लगा–"हमें किसी गैर या विदेशी व्यक्ति का राज नहीं चाहिए। झाँसी पर केवल महारानी साहिबा ही राज करेंगी।"

"हमें अपना पुराना खोया हुआ राज अंग्रेजों से वापिस लेना है।" तेलियों के सरपंच ने अपनी राय प्रकट की।

नगर का एक साहूकार बोला–"इतनी मुश्किलों के बाद तो आज हमको यह दिन देखने को मिला है। अब तो हमारे ऊपर महारानी साहब ही राज करेंगी और कोई नहीं।"

"हमको परदेशी लोगों का राज नहीं चाहिए।" अनुसूचित जाति का सरदार बोला।

महारानी लक्ष्मीबाई के पिता, मोरोपंत ताम्बे भी इस बैठक में मौजूद थे। यद्यपि वे वृद्ध हो चुके थे लेकिन झाँसी की राजनीति में गहरी दिलचस्पी लेते थे। उन्होंने इन सभी लोगों की बात का समर्थन किया। झाँसी के एक वयोवृद्ध व्यक्ति, नाना भोपटकर भी इस बैठक में शामिल थे। वे काफी समझदार और बुद्धिमान थे। उन्होंने कहा–"हम मिस्टर गार्डन साहब के रिश्तेदार की बात पर भी विचार करेंगे लेकिन झाँसी राज्य का संपूर्ण शासन अगर महारानी साहब के हाथ में रहे तो अच्छा है। नगर के सभी लोग अपने आपको उनकी प्रजा मानकर दृढ़तापूर्वक अपना जीवनयापन किया करेंगे।"

सभी ने नाना भोपटकर की बात का समर्थन किया।

रानी लक्ष्मीबाई कहने लगीं–"आप सभी ने झाँसी नगर के शासन का जो भार मुझको सौंपा है, इस उत्तरदायित्व पर मुझे गर्व है। ईश्वर के आशीर्वाद से मैं अपना कर्तव्य भली-भाँति निभाऊँगी।"

महारानी की यह बात सुनकर बैठक में भाग ले रहे लोग महारानी लक्ष्मीबाई की जय-जयकार करने लगे–"महारानी की जय! रानी माता की जय!!"

झाँसी राज्य की सेना का एक पुराना तोपची था। उस तोपची का नाम था–'गुलाम गौस खाँ'। गुलाम गौस खाँ ने महारानी के सम्मुख हाथ जोड़ते हुए तथा अपना सिर झुकाकर विनम्रतापूर्वक कहा–"महारानी जी! मेरे लायक कोई सेवा हो तो बताइए?"

गुलाम गौस खाँ की विनयशीलता देखकर महारानी जी बहुत खुश हुईं। वे गुलाम गौस खाँ से कहने लगीं–"गुलाम गौस खाँ! तुम झाँसी राज्य की सेना के पुराने सेवक हो। हम तुमको अपनी सेना के तोपचियों का सरदार बनाते हैं। तुम्हारा काम है–हमारी नव निर्मित तोपों को संभालना। अंग्रेज सैनिकों ने हमारी तोपों को बिगाड़ डाला। तुम्हें उन तोपों को ठीक करना है।"

"यह तो मेरा सौभाग्य है सरकार!" गौस खाँ ने हर्ष से गद्गद होकर कहा–"आपने मुझे जो जिम्मेदारी सौंपी है, उसे मैं पूरी तरह से निभाऊँगा। आपके हुक्म के पालन में और झाँसी की रक्षा में अगर प्राण भी चले जाएँ तो मुझे खुशी होगी।"

रानी लक्ष्मीबाई–"शाबास, गौस खाँ। मुझे तुमसे यही उम्मीद थी।"

गौस खाँ–"एक विनती है, हुकम!"

रानी–"कहिए?"

गौस खाँ–"आज का दिन हम सबके लिए बड़ा ही शुभ दिन है सरकार। मुझे सलामी तोपें दागने की आज्ञा दी जाए।"

रानी लक्ष्मीबाई ने सलामी तोपें दागने की आज्ञा दे दी। तोपची गौस खाँ महारानी की आज्ञा लेकर बाहर गया। उसने चलने लायक तोपों में बारूद के गोले भरकर महारानी के पुनः राज्याधिकारी होने की घोषणा के प्रतीक के रूप में सलामी तोपें दागीं।

अंग्रेजों ने झाँसी की कई तोपों में कीलें ठुकवा दी थीं। उन तोपों को सही कराया गया। झाँसी के किले पर अंग्रजों का झण्डा उतारकर भगवा ध्वज लहराया गया। लाला भाऊबख्शी को नई तोपें ढालने का काम सौंपा गया। झाँसी की सेना

का सेनापति जवाहर सिंह को बनाया गया। सेना के तीन नए कर्नलों की नियुक्ति की गई। इन कर्नलों के नाम दीवान रघुनाथसिंह, मुहम्मद जमालखाँ तथा खुदाबख्श थे। रानी स्वयं अपनी सेना के घुड़सवार सैनिकों की प्रधान बनीं। उन्होंने अपनी महिला सेना के लिए अपनी तीन सखियों को कर्नल बनाया। इनके नाम सुंदर, मुंदर तथा काशीबाई थे। मोतीबाई को रानी ने अपने जासूसी विभाग का प्रधान बनाया जबकि जूही सखी को जासूसी विभाग का नायक बनाया गया। इसके अलावा कोतवाली विभाग, माल विभाग तथा दान-धर्म विभाग के कर्मचारियों की भी नियुक्ति की गई।

रानी लक्ष्मीबाई ने जिन लोगों को इन विभागों का अधिकारी या कर्मचारी नियुक्त किया था, उन लोगों ने रानी के आदेश अनुसार अपने-अपने कार्यों को संभालना शुरू कर दिया।

अगले दिन झाँसी की नवीन सेना के सैनिकों की कवायद शुरू हो गई। साथ ही साथ नए सैनिकों की निशानेबाजी का अभ्यास कराया जाने लगा।

प्रातःकाल सैनिक शिविर में बिगुल बजते ही सैनिकों का कवायत स्थल पर आना शुरू हो गया। पुराने सिपाहियों के अलावा सेना में नए सैनिकों की भर्ती भी की गई।

नयी सेना में रानी लक्ष्मीबाई ने सभी जातियों और वर्गों के लोगों को भर्ती किया। नए सैनिकों की भर्ती में कहीं भी किसी प्रकार का भेदभाव नहीं बरता गया।

महारानी का आदेश था कि झाँसी राज्य की प्रजा, झाँसी के सैनिकों को अपने ही लोग समझें तथा सैनिकों के साथ स्नेह और उदारता का व्यवहार किए जाया। इसी प्रकार से सैनिकों का भी फर्ज बनता है कि वे झाँसी राज्य की आम जनता के साथ स्नेह, दया तथा सहानुभूति का व्यवहार करें। वे प्रजा की तकलीफ बनने के बजाय उनकी तकलीफों को दूर करने का उपाय करें।

गुलाम गौस खाँ ने केवल दो दिनों के भीतर ही सारी खराब तोपों की मरम्मत करके अच्छा कर लिया। ओरछा के राजा उदेतसिंह ने सम्वत् 1781 ई. में भवानीशंकर नाम की एक तोप ढलवाई थी जिसे बाद में झाँसी की सेना में शामिल किया गया था, उस तोप में भी कीलें ठुकवाकर अंग्रेजों ने उसे बेकार कर डाला था। गौस खाँ ने इस तोप को भी सही करवाया।

तोपों को ढालने के अलावा तलवार आदि हथियार बनाने का काम भी शुरू कर दिया गया था।

झाँसी का राज्य अब पुनः रानी लक्ष्मीबाई के हाथ में आ चुका था। 13 जून, सन् 1857 ई. को मोतीबाई ने रानी जी को यह सूचना दी कि सदाशिव राव वालकर ने करेरा किले पर आक्रमण कर दिया है। यह किला झाँसी से बीस मील दूर था।

सदाशिव राव वालकर को राजा गंगाधर राव का वंशज माना जाता था। इस नाते से वह रानी लक्ष्मीबाई का दूर का रिश्तेदार था। उसने अपने आपको झाँसी का राजा घोषित कर रखा था। झाँसी का निवासी सदाशिव राव वालकर सैनिक विद्रोह के समय झाँसी से बाहर भाग गया था। उसने झाँसी के कुछ युवकों को बहकाकर अपने दल में शामिल कर लिया। वह सोचता था कि अकेली लक्ष्मीबाई मेरा क्या बिगाड़ लेगी, आखिरकार है तो वह अबला नारी ही। तुरत-फुरत उसने अपना राजतिलक भी करवा डाला। रानी को जब इन सब बातों का पता चला तो वे शीघ्र ही अपनी सेना को लेकर करेरा किले की ओर चल पड़ीं। रानी ने अपनी तीनों सखियों को सदाशिव राव को मजा चखाने का काम सौंपा। उनकी सुंदर, मुंदर आदि सखियाँ सेना की कर्नल थीं। ये तीनों सखियाँ सैनिकों को लेकर इतनी फुर्ती से अपने-अपने घोड़ों को दौड़ाती हुई सदा शिवराव के पास पहुँचीं कि उसे संभलने का मौका ही नहीं मिला। अचानक हुए इस आक्रमण से सदाशिव राव बुरी तरह बौखला गया और अपनी जान बचाने के लिए नरवर राज्य की ओर भाग गया। नरवर में सिंधिया का शासन था। सदाशिव राव ने सिंधिया से सहायता की प्रार्थना की। अभी राजा सिंधिया नाबालिग थे। उनके दीवान ने सदाशिव राव की मदद के लिए उसके साथ अपनी कुछ सेना भेज दी लेकिन वह सेना रानी को हरा नहीं पाई।

रानी को नरवर राज्य से ऐसी उम्मीद नहीं थी कि वह झाँसी की सेना को परास्त करने के लिए अपनी सेना भेजेगा।

रानी ने अपनी नई सेना लेकर नरवर राज्य का घेराव कर डाला और सदाशिव को पकड़ लिया। बाद में सदाशिव राव को झाँसी के बंदीगृह में बंद कर दिया गया। चूँकि नरवर का राजा नाबालिग था इसलिए रानी को उसके ऊपर दया आ गई। उसने नाबालिग सिंधिया से कुछ नहीं कहा और अपनी सेना लेकर वापिस झाँसी लौट आई।

15

विंध्यखंड में छोटी-छोटी कई रियासतें थीं। इन रियासतों के लोग कभी किसी अत्याचारी राजा के शासन को बर्दाश्त नहीं कर सकते थे। इसका कारण यह था कि यहाँ के लोगों के अंदर स्वदेश प्रेम की भावना थी। अपनी मातृभूमि की रक्षा के लिए मर मिट जाने का जज्बा यहाँ के लोगों में था। बानपुर और शाहगढ़ को विंध्यखंड प्रदेश की दो छोटी रियासतें माना जाता था। बानपुर पर राजा मर्दनसिंह का और शाहगढ़ पर राजा बख्तबली का शासन था। चूँकि इन दोनों राजाओं के ऊपर विंध्यखंड के अन्य राजाओं की तरह ब्रिटिश सरकार का जोर पड़ता रहता था इसलिए अंग्रेजी शासन से इन दोनों राजाओं को घृणा हो गई थी। ये शीघ्रातिशीघ्र भारतवर्ष से अंग्रेजी शासन को समाप्त करना चाहते थे। रानी लक्ष्मीबाई इन दोनों राजाओं की राष्ट्रभक्ति की भावना से भली-भाँति परिचित थीं। अंग्रेजों के खिलाफ स्वाधीनता संग्राम में भाग लेने के लिए रानी ने भारत के कई राजाओं को पत्र लिखे थे। जब इन दोनों राजाओं के पास पत्र पहुँचे तो इन राजाओं ने रानी के साथ स्वतंत्रता आन्दोलन में भाग लेना स्वीकार कर लिया।

भारत में कुछ बड़ी रियासतें ऐसी भी थीं जिनके राजा अल्प-वयस्क या नाबालिग थे। कुछ रियासतों के राजा अंग्रेजी शासन के अधीन या उनके रौब में रहते थे। लेकिन रानी लक्ष्मीबाई पूर्ण वयस्क, समझदार तथा पढ़ी-लिखी थीं। वे लिखा-पढ़ी की पक्की कार्यवाही करते हुए अपने कर्मचारियों से शासन चलाने के विषय पर वार्तालाप किया करती थीं तथा जरूरी विषयों पर अपने मंत्रियों और सलाहकारों से सलाह भी लेती थीं। रानी का यह नियम था कि वे आएदिन कचहरी किया करती थीं। बड़े मुकदमों को और खास मुकदमों को रानी लक्ष्मीबाई अपनी कचहरी में बैठकर खुद सुना करती थीं और महत्त्वपूर्ण मामलों में शीघ्र ही निर्णय दिया करती थीं। जो अपराधी किसी स्त्री या बालक को सताते थे, रानी लक्ष्मीबाई उनको बड़ा ही कठोर दण्ड दिया करती थीं। अपनी कचहरी में रानी हमेशा लोहे की टोपी पहनती थीं तथा उस टोपी पर लाल रंग का रेशमी साफा बँधा रहता था।

सन् 1857 ई. की ही बात है। वर्षा ऋतु का आरंभ हो चुका था। चारों तरफ मूसलाधार बारिश हो रही थी। एक दिन रानी लक्ष्मीबाई को समाचार मिला कि डाकू सागर सिंह झाँसी इलाके में काफी उत्पात मचा रहा है।

डाकू सागर सिंह रावली गाँव का रहने वाला था। रावली गाँव बरवा सागर से

पाँच मील दूर था। जबकि बरवा सागर की दूरी झाँसी से 12 मील थी। रानी लक्ष्मीबाई को जब डाकू सागर सिंह के उत्पात की सूचना मिली तो उन्होंने अपनी सखी मोतीबाई को भेजकर खुदाबख्श को अपने पास बुलाया।

रानी ने खुदाबख्श से कहा–"तुम शीघ्र ही 25 सैनिक लेकर जाओ और सागरसिंह को जिन्दा या मुर्दा पकड़कर लाओ।"

"जो हुक्म, महारानी जी।" इतना कहकर खुदाबख्श ने अपने दोनों हाथों को जोड़कर महारानी के आगे अपना सिर झुकाया।

रानी के लिए सागरसिंह को पकड़ने का यह अच्छा मौका था। रानी जानती थीं कि बरसात के मौसम में सागर सिंह कभी भी जंगलों में नहीं रहेगा। वह जरूर अपने घर में या अड्डे पर रहेगा, जहाँ से ढूँढ़कर उसे पकड़ा जा सकता है।

रानी ने खुदाबख्श से पूछा कि कुछ और सैनिक चाहिए तो ले लो लेकिन खुदाबख्श ने मना कर दिया।

रानी की आज्ञा लेकर खुदाबख्श झाँसी से 25 सैनिक साथ लेकर सागरसिंह डाकू को पकड़ने के लिए चला गया। इसके बाद रानी ने अपनी सुंदर-मुंदर आदि सखियों से भी कहा कि युद्ध के लिए हमेशा तैयार रहें। अगर डाकू सागर सिंह खुदाबख्श के हाथ नहीं लगा तो उसे तुमको ही पकड़ना होगा।

यह सुनकर सुंदर कहने लगी–"ठीक है, महारानी जी। आप खुदाबख्श जी के आने का इंतजार कर लीजिए। अगर वे उस डाकू को न पकड़ सके तो सागर सिंह को पकड़ने का काम हमारा होगा।"

जब खुदाबख्श झाँसी से चलकर बरवा सागर पहुँचा तो उसने वहाँ के थानेदार से डाकू सागर सिंह के संबंध में पूछताछ की। थानेदार ने बताया कि सागरसिंह बड़ा चालाक डाकू है। वह काफी बहादुर भी है। उसके गिरोह में लोगों की संख्या काफी अधिक है। ये सभी काफी दूर-दूर तक के इलाकों में डकैतियाँ डालने के लिए जाते हैं।

अगले दिन बारिस बन्द हो गई। आसमान साफ दिखाई देने लगा। खुदाबख्श ने पक्का इरादा कर लिया था कि आज वह डाकू सागर सिंह को पकड़कर ही रहेगा। उसने बरवा सागर के थानेदार और थाने के कुछ सिपाहियों को अपने साथ में लिया। सागर सिंह को कैदी बनाने के लिए खुदाबख्श रावली की तरफ चल दिया। रास्ते में पानी भर जाने के कारण मार्ग खराब हो गया था इसलिए खुदाबख्श के दल के घोड़ों को दौड़ने में काफी कठिनाई आ रही थी। फिर भी खुदाबख्श ने रुकने का नाम नहीं लिया। वह अपने अभियान दल को लेकर चलता ही गया। दोपहरी तक ये सब

लोग रावली पहुँच गए।

रावली में सागर सिंह अपने घर पर ही था। उसका मकान एक ऊँची पहाड़ी पर बना हुआ था। रावली के लोग उसके मकान को 'हवेली' कहा करते थे।

दोपहरी हो चुकी थी, इसलिए सागर सिंह भोजन इत्यादि करने के बाद अपने मकान के अंदर लेटा हुआ सो रहा था। तभी खुदाबख्श ने अपने सैनिकों को साथ लेकर उसके मकान को चारों तरफ से घेर लिया और मकान पर आक्रमण कर दिया। जैसे ही सागर सिंह ने गोलियाँ चलने की आवाजें और खुदाबख्श की चेतावनी सुनी, उसने भागकर अपने मकान का फाटक अंदर से बंद कर लिया।

उस समय डाकू सागर सिंह के मकान में उसके गिरोह के कुछ और भी साथी मौजूद थे। उन डाकुओं ने भी अपनी-अपनी बंदूकें संभाल लीं। फिर दोनों ओर से बंदूकें चलने लगीं। इस गोलीबारी में खुदाबख्श के कुछ सैनिक जख्मी हुए। खुदाबख्श ने अपने दल के सिपाहियों को सागर सिंह के मकान पर चढ़ जाने की आज्ञा दी। खुदाबख्श भी उसके मकान पर चढ़ गया। सागर सिंह अपनी तलवार लेकर खुदाबख्श के सिपाहियों का मुकाबला करने लगा। खुदाबख्श से भी उसका युद्ध हुआ। इस युद्ध में खुदाबख्श जख्मी होकर जमीन पर गिर गया। इससे सागर सिंह और उसके साथियों को भागने का मौका मिल गया। ये डाकू लोग घर का फाटक खोलकर भाग निकले।

सागर सिंह डाकू की तलवार से खुदाबख्श जख्मी तो हुआ था लेकिन उसके घाव अधिक गहरे नहीं थे। खून बहने के कारण उसकी हालत बेहोशी जैसी हो गई थी। बरवा सागर के थानेदार ने शीघ्र ही बैलगाड़ियों का प्रबंध करवाया और जख्मी खुदाबख्श तथा अन्य घायल सिपाहियों को साथ लेकर थानेदार शाम तक बरवा सागर पहुँच गया।

उस रात में बरवा में घायलों की मरहम-पट्टी की गई और सुबह होते ही यह सारी सूचना महारानी लक्ष्मीबाई के पास झाँसी भेज दी गई।

उस दिन आकाश में बादल छा रहे थे और बरसात भी हो रही थी। रानी लक्ष्मीबाई महल के ऊपरी खंड में आँखें मूँदे अपनी सखी मोतीबाई के मुख से भजन सुन रही थीं। सुबह का समय था। सुंदर और मुंदर को नींद सी आ रही थी। तभी बरवा सागर से खुदाबख्श का भेजा हुआ एक संदेशवाहक रानी के पास आया। उसने हाथ जोड़कर रानी को बताया कि सरकार, रावली के डाकू सागर सिंह तथा उसके गिरोह के लोगों से सरदार खुदाबख्श की कल दोपहर जमकर लड़ाई हुई। इस लड़ाई में सरदार खुदाबख्श जी घायल हो गए हैं। उनके साथ-साथ कुछ सिपाही भी घायल हो गये हैं। लेकिन सभी लोग खतरे से बाहर हैं। सरदार खुदाबख्श जी ने सागर सिंह

के घर पर जाकर हमला किया था लेकिन सागरसिंह और उसके कुछ साथी भागने में सफल हो गए। सभी घायलों की मरहम-पट्टी कर दी गई है। आप किसी बात की चिन्ता न करें।

यह खबर सुनकर रानी लक्ष्मीबाई का चेहरा मुरझा गया। जब रानी के सरदार या सैनिक किसी युद्ध में घायल हो जाते थे तो वे इसी तरह चिन्तित तथा परेशान हो जाती थीं। रानी ने संदेशवाहक व्यक्ति का सत्कार करके उसे अपनी तरफ से कुछ वस्तुएँ उपहार में दीं और कहा–"सरदार खुदाबख्श और हमारे सिपाहियों का खास ध्यान रखा जाए। उनके उपचार में कोई कमी न होने दी जाए।"

"आप निश्चिंत रहिए सरकार! थानेदार साहब जी जान से उनकी सेवा-उपचार में लगे हुए हैं। अब मुझे जाने की आज्ञा दीजिए।" इतना कहकर संदेशवाहक ने पुनः सिर झुकाकर रानी लक्ष्मीबाई को प्रणाम किया और अपना घोड़ा लेकर बरवा सागर की ओर चल दिया।

रानी लक्ष्मीबाई अपनी बहादुर सखियों से कहने लगीं–"कल हम सबको बरवा सागर चलना होगा।"

"लेकिन महारानी जी! रास्ते में बेतवा नदी में बाढ़ आई हुई है। ऊपर से मूसलाधार पानी बरसने के आसार दिखाई दे रहे हैं। आप क्यों परेशान होती हैं। हम तीनों सखिया चली जाएँगी बरवा सागर। आप यहीं बनी रहें।"

लेकिन रानी ने सभी को साथ लेकर चलना ठीक समझा। वे कहने लगीं–"तुम्हारी तरह मुझे भी तो अपने कर्तव्य का पालन करना है। वैसे हम हाथियों पर बैठकर भी जा सकते हैं। इससे हम नदी में आसानी से पार हो जाएँगे लेकिन हाथी से वहाँ पहुँचने में काफी वक्त लग जाएगा। इसलिए हमको घोड़ों पर बैठकर निकलना चाहिए। अगर बाढ़ के कारण नाव का प्रबंध नहीं हो पाएगा तो हम लोग घोड़ों पर बैठकर ही नदी पार करेंगे।"

अगले दिन सुबह होते ही रानी लक्ष्मीबाई अपनी सहेलियों को साथ लेकर बरवा सागर की ओर चल पड़ीं। उनके साथ 25 घुड़सवार सैनिक और थे। रानी ने सैनिकों को इसलिए साथ लिया था ताकि यदि रास्ते में डाकुओं से मुठभेड़ हो जाए तो डटकर उनका मुकाबला किया जा सके।

रास्ते में बेतवा नदी में बाढ़ आई हुई थी। साथ ही तेज आँधी भी चल रही थी। इसकी वजह से मल्लाह नदी में नाव खेने से घबरा रहे थे क्योंकि आँधी के इस मौसम में नाव के पलट जाने का डर था। लेकिन रानी लक्ष्मीबाई इतनी जल्दी अपनी हार मानने वाली नहीं थीं। उन्होंने अपने दल के सभी सदस्यों को आज्ञा दी–

"नदी में कूद पड़ो।" और सबसे आगे अपना घोड़ा लेकर नदी के पानी में घुस गईं। रानी का ऐसा साहस देकर उनके दल के सदस्यों की हिम्मत भी लौट आई। उनकी सहेलियाँ और सभी सैनिक अपने-अपने घोड़े लेकर नदी में कूद पड़े। रानी को किसी भी प्रकार का भय नहीं था। वे अपने दल के घुड़सवारों को शाबासी देती जा रही थीं।

बाढ़ के पानी में कई झाड़-झंखाड़ भी आकर घुड़सवारों से टकरा जाते थे लेकिन सभी लोग महारानी की हिम्मत देखकर साहसपूर्वक उनके पीछे-पीछे चलते हुए आगे बढ़ते जाते थे। कुछ समय तक नदी की तेज धाराओं को पार करने के बाद सभी घुड़सवार नदी के तट पर जा लगे। किनारा पाकर महारानी सहित सभी सैनिक प्रसन्न हो उठे।

यद्यपि पानी में नदी पार करने के कारण दल के सभी सदस्य लगभग भीग चुके थे लेकिन उनकी पीठ पर जो हथियार कसे हुए थे वे सूखे थे। उन हथियारों को पीठ पर सावधानी के साथ कसा गया था। नदी के घाट पर दल के सदस्यों ने अपने-अपने गीले कपड़े सुखाए और बदले। तब तक कुछ देर घोड़ों ने आराम किया। इसके बाद रानी लक्ष्मीबाई अपने सैनिक दल को साथ लेकर बरवा सागर की ओर चल पड़ीं। दोपहरी को ये सभी लोग बरवा सागर जा पहुँचे।

बरवा सागर में एक किला था। यह किला एक झील के ऊपर बना हुआ था। इस किले का निर्माण चंदेल राजपूतों ने करवाया था। बाद में किला टूट-फूट जाने की वजह से ओरछा के राजा वीरसिंह देव ने इसकी फिर से मरम्मत करवाकर किले को ठीक करवाया था।

जब रानी लक्ष्मीबाई अपने सैनिकों को साथ लेकर बरवा सागर पहुँची तो उन्होंने किले में घायल पड़े हुए सरदार खुदाबख्श तथा अन्य सैनिकों को देखा। उन्होंने सभी घायल सैनिकों के सिर पर हाथ फेरा और उनके घावों पर ताजा मरहम लगाकर नई पट्टी बाँधी। घायल सैनिक रानी जी के इस तरह के स्नेह-युक्त व्यवहार को देखकर खुशी के मारे झूम उठे।

जब रानी ने स्नेहपूर्वक घायल सरदार खुदाबख्श के सिर पर प्रेमपूर्वक हाथ फेरा तो कृतज्ञतावश खुदाबख्श की आँखों में आँसू आ गए। मोतीबाई रानी के पीछे खड़ी हुई खुदाबख्श को एकटक देख रही थी।

खुदाबख्श ने रानी को वह सब समाचार कह सुनाया, जब उसने डाकू सागर सिंह के घर पर हमला किया था और किस प्रकार वह अपने मकान से भाग निकला था, वह सब भी खुदाबख्श ने रानी को कह सुनाया।

रानी लक्ष्मीबाई ने पूछा–''इस समय सागर सिंह कहाँ है?''

खुदाबख्श कहने लगा–''महारानी जी! उसके गाँव के लोग उसके डर के मारे उसका पता-ठिकाना नहीं बताते लेकिन हमें इतना अवश्य मालूम हो गया है कि वह पड़ोस के जंगल में अपने गिरोह के साथ में है।''

रानी–''तुम चिन्ता मत करो, खुदाबख्श! इस डाकू के आतंक की समस्या का कोई न कोई हल मैं जरूर निकाल लूँगी।''

खुदाबख्श–''अब आप यहाँ आ गई हैं तो मुझे किसी बात की चिन्ता नहीं है सरकार! एक-दो दिन में मेरे घाव ठीक हो जाएँगे। फिर मैं उस बदमाश को पकड़कर आपके हवाले कर दूँगा।''

''ठीक है, खुदाबख्श! अब तुम आराम करो। इस समय तुमको आराम की सख्त जरूरत है।'' इतना कहकर महारानी लक्ष्मीबाई ने मोतीबाई को खुदाबख्श की देखरेख के लिए छोड़ दिया और अपने सैनिकों को साथ लेकर वापिस झाँसी की ओर रवाना हो गईं।

खुदाबख्श की घायल अवस्था देखकर मोतीबाई की आँखों में आँसू आ गए। खुदाबख्श ने मुस्कराते हुए मोतीबाई से कहा–''अरे! तुम्हारी आँखों में आँसू। ये आँसू आपकी आँखों में शोभा नहीं देते मोतीबाई जी! आप महारानी जी की अभिन्न सखी हैं। उनकी ही तरह साहसी और निडर हैं। एक साधारण से सिपाही की जख्मी हालत के लिए इतने आँसू!''

''आप अपने आपको साधारण सिपाही मत समझिए। आप महारानी जी के क्रांतिकारी कार्यों में विशेष मददगार हैं।'' कुछ क्षण ठहरने के बाद मोतीबाई ने पूछा–''अब आपका दर्द कैसा है?''

खुदाबख्श भावविह्वल होता हुआ कहने लगा–''मेरे मालिक ने, सरकार ने सिर पर हाथ फेरकर मेरे घावों पर अमृत-सा बरसा दिया है इसलिए अब कुछ भी दर्द महसूस नहीं हो रहा है।''

मोतीबाई ने स्नेहपूर्वक खुदाबख्श की मरहम-पट्टी की। अगले दिन रानी पुनः अपने सैनिकों तथा सहेलियों को साथ लेकर खुदाबख्श से मिलने के लिए आई। मोतीबाई ने खुदाबख्श को बताया कि महारानी जी सागर सिंह डाकू तथा उसके गिरोह का पता लगवा रही हैं। उनका पता लगते ही डाकुओं को धर दबोचा जाएगा।

यह खबर सुनकर खुदाबख्श के दिल को हार्दिक प्रसन्नता हुई। उस शाम बरवा सागर के मुखिया और पंच ने रानी से मुलाकात की। अपने गाँव की प्रथा

अनुसार उन्होंने रानी को प्रणाम किया। रानी ने भी उनके अभिवादन का उत्तर दिया और उनके हाल-चाल पूछे।

बरवा सागर के मुखिया और पंच के साथ थानेदार भी महारानी जी के दर्शन करने के लिए आया था। उसने आकर रानी लक्ष्मीबाई को यह महत्त्वपूर्ण सूचना दी कि डाकू सागर सिंह अपने गिरोह के सदस्यों के साथ यहाँ से 12 मील की दूरी पर खिसनी गाँव के जंगल में छिपा हुआ है।

अकेले में रानी जी ने थानेदार को आज्ञा दी कि तुम सवेरे 8 बजे अपने सिपाहियों को लेकर तैयार रहना लेकिन इस बात की खबर और किसी को न लगने पाए।

अगले दिन सुबह 7 बजे महारानी अपने सैनिकों तथा हथियारबंद सखियों के साथ डाकू गिरोह को पकड़ने के लिए तैयार हो गयीं। ठीक 8 बजे थानेदार भी अपने सिपाहियों को साथ लेकर उनके पास आ पहुँचा। खुदाबख्श अब तक काफी ठीक हो चुका था इसलिए उसने भी रानी के साथ जाने की जिद की। मोतीबाई ने भी चलना चाहा। रानी ने इन सबकी बात मान ली। वे सभी को अपने साथ लेकर डाकुओं को सबक सिखाने चल पड़ीं।

रानी ने अपने अभियान दल को दो भागों में बाँटा। एक भाग का नेतृत्व उन्होंने रघुनाथ सिंह के हाथ में सौंपा और उसे रावली गाँव की ओर भेजा। दूसरे दल का नेतृत्व रानी ने खुद संभाला और सैनिकों को साथ लेकर खिसनी के जंगल की ओर चल दीं।

इधर रघुनाथ सिंह ने रावली जाकर डाकू सागर सिंह की हवेली को जा घेरा लेकिन डाकू वहाँ नहीं थे। न सागर सिंह ही था। उसने इस बात की सूचना शीघ्र ही रानी के पास भेजी। इससे रानी को विश्वास हो गया कि डाकू लोग खिसनी गाँव के जंगल में ही हैं। यह विश्वास पक्का होते ही रानी ने जंगल में डाकू का घेराव करने की योजना बनाई। यह पता लगाने के लिए कि डाकू जंगल में कौन सी जगह छिपे हैं–रानी ने अपने एक जासूस को खिसनी के जंगल की ओर भेजा। लगभग एक घंटे बाद ही रानी के जासूस ने उनको सूचना दी कि दो पहाड़ियों के ऊपर डाकू पर्णकुटी बनाए हुए खाने-पीने की तलाश में लगे हुए हैं तथा उनके पास कुछ घोड़े भी हैं।

रानी के जासूस ने रानी को दो पहाड़ियों वाला जो स्थान बताया था, रानी ने अपने बंदूकधारी सैनिकों को वहाँ भेजकर दोनों पहाड़ियों को घिरवा दिया। थानेदार के कुछ बंदूकधारी सिपाहियों को भी इस काम में लगा दिया। इसके बाद

रानी ने मोतीबाई आदि अपनी सहेलियों को साथ में लिया और बड़ी चट्टानों की ओट लेकर अपने घोड़ों सहित नीचे रुक गईं। उनका आदेश था कि ऊपर वाले सिपाही पहाड़ी के ऊपर की ओर पहुँचकर जब डाकुओं के पास पहुँचें, तब बंदूकों से डाकुओं पर हमला किया जाए।

सिपाहियों ने रानी के आदेश के अनुसार ऐसा ही किया। इस समय डाकू खाना खाने में लगे हुए थे। जब रानी के सिपाही पहाड़ी के ऊपर चढ़कर उनके ऊपर गोलियाँ चलाने लगे तो डाकू लोग घबरा उठे। वे शीघ्र ही घोड़े पर बैठकर पहाड़ी के नीचे की ओर भागने लगे। जब वे पहाड़ी के नीचे पहुँचे तो रानी तथा उनकी बंदूकधारी सखियों ने उनके ऊपर गोलियाँ चलाईं। इससे डाकुओं के कुछ घोड़ों ने दम तोड़ दिया तथा कुछ डाकू घायल हो गए। जो डाकू सही-सलामत थे उन्होंने रानी के दल का सामना करने का प्रयत्न किया लेकिन नतीजा कुछ न निकला। फलस्वरूप डाकू लोग घबराकर इधर-उधर भागने लगे। जब डाकू अपनी जान बचाकर भागने लगे तो रानी की हथियार बंद सखियों ने उनका पीछा किया। एक डाकू सबसे बाद में भागा। उसके हाथ में नंगी तलवार थी और गले में सोने का कंठा था। रानी ने सोचा कि शायद यही डाकू गिरोह का सरदार सागर सिंह है। रानी ने अपनी सखी सुंदर को इशारा किया। सुंदर शीघ्र उसके ऊपर अपनी तलवार से वार करने उसके पीछे घोड़े लेकर भागी। डाकू ने घबराकर अपना घोड़ा और तेज दौड़ाया लेकिन रानी तथा उनकी सखियों की पकड़ से वह डाकू भाग नहीं सका। मुंदर और रानी ने डाकू को दोनों तरफ से दबोच लिया। डाकू ने अपनी जान बचाने के लिए तलवार चलाई लेकिन उसके वार खाली गए। तब रानी लक्ष्मीबाई ने अपनी तलवार से कसकर डाकू की तलवार पर वार किया। इससे डाकू की तलवार टूट गई। उसका घोड़ा भी घायल हो गया। रानी और मुंदर ने अपने हाथों से डाकू की भुजाओं को कसकर पकड़ लिया। डाकू ने जैसे ही रानी के हाथ में काटना चाहा रानी ने उसे फटकार लगाई–''खबरदार! ऐसा-वैसा कुछ किया तो तलवार की नोंक तेरे मुँह में ठूँस दूँगी।''

डाकू ने रानी और मुंदर की गिरफ्त से निकलने के लिए बहुतेरे हाथ-पैर पटके, लेकिन वह सफल नहीं हुआ। तभी रानी जी की कुछ अन्य घुड़सवार सखियाँ तथा सैनिक वहाँ आ गए। उन्होंने उस डाकू को रस्सी से बाँध लिया। यह डाकू सागर सिंह ही था जो डाकू गिरोह का सरदार था।

16

जब रानी लक्ष्मीबाई ने डाकू सागर सिंह को पकड़ लिया तो उन्होंने अपनी सेना का बिगुल बजवाया। इससे उनकी सेना के बाकी लोग भी वहाँ आ पहुँचे। रानी ने शीघ्र ही रघुनाथ सिंह के पास रावली गाँव खबर भेजी कि डाकू सरदार सागर सिंह गिरफ्तार कर लिया गया है। यह खबर सुनकर रघुनाथ सिंह को बहुत खुशी हुई। सागर सिंह डाकू को रस्सी से बँधा हुआ देख खुदाबख्श बड़ा प्रसन्न हुआ।

रानी ने डाकू सागर सिंह को रस्सियों से बाँधकर अपने सैनिकों के कठोर पहरे के बीच बरवा सागर भेज दिया। रानी स्वयं भी उनके पीछे-पीछे अपनी सहेलियों और बाकी सिपाहियों को साथ लेकर बरवा सागर चली गईं।

यह रानी लक्ष्मीबाई की सूझबूझ और वीरता का ही प्रमाण था कि कुख्यात आतंकी डाकू सागर सिंह पकड़ लिया गया था। शीघ्र ही रानी की बहादुरी की यह खबर दूर-दूर तक फैल गई।

जब दिन का समय था तब पहरे में रखे गए डाकू सागर सिंह को महारानी लक्ष्मीबाई के सामने पेश किया गया। सागर सिंह रानी के पैर छूना चाहता था लेकिन रानी के पहरेदारों ने उसे रोक लिया। तब उसने केवल हाथ जोड़कर और सिर झुकाकर रानी को प्रणाम किया।

रानी लक्ष्मीबाई ने दस्यु सरगना सागर सिंह से पूछा—"तुम्हारा पूरा नाम क्या है?"

सागर सिंह ने जवाब दिया—"सरकार! मेरा नाम कुँवर सागर सिंह है।"

रानी ने पुनः पूछा—"तुम कुँवर होकर ऐसा नीच काम क्यों करते हो? लोगों को लूटना, डाके डालना और लोगों की हत्याएँ करना कितना गंदा काम है।"

कुँवर सागर सिंह कहने लगा—"सरकार! हमारा वंश हमेशा लड़ाइयों में भाग लेता रहा है। ओरछा नरेश की सेना में हमारे कुल के लोगों ने युद्ध में भाग लिया। राजा छत्रसाल की सेना में भी रहकर युद्ध में भाग लिया। हम लोगों ने अंग्रेजों की अधीनता कभी स्वीकार नहीं की। जब हमको दबाया जाने लगा तो हमने बिगड़कर डाके डालने शुरू कर दिए। हम लोगों ने कभी स्त्रियों, बच्चों और गरीब लोगों को नहीं सताया है।"

रानी लक्ष्मीबाई ने सागर सिंह को शपथ दिलाई कि अब वह डाका डालना छोड़ देगा तथा झाँसी की सेना में भर्ती होकर झाँसी राज्य की रक्षा करेगा। इसके बाद रानी

ने सागर सिंह को बंधन-मुक्त कर दिया।

डाकू ने प्रण किया कि वह खुद भी झाँसी की सेना में भर्ती होगा तथा अपने गिरोह के सदस्यों और नाते-रिश्तेदारों से भी रानी जी की सेना में भर्ती होने के लिए कहेगा।

बरवा सागर में रानी लक्ष्मीबाई 15 दिन तक रहीं। सागर सिंह का पूरा गिरोह हथियार डालकर रानी की सेना में शामिल हो गया। कुछ दिन बाद खुदाबख्श भी ठीक हो गया। सागर सिंह ने खुदाबख्श से क्षमा माँगी। जब ये सभी लोग रानी के साथ झाँसी पहुँचे तो झाँसी के लोगों ने इनका जोरदार स्वागत किया।

17

जब रानी लक्ष्मीबाई डाकू सागर सिंह और उसके गिरोह के सदस्यों को लेकर झाँसी पहुँची तो नवाब अली बहादुर उनको बधाई देने के लिए पहुँचा। लेकिन मोतीबाई सहित रानी की अन्य सहेलियों को नवाब की बधाई की सच्चाई पर भरोसा नहीं था। इसका कारण यह था कि नवाब अली अंदर ही अंदर रानी से दुश्मनी रखता था। वह रानी को मात देने के लिए हर समय किसी न किसी मौके की तलाश में रहता था।

पीर अली को नवाब अपना वफादार सेवक मानता था लेकिन पीर अली उसे सदैव गलत कार्यों की ही सलाह दिया करता था। अब सागर सिंह अपने गिरोह के साथ रानी की सेना में भर्ती हो गया, तो पीर अली ने नवाब के कान भरने शुरू कर दिए। उसने नवाब से कहा–"यह सागर सिंह झाँसी इलाके का माना हुआ डकैत है। जेल से भागा हुआ बदमाश है। चोरी, डकैती, हत्या और लूटपाट के कई जुर्म इसने किए हैं और रानी ने इसे अपने यहाँ शरण दे रखी है। सागर सिंह से मिलकर रानी अंग्रेज सरकार के विरुद्ध कोई नई चाल चल रही हैं अथवा षड्यंत्र रच रही हैं। हमें इस बात की खबर शीघ्र ही सरकार बहादुर को दे देनी चाहिए।"

"ठीक है, पीर अली। हम यह खबर जबलपुर के अंग्रेज कमिश्नर के पास भिजवाएँगे। हमें रानी की अंग्रेज सरकार के प्रति इस धोखाधड़ी की कलई खोल देनी चाहिए। ब्रिटिश हुकूमत इस भरोसे में है कि रानी उनके प्रति पूर्णतः वफादार हैं लेकिन ऐसी बात नहीं है। रानी तो सागर सिंह जैसे गुंडों को साथ हाथ मिलाकर ब्रिटिश सरकार को चकमा देना चाहती हैं लेकिन वे शायद यह भूल गई हैं कि अंग्रेज

लोग उनसे भी ज्यादा चालाक और होशियार हैं। वे उनके किसी झाँसे में आने वाले नहीं हैं।''

पीर अली–''लेकिन नवाब साहब, आपकी खबर जबलपुर के अंग्रेज कमिश्नर के पास ले कौन जाएगा?''

नवाब अली बहादुर–''उसकी आप चिन्ता न कीजिए। टीकमगढ़ की रियासत के दीवान नत्थे खाँ मेरी जान-पहचान के आदमी हैं। वे मुझको अपना मित्र मानते हैं। अंग्रेजों का उन्होंने अब तक काफी साथ दिया है और देते आए हैं। इन दीवान साहब के जरिए ही हम इस खबर को कमिश्नर साहब तक पहुँचाएँगे। कलक्टर साहब का पेशकार अपने ही पक्ष का व्यक्ति है। वह पेशकार, दीवान साहब के पास हमारी चिट्ठी ले जाएगा और अगर जरूरत आ पड़ी तो दीवान साहब के साथ जबलपुर भी चला जाएगा।''

नवाब अली बहादुर किसी भी तरह से रानी को उनकी पद-प्रतिष्ठा से नीचे गिराना चाहता था। उसने सोचा कि अगर अंग्रेजों के मन में रानी के प्रति अविश्वास पैदा कर दिया जाए तो रानी का राज्य जाते देर नहीं लगेगी और झाँसी का इकलौता वारिस होने के कारण अंग्रेज सरकार मुझे ही झाँसी का शासक बना देगी।

नवाब ने अपने एक दूत को सब कुछ समझा-बुझाकर टीकमगढ़ भेजा। टीकमगढ़ का राजा अभी तक वयस्क या बालिग नहीं हुआ था। उसने नवाब अली बहादुर और अपने दीवान नत्थे खाँ की बातों में आकर जबलपुर के कमिश्नर के पास सूचना भेजी कि रानी लक्ष्मीबाई अब डाकू सरदार सागर सिंह जैसे खतरनाक लोगों को साथ लेकर अंग्रेज सरकार के विरुद्ध प्रजा में विद्रोह फैलाना चाहती हैं।

यह खबर जबलपुर भिजवाने के साथ टीकमगढ़ का राजा झाँसी पर आक्रमण करने की तैयारी करने लगा।

अंग्रेज भारतवर्ष में शुरू से ही भारतीय राजाओं के बीच पक्षपात बरतते आए थे। उन्हें जिस राजा से अपनी स्वार्थपूर्ति के आसार दिखाई देते थे वे उसकी पक्ष ले लेते थे। लेकिन जो राजा उनकी स्वार्थपूर्ति में रुकावट डालता था, उसको वे अपना दुश्मन समझ लेते थे। कई वर्ष पहले झाँसी का सारा इलाका ओरछा राज्य का ही एक हिस्सा था। टीकमगढ़ भी पहले ओरछा राज्य का ही एक हिस्सा था। नत्थे खाँ ने बीस हजार योद्धाओं को अपने साथ में लिया और अपनी सेना लेकर टीकमगढ़ से ओरछा इलाके में चला आया। ओरछा इलाके की दूरी झाँसी से केवल आठ मील

की ही थी।

नत्थे खाँ जानता था कि झाँसी की रियासत पहले ओरछा राज्य का ही अंग थी इसलिए झाँसी को फिर से ओरछा राज्य में शामिल हो जाना चाहिए। इस आशय का एक पत्र लिखकर नत्थे खाँ ने अपने दूत के जरिए रानी के पास भिजवाया। इस पत्र में नत्थे खाँ ने रानी को लिखा था–"आपकी रियासत, झाँसी पहले ओरछा राज्य का ही हिस्सा थी। अब झाँसी को पुनः ओरछा राज्य में शामिल हो जाना चाहिए। अंग्रेज सरकार रानी को हर महीने पाँच हजार रुपये की वृत्ति देते हैं। वह वृत्ति आपको बराबर मिलती रहेगी। आप अपना किला, नगर और हथियार आदि सब कुछ हमारे हवाले कर दें।"

जब नत्थे खाँ का यह पत्र रानी के पास पहुँचा तो उन्होंने अपने प्रमुख राजकर्मचारियों को बुलाकर उनके साथ विचार-विमर्श किया। रानी के जासूसों ने रानी जी को बताया कि नत्थे खाँ अपनी पूरी फौज लेकर झाँसी पर आक्रमण करने आया है। उसके साथ पूर्णतः प्रशिक्षित हजारों सैनिक हैं। इतनी बड़ी फौज के साथ टक्कर लेना मुश्किल है। यह खबर सुनकर रानी के कर्मचारी चिन्तित हो उठे।

रानी अपने कर्मचारियों और सरदारों को समझाती हुई कहने लगीं–"आप लोग घबराओ मत। नत्थे खाँ को सेना लेकर आने दो। हम लोग वीरतापूर्वक उसकी चुनौती को स्वीकार करेंगे लेकिन उसके साथ किसी प्रकार का कायरतापूर्ण समझौता नहीं करेंगे। मैं अपनी सेना का संचालन खुद करूँगी। तुम लोग हिम्मत मत हारो। नत्थे खाँ और उसकी सेना को हमारे हाथों हार मिलेगी। उसके इरादे नेक नहीं हैं इसलिए भगवान उसकी बजाय हमारा साथ देंगे।"

नाना भोपटकर झाँसी रियासत का एक वृद्ध समझदार तथा उच्च कर्मचारी था। वह संयमित व्यक्तित्व वाला एक दूरदर्शी आदमी था। उसने दोनों हाथ जोड़कर महारानी लक्ष्मीबाई से निवेदन किया–"सरकार! आप विजय की मूर्ति हैं। युद्ध के परिणाम के विषय में मुझे किसी प्रकार का संदेह नहीं है। विजय अवश्य हमारी ही होगी। लेकिन मेरा एक सुझाव है कि–अंग्रेज अपना जो झण्डा किले में छोड़ गए हैं, उसे झाँसी के किले पर लगा दिया जाए। साथ ही अपना गेरुआ झण्डा भी किले पर फहरा दिया जाए। ऐसा करने से अंग्रेज लोग हमें अपना दुश्मन या विद्रोही नहीं समझेंगे। इससे नत्थे खाँ की माँग पर भी अंकुश लगेगा।"

रानी लक्ष्मीबाई, नाना भोपटकर की बात से सहमत नहीं हुईं। वे सोचती थीं कि अंग्रेजों का झण्डा फिर से किले पर लगाने का मतलब है–उनकी दासता को स्वीकार करना। इस तरह की कोशिशों से भला हमारा स्वराज्य कैसे स्थापित हो

पाएगा? इससे तो अंग्रेजों का हौसला और भी बुलंद होगा। वे समझेंगे कि झाँसी वालों ने अपनी हार मान ली है और ब्रिटिश हुकूमत की शक्ति के आगे अपना सिर झुका दिया है।

यह विचार करके रानी ने अपने सभासद नाना भोपटकर से कहा–"यह राजनीति अधिक दिनों तक नहीं चल पाएगी भोपटकर जी। आखिरकार तो हमें स्वराज्य की स्थापना करनी ही है।"

भोपटकर ने तर्क प्रस्तुत किया–"महारानी जी, यह राजनीति की ही माँग है कि हमें कुछ समय तक अपने उद्देश्य को गुप्त ही रखना है।"

लाला भाऊ बख्शी ने नाना भोपटकर की बात पर व्यंग्य कसा–"सरकार, भोपटकर साहब के कहने का मतलब यह है कि हमारे दाँत दिखाने के कुछ और खाने के कुछ और होने चाहिए। तभी हम ब्रिटिश साम्राज्य का मुकाबला कर सकते हैं।"

लाला भाऊ बख्शी की बात को सुनकर अधिकांश कर्मचारी हँसने लगे। रानी जी को भी हँसी आई लेकिन वे केवल मुस्करा कर रह गईं। कुछ क्षण बाद उन्होंने अपना चेहरा गंभीर बना लिया। उन्होंने विचार किया कि नाना भोपटकर दूरदर्शी, समझदार तथा सबसे वृद्ध सभासद हैं। वे कभी कोई व्यर्थ या गलत सलाह नहीं देते। यदि उन्होंने अंग्रेजों का यूनियन जैक किले पर लगाने के लिए कहा है तो जरूर इसका कोई रहस्य होगा। हो सकता है ऐसा करने से हमें अंग्रेजों से उलझने में तथा नत्थे जैसे खाँ सिरफिरे राजाओं से उलझने में अपनी शक्ति को व्यर्थ नष्ट न करना पड़े।

इस तरह का विचार करके रानी ने फैसला किया कि नाना भोपटकर की बात को टाला नहीं जा सकता। वे कहने लगीं–"यदि नाना ऐसा कहते हैं तो हमें उनकी बात को कुछ समय के लिए मान लेना चाहिए। देखें फिर इसका क्या फल निकलता है? हमारा भगवा ध्वज किले के सबसे ऊपर वाले बुर्ज पर रहेगा और अंग्रेजों का यूनियन जैक झण्डा नीचे वाले बुर्ज पर रहेगा। नाना की इस बात को मानने से आप सब यह नहीं समझें कि हमें अंग्रेजों की गुलामी मंजूर है लेकिन हम इस बात को आजमाकर देखना चाहते हैं कि अंग्रेजों का झण्डा किले पर लगाने से इस बात का असर अंग्रेजों पर कैसा होता है? अगर अंग्रेजों ने इस बात का गलत अर्थ लगाने की कोशिश की तो उसी दिन उनका झण्डा काटकर नीचे फेंक दिया जाएगा।"

रानी लक्ष्मीबाई की इस बात को उनके सभी कर्मचारियों ने स्वीकार कर लिया।

इसके बाद रानी ने अपने कर्मचारियों को आदेश दिया–''आप लोग तोपों का प्रबंध शीघ्र ही कर लें। किले के सब फाटकों को बंद कर दिया जाए तथा किले के बुर्जों पर तोप चढ़ाकर गोले भर लिए जाएँ ताकि किसी भी हालत में नत्थे खाँ की सेना या अंग्रेजों की सेना का मुकाबला किया जा सके।''

इसके आगे रानी कहने लगीं–''हमने स्त्रियों को भी तोप चलाना सिखा दिया है इसलिए आप किले के नागरिकों से कह दीजिए कि वे निश्चिंत रहें। हमारी सेना दुश्मन का मुकाबला करने के लिए पूरी तरह सक्षम है। नागरिकों को यह भी हिदायत दी जाती है कि वे किले के अंदर भीड़ बाँधकर न चलें ताकि दुश्मन द्वारा बाहर से फेंके हुए तोप के गोलों से उनको किसी प्रकार का नुकसान न उठाना पड़े।''

रानी के राजकर्मचारियों ने रानी की आज्ञा को मान लिया तथा झाँसी किले के अंदर इस प्रकार की आज्ञा प्रचारित कर दी गई।

नत्थे खाँ ने अपना जो दूत झाँसी भेजा था, उसको उत्तर दिया गया कि महारानी जी अंग्रेज सरकार या ब्रिटिश सरकार की ओर से झाँसी का राज्य संभाल रही हैं। टीकमगढ़ भी अंग्रेजों का एक मित्र राज्य है इसलिए टीकमगढ़ के लिए झाँसी पर आक्रमण करना ठीक नहीं होगा। यदि टीकमगढ़ द्वारा झाँसी पर आक्रमण किया गया तो झाँसी अपनी रक्षा करेगी।

रानी लक्ष्मीबाई की तरफ से यह जवाब लेकर नत्थे खाँ का दूत चला गया। दूत ने ये सब बातें जाकर नत्थे खाँ से कहीं लेकिन नत्थे खाँ नहीं माना। वह किसी भी तरह रानी लक्ष्मीबाई को झाँसी की राजनीति से बेदखल करना चाहता था। उसने अपनी सेना लेकर झाँसी के किले पर हमला बोल दिया। टीकमगढ़ की तोपें आग के गोले किले पर दागने लगीं। रानी अपने महल में बैठी हुई अन्तचतुर्दशी की पूजा कर रही थीं। नत्थे क़ी तोप का एक गोला किले के अंदर एक मकान पर गिरा। उस गोले के गिरने का धमाका हुआ। उसी समय रानी की पूजा समाप्त हो गई। उन्होंने अपने दत्तक पुत्र दामोदर राव को अनन्तरक्षा के लिए गंडा बँधवाया और शीघ्र ही अपने घोड़े पर सवार हो गईं। अपने साथ अपनी कुछ घुड़सवार सखियों को लेकर वे किले के ओरछा फाटक की ओर चलीं। तोपचियों के सरदार गुलाम गौस खाँ को रानी ने आदेश दिया–''दुश्मन इसी तरफ से हमला कर रहा है। तुम तोपों के गोलों की बरसात लगातार उसके ऊपर करते रहो।

महारानी लक्ष्मीबाई का आदेश मानकर गौस खाँ ने ओरछा फाटक के बुर्ज पर

शीघ्र ही ग्यारह तोपों को लगा दिया। वह उन तोपों से लगातार गोले नत्थे खाँ की सेना के ऊपर दगवाने लगा।

इधर रानी किले के अन्य फाटकों की स्थिति देखने के लिए गईं। ओरछा फाटक से पहले सागर खिड़की नाम का एक छोटा फाटक था। उस फाटक के ऊपर एक बुर्ज भी बना हुआ था। इस सागर खिड़की फाटक के पास एक नाली थी। यह नाली इतनी बड़ी थी कि एक कमकद वाला व्यक्ति इस नाली से होकर निकल सकता था।

सागर खिड़की फाटक का दुल्हाजू नाम का एक तोपची था। रानी ने इस तोपची को इस प्रकार का आदेश दिया था कि तोप की गोलाबारी से दुश्मन को चकमा दे दिया जाए।

रानी लक्ष्मीबाई की युद्ध की नीति कमाल की थी। वे जहाँ चाहती थीं, वहीं उनके सैनिकों ने दुश्मन के साथ युद्ध किया और खुद भी वीरतापूर्वक शत्रुओं का सामना करती रहीं।

इस लड़ाई में नत्थे खाँ की सेना के कई सिपाही घायल हुए और कई मारे गए। पहले दिन की लड़ाई में नत्थे खाँ की सेना को भारी नुकसान उठाना पड़ा।

अगले दिन दीवान रघुनाथ सिंह भी अपनी सेना लेकर रानी की फौज से जा मिले। रानी ने किले के अंदर से नत्थे खाँ की सेना पर आक्रमण किया, जबकि दीवान रघुनाथ सिंह ने किले के बाहर से नत्थे सिंह की सेना पर धावा बोला। इस दोहरी मार से नत्थे खाँ बुरी तरह घबरा गया। वह अपनी तोपों को छोड़कर भाग खड़ा हुआ। उसकी शेष सेना भी छोटे-छोटे टुकड़ों में बँटकर बिखर गई।

जब नत्थे खाँ की सेना भागने लगी तो रानी की सेना ने नत्थे खाँ और उसके सैनिकों का पीछा किया तथा उन्हें झाँसी की सीमा से बाहर तक खदेड़ दिया।

नत्थे खाँ छिपता-छिपाता नवाब अली बहादुर की हवेली में पहुँचा। वह बाहर कहीं दूर तक भाग न पाया, इसलिए उसे हारकर नवाब की हवेली में शरण लेनी पड़ी। नवाब अली बहादुर की इच्छा नत्थे खाँ को शरण देने की नहीं थी। इसका कारण यह था कि नवाब जानता था कि अगर रानी को पता चल गया कि मैंने उन पर हमला करने वाले शत्रु को अपने यहाँ शरण दी है तो वे और उनके आदमी मुझसे बैर ठान लेंगे।

रानी लक्ष्मीबाई की सेना की एक टुकड़ी को यह बात पता लग गई कि नत्थे खाँ, नवाब अली बहादुर की हवेली में छिपा हुआ है। इस सैनिक टुकड़ी ने नत्थे खाँ को पकड़ने के लिए नवाब की हवेली पर चारों तरफ से आक्रमण कर दिया। लेकिन नत्थे खाँ किसी प्रकार से वहाँ से भाग निकला।

नवाब अली बहादुर ने समझ लिया कि अब मेरी जान की ख़ैर नहीं है। रानी की नजर में मैं उनके दुश्मन को शरण देनेवाला साबित हो गया हूँ। अब रानी मुझे विश्वासघाती समझकर जिन्दा नहीं छोड़ेंगी इसलिए हवेली छोड़कर भाग जाने में ही मेरी कुशल है।

इस प्रकार नवाब अली बहादुर ने अपनी कोठी से भाग जाना उचित समझा। उसने पीर अली के साथ हीरे, जवाहरात, रत्न-आभूषण आदि सारा कीमती सामान हवेली से एकत्र किया। उसकी हवेली से एक सुरंग मेहंदी बाग नाम के उद्यान को जाती थी। पीर अली के साथ अपने बीवी-बच्चे और दो नौकरों को साथ लेकर कीमती सामान सहित नवाब अपनी हवेली छोड़कर भाग आया।

मेहंदी बाग में पहुँचकर पीर अली ने नवाब को सलाह दी–"मालिक! अगर हम इसी भेष में यहाँ से निकले तो चारों ओर घूम रहे रानी के सैनिक हमको पकड़कर मार डालेंगे या हमको बंदी बनाकर रानी के पास ले जाएँगे। इसलिए आप ऐसा करें कि शीघ्र ही अपना भेष बदलकर बैलगाड़ी द्वारा भांडेर चले जावें। मैं रानी की सेना से मिलकर आपकी कोठी पर धावा बोलूँगा। इससे रानी के आदमी मुझे अपना शुभचिंतक समझेंगे। आप देख लीजिएगा, झाँसी के अंदर रानी लक्ष्मीबाई का शासन अधिक दिनों तक कायम नहीं रह पाएगा। मैं आपको भांडेर में ही सारी खबरें पहुँचाता रहूँगा।"

पीर अली की बात मानकर नवाब अली भांडेर के लिए निकल गया। उसके बीवी-बच्चे भी उसके साथ बैलगाड़ी में बैठकर चले गए।

जब नवाब अली बहादुर कुछ दूर निकल गया तब उसका विश्वासपात्र नौकर, पीर अली एक घुमावदार रास्ते से होकर रानी की सेना के पास जा पहुँचा। जैसे ही वह रानी के सैनिकों के करीब आया रानी के सैनिकों ने उसे पहचान लिया कि यह राजद्रोही नवाब का नौकर पीर अली है। रानी के सिपाही जानते थे कि दुश्मन नत्थे खाँ को नवाब ने ही अपनी हवेली में शरण दी थी तथा हमारे द्वारा हवेली पर आक्रमण किए जाने पर नवाब ने मौका देखकर उस दुश्मन को भगा दिया था तथा अब वह खुद भी चोरी-छिपे किसी गुप्त मार्ग से अपने बाल-बच्चों के साथ भाग गया है। यह पीर अली उसी का नौकर है। आज हम इसको नहीं

छोड़ेंगे।

ऐसा सोचकर रानी के सैनिक पीर अली को पकड़ने के लिए दौड़े तथा उसे शीघ्र ही धर दबोचा। पीर अली चालाक आदमी था। घबराता हुआ-सा वह चिल्लाने लगा—''अरे रे! ये तुम क्या करते हो भाई! मुझे मत मारो। मैं तुम्हारा दोस्त हूँ। शुभचिन्तक हूँ।''

''दोस्त और शुभचिन्तक! क्या बकते हो?'' रानी के एक सैनिक ने क्रोधित स्वर में पूछा।

दूसरा सैनिक कहने लगा—''नवाब अली बहादुर गद्दार है। उसने झाँसी का नागरिक होने के बावजूद हमारे दुश्मन नत्थे खाँ को अपने घर में शरण दी। उसे भी भगाया और खुद भी अपनी जान बचाकर भाग गया, गद्दार! अब हम तुझे नहीं छोड़ेंगे।''

''नहीं-नहीं, ऐसा मत करो।'' पीर अली गिड़गिड़ाता हुआ-सा कहने लगा—''मैंने अपना और अपने बीवी-बच्चों का पेट भरने के लिए नवाब की नौकरी जरूर की है लेकिन मैं महारानी जी का सदा से ही शुभचिन्तक रहा हूँ। मैंने नवाब साहब को काफी समझाया कि नत्थे खाँ को शरण देकर रानी जी से बैर मोल मत लो, लेकिन वे नहीं माने। अब आप उन्हें उसका दुष्परिणाम भुगतने दीजिए। यदि आपको वे मिल जाएँ तो आप उन्हें पकड़कर जो सजा देनी हो दे दीजिए। मैं अब महारानी जी की खिदमत में रहना चाहता हूँ। मैं आप लोगों की सेवा करने आया हूँ। आप लोग मुझे जो काम देंगे मैं कर दूँगा। नवाब की कोठी का भेद मैं जानता हूँ। बंदूक की गोली या तोप के गोलों का नवाब की कोठी पर कोई असर नहीं होगा। आप इस कोठी के फाटक में आग लगा दीजिए। इससे फाटक अपने आप ही खुल जाएगा। कोठी के भीतर का माल मुझे मालूम है। मैं उसके बारे में सब कुछ आपको बता दूँगा।''

रानी के सैनिक टुकड़ी के नायक सागर सिंह ने पूछा—''नवाब कहाँ हैं पीर अली, तुम्हें तो उसका पता ही होगा?''

पीर अली ने दूर की फेंकी—''और कहाँ होंगे, भीतर ही होंगे। अभी कुछ देर पहले तक तो वे कोठी के भीतर ही थे, पकड़ो-पकड़ो। नवाब जाने न पाएँ?''

नायक सागर सिंह के इशारे पर रानी के सैनिकों ने नवाब की कोठी के फाटक में आग लगा दी। जब फाटक जल चुका तो कोठी के भीतर घुसने का रास्ता मिल गया। जब रानी के सैनिक पीर अली के साथ नवाब की कोठी के भीतर पहुँचे तो उन्होंने कोठी के अंदर सब जगह नवाब अली की तलाश की लेकिन नवाब उनको

कहीं नहीं मिला। वह अंदर मिलता कहाँ से। वह तो पहले ही अपनी कोठी छोड़कर भाग चुका था। पीर अली ने सागर सिंह तथा रानी के सैनिकों का विश्वास जीतने के लिए नवाब की कोठी का थोड़ा-बहुत माल उठाकर रानी के सैनिकों को दे दिया। अगले दिन यह बात सारे नगर में फैल गई कि नत्थे खाँ और नवाब कोठी से भागने में सफल हो गए जबकि नवाब के भरोसेमंद नौकर पीर अली ने रानी के सैनिकों की मदद की।

झाँसी के लोगों ने मन ही मन पीर अली की तारीफ की लेकिन रानी की सखी मोतीबाई को इस बात में संदेह था कि नवाब अली का नौकर पीर अली वाकई महारानी जी का शुभचिन्तक बन गया है या वह शुभचिन्तक बनने का ढोंग कर रहा है?

18

उत्तर और पूर्वी भारत के अंदर भारतवासियों का अंग्रेजों के साथ संघर्ष चल रहा था। यह संघर्ष सैनिक विद्रोह प्रकार का था। इसमें कभी किसी भारतीय शासक की सेना की जीत हो जाती थी तो कभी अंग्रेज सेना को युद्ध में विजय मिल जाती थी।

लखनऊ में ब्रिटिश फौजों ने एक बार भारतीय सैनिकों पर दबाव बनाया लेकिन भारतीय सैनिकों ने हिम्मत से काम किया और अंग्रेजों को कड़ी शिकस्त दी। कानपुर की सेना की कमान तात्या टोपे के हाथ में थी। एक दिन वह ग्वालियर गए और ग्वालियर की ब्रिटिश फौज के भारतीय सिपाहियों को अपने साथ मिला लिया।

तात्या टोपे ने कानपुर में अंग्रेज फौज के साथ भीषण युद्ध किया और ब्रिटिश सेना के जनरल को हरा दिया।

इधर अंग्रेजों ने अपने सत्तर हजार सिपाहियों की सेना को एकत्रित किया और लखनऊ पर धावा बोला। लखनऊ के भारतीय सैनिक अंग्रेजों से बड़ी बहादुरी के साथ लड़े लेकिन जीत आखिर में अंग्रेजों की ही हुई। बिठूर की सत्ता को अंग्रेजों ने मिटा दिया। कानपुर में अंग्रेजों ने भारी सेना के साथ तात्या टोपे की सेना के साथ पुनः युद्ध किया। इस युद्ध में अंग्रेजों की जीत हुई और कानपुर पर अंग्रेजों का कब्जा हो गया।

तात्या टोपे कानपुर से निकलकर अपने सैनिकों सहित कालपी इलाके के आसपास अंग्रेजों से युद्ध करने लगे।

सारे भारत में अंग्रेजी शासन के विरुद्ध क्रांति की आग भड़क उठी थी।

जनरल रोज अंग्रेजी फौज का बड़ा ही बहादुर सेनापति था। उसने अपनी बड़ी फौज को दो भागों में बाँटा। एक सेना उसने महू छावनी की ओर भेजी तथा दूसरी सेना को लेकर वह सागर की ओर गया। सागर और झाँसी के बीच का कुल फासला सवा सौ मील था।

नर्मदा की उत्तर दिशा का सारा इलाका क्रांतिकारियों के हाथों में आ चुका था। जनरल रोज ने झाँसी पर आक्रमण करने से पहले इन क्रांतिकारियों को दबाना उचित समझा।

जनरल रोज ने अपनी सेना लेकर पहले राहतगढ़ के पठानों को हराया। इसके बाद वह बानपुर के मर्दनसिंह और शाहगढ़ के बख्तबली से युद्ध करने निकला। ये दोनों भारतीय शासक ब्रिटिश सरकार के विरोधी हो चुके थे तथा स्वतंत्रता संग्राम में क्रांतिकारियों का साथ दे रहे थे।

जनरल रोज सागर के पास की नारहट नामक घाटी में अपनी सेना लेकर आ गया। राजा मर्दन सिंह और बख्तबली ने समझा कि जनरल रोज नारहट की घाटी में या मदनपुर के रणक्षेत्र में हमसे युद्ध करना चाहता है, इसलिए ये दोनों राजा अपनी-अपनी सेना लेकर नारहट की घाटी में मदनपुर में आ पहुँचे लेकिन जनरल रोज युद्धनीति के मामले में बड़ा ही चालाक था। यद्यपि मर्दन सिंह और बख्तबली ने रोज जनरल के साथ वीरतापूर्वक युद्ध किया लेकिन इस युद्ध में अन्तिम विजय जनरल रोज को ही मिली। इन दोनों राजाओं को परास्त करके जनरल रोज झाँसी की ओर बढ़ने लगा।

मर्दन सिंह, महारानी लक्ष्मीबाई का शुभचिन्तक था तथा स्वाधीनता आंदोलन में प्रत्यक्ष रूप से उनके साथ था। उसने अपनी पराजय की सूचना जब रानी लक्ष्मीबाई के पास भेजी तो रानी को यह खबर सुनकर अफसोस हुआ लेकिन उन्होंने अपनी हिम्मत नहीं हारी। मर्दन सिंह ने रानी को यह भी बता दिया था कि जनरल रोज अपनी फौज लेकर झाँसी पर आक्रमण करने के लिए आ रहा है परंतु यह खबर सुनकर रानी जरा भी विचलित नहीं हुईं। उन्होंने बड़े पैमाने पर युद्ध की तैयारियाँ शुरू कर दीं। झाँसी के अलावा जिन नगरों और गाँवों में किले थे, वहाँ भी युद्ध की तैयारियाँ होने लगीं।

पीर अली अभी भी नवाब अली बहादुर का वफादार और रानी के प्रति

धोखेबाज तथा विश्वासघाती निकला। वह रानी और उनकी सेना की गतिविधियों के बारे में महत्त्वपूर्ण सूचनाएँ बड़ी सावधानी से नवाब अली बहादुर के पास भेजता रहता था। नवाब भांडेर में रहने लगा था और पीर अली से प्राप्त सूचनाएँ अंग्रेज अधिकारियों के पास पहुँचाता रहता था। जनरल रोज को यह बात मालूम थी कि इस समय झाँसी का इलाका भारत की शक्तिशाली रियासतों में से एक है। अगर किसी भी तरह से हमने झाँसी को अपने कब्जे में कर लिया तो क्रांतिकारी संगठन कमजोर पड़ जाएगा।

उस समय झाँसी ही क्रांतिकारी गतिविधियों का मुख्य केन्द्र था। देश के विभिन्न इलाकों के क्रांतिकारी नेता झाँसी आकर महारानी लक्ष्मीबाई से अपनी क्रांतिकारी योजनाओं के मामले में सलाह लेते रहते थे।

12 मार्च, सन् 1858 ई. के दिन जनरल रोज के नेतृत्व वाली विशाल अंग्रेज फौज तालबेहट नामक स्थान पर आकर रुकी। यह जगह झाँसी से दक्षिण दिशा की ओर बत्तीस मील की दूरी पर थी। ताल बेहट स्थान पर एक किला था। उस किले में क्रांतिकारी सैनिक अपने-अपने हथियारों को लेकर जमा थे। उन सबने बड़ी बहादुरी से जनरल रोज की सेना का सामना किया लेकिन क्रांतिकारियों को युद्ध में आखिरकार पराजय ही प्राप्त हुई। तालबेहट से पच्चीस मील की दूरी पर चंदेरी का किला था। यह किला इतिहास के प्रसिद्ध किलों में से एक माना जाता है। चंदेरी में बानपुर के राजा की फौज जमा थी। इस फौज के सैनिक जनरल रोज की सेना का मुकाबला करने के लिए पूरी तरह से तैयार थे। जनरल रोज ने भी सोचा कि झाँसी पर आक्रमण करने से पहले चंदेरी के दुश्मनों से निबट लिया जाए वर्ना ये लोग बाद में हमको परेशान करेंगे।

बानपुर राजा के सैनिकों को हराना जनरल रोज और उसकी सेना के फौजियों के लिए कठिन काम नहीं था। इस प्रकार अंग्रेज जनरल रोज ने आसानी से चंदेरी पर अधिकार कर लिया।

अब ब्रिटिश जनरल रोज का इरादा झाँसी पर अधिकार करने का था। झाँसी के ऊपर आक्रमण करने के पहले जनरल रोज ने रानी को एक पत्र लिखा। इस पत्र में लिखा था कि महारानी जी, आप अपने दीवान लक्ष्मणराव, लाला भाऊ बख्शी, अपने पिता मोरोपंत ताम्बे, दीवान जवाहर सिंह, दीवान रघुनाथ सिंह, कुँवर खुदाबख्श और मोतीबाई के साथ निशस्त्र रूप से चली आवें वर्ना इसके कठोर और भयंकर परिणामों का सामना आपको करना पड़ेगा।

जनरल रोज ने रानी की सखी मोतीबाई का नाम सुना होगा। उसने समझा

कि वह मोती सांई नाम का कोई पुरुष है।

जनरल रोज के पत्र में मोती सांई का नाम सुनकर रानी लक्ष्मीबाई को हँसी आ गई। वे जनरल रोज का पत्र पढ़कर तनिक भी नहीं घबराईं। लेकिन मोती सांई का नाम पत्र में पढ़ते ही रानी अपनी हँसी को न रोक सकीं। उन्हें वह पत्र एक सेवक के जरिए पूरे दरबार में सुनवाया। पत्र में लिखा मोती सांई का नाम सुनकर रानी के दरबार में बैठे अन्य सभी लोग भी जोर-जोर से हँसने लगे। वृद्ध सलाहकार नाना भोपटकर को भी हँसी आ गई। रानी उनसे पूछने लगीं–"यह मोती सांई नामकी कौन सी बला है नाना जी? इस नाम का तो कोई व्यक्ति हमारे दरबार में नहीं है और न हमारी सेना में इस नाम का कोई आदमी है। शायद जनरल रोज ने हमारी सखी मोतीबाई को ही कोई पुरुष महावीर मोती सांई समझ लिया होगा। वह भी तो युद्ध में जाते समय पुरुषों के कपड़े ही पहनती है।"

"हाँ, यही बात हो सकती है महारानी जी!" नाना भोपटकर ने नम्रतापूर्वक उत्तर देते हुए कहा।

रानी लक्ष्मीबाई के पिता कहने लगे–"क्रांति को भड़काने में साधुओं और साईं लोगों ने भी तो भाग लिया है। शायद उन्होंने मोती सांई नाम के किसी संत को क्रांतिकारी प्रवचन देता सुना हो और शायद वह झाँसी का ही रहने वाला व्यक्ति हो।"

दीवान कहने लगे–"महारानी जी! जनरल रोज के दूत को कोई न कोई उत्तर शीघ्र दे देना चाहिए। उसे अपने दरबार में अधिक समय तक ठहराना ठीक नहीं है।"

भाऊ बख्शी कहने लगे–"हो सकता है कि अंग्रेजों की फौज भी इस दूत के पीछे-पीछे आ रही हो इसलिए आपको रोज के पत्र का जवाब शीघ्र दे देना चाहिए।"

"ठीक है, मैं रोज के पत्र का जवाब अभी लिखवाती हूँ।" इतना कहकर रानी लक्ष्मीबाई ने जनरल रोज के पत्र का जवाब इस प्रकार लिखवाया–

"जनरल, आपने मुझे निःशस्त्र रूप से बुलाया है। आप झाँसी रियासत के सभी मुखियों को, सभी जातियों के पंचों को इकट्ठा करो। इसके अलावा झाँसी के सभी सरदार यदि एकमत होकर कह देंगे तो मैं झाँसी छोड़कर निःशस्त्र और अकेली चली आऊँगी। आपने मुझे अकेली मिलने के लिए क्यों बुलाया है? मुझे तो आपके मिलाप में धोखे की गंध आती है। भला मैं आपके पास अकेली कैसे आ सकती हूँ। झाँसी राज्य के दीवान और भाऊ बख्शी सेना सहित मेरे साथ आएँगे। अगर आपको यह मंजूर हो तो बताइए।"

यह पत्र लिखवाकर रानी ने जनरल रोज के दूत के हाथ में पकड़ा दिया। जनरल रोज का दूत वह पत्र लेकर अपने मालिक के पास चला गया।

एक तरफ जनरल रोज का दूत रानी लक्ष्मीबाई का पत्र लेकर जनरल रोज के ठिकाने की तरफ गया। दूसरी तरफ पीर अली ने महारानी के पास आकर उन्हें झुककर प्रणाम किया और कहने लगा–"महारानी साहिबा! अगर आपकी आज्ञा हो तो मैं अंग्रेज जनरल रोज के सैनिक शिविर का भेद ले आऊँ। मैं अंग्रेजों की छावनी में जाकर इस बात का पता लगाऊँगा कि वहाँ किस प्रकार की सेना है और सैनिकों की कुल संख्या कितनी है? मैं यह भी पता लगाऊँगा कि जनरल रोज की सेना के पास कितनी तोपें हैं तथा वे लोग किस तरीके से झाँसी के ऊपर आक्रमण करेंगे?"

पीर अली ने यह बात इतनी सादगी और विनम्रता से कही थी कि किसी को भी उनकी बात पर कोई शक नहीं हुआ। वैसे भी झाँसी की जनता और सैनिक पीर अली की बातों पर अब विश्वास करने लगे थे। रानी लक्ष्मीबाई ने उसकी बात पर विश्वास कर लिया। उन्होंने सोचा कि पीर अली जनरल रोज की सेना का भेद पता करने जा रहा है, यह तो हमारे लिए बहुत अच्छी बात है। रानी ने पीर अली को अंग्रेज छावनी में जाने की अनुमति दे दी। इसके बाद रानी ने अपनी सभा बर्खास्त कर दी।

जब सभी दरबारी चले गए तो रानी लक्ष्मीबाई अपनी सखी मोतीबाई को अपने कक्ष में ले गईं और उससे कहने लगीं–"मेरी प्यारी सखी! तुम हमारे जासूसी विभाग की प्रमुख हो। शायद इसी कारण अंग्रेज सेनानायक जनरल रोज तक तुम्हारा नाम जा पहुँचा है। उन्होंने तुमको मोतीबाई की जगह मोती सांई समझ लिया है। वह मेरे साथ-साथ तुमको भी पकड़ना चाहता है।"

रानी लक्ष्मीबाई की बात सुनकर मोतीबाई ने आवेशपूर्वक कहा–"यदि मैं कहीं उस कम्बख्त जनरल रोज को पा जाऊँ तो अपनी तलवार की धार से अपने नाम की वास्तविक पहचान देने के साथ-साथ उसे कठोर सबक भी सिखा दूँ।"

"परंतु जनरल रोज ने तुम्हारा नाम तो बढ़िया रखा है–मोती सांई।" कहकर रानी लक्ष्मीबाई हँसने लगीं। मोतीबाई को भी हँसी आ गई। वह बोली– "महारानी जी अगर मेरा वश चलता तो आपकी चिट्ठी के साथ-साथ मैं भी अपनी तरफ से जनरल रोज की बीवी के लिए लिखती कि मेम साहब रोज को मोती सांई का सलाम पहुँचे। अब आप चुपचाप हमारे भारत देश को अपनी पीठ दिखाओ और कहीं इंग्लैंड में जाकर झक मारो।"

इतना कहकर मोतीबाई खिलखिलाकर हँसने लगी। रानी लक्ष्मीबाई भी काफी देर तक उसके साथ-साथ हँसती रहीं।

इसके बाद रानी ने कहा–"पीर अली तो शायद अंग्रेज सेना का भेद पता करके कल ही लौट आएगा मोतीबाई?"

"क्या पता महारानी जी! आप भी न जाने कैसे ऐसे लोगों पर विश्वास कर लेती हैं। मुझे तो पीर अली मक्कार आदमी दिखाई दे रहा है। आप यह भूलिएगा नहीं कि वह नवाब का वफादार नौकर है। कहीं ऐसा तो नहीं कि वह हमारे साथ कोई खेल खेल रहा हो या हमारे विरुद्ध कोई गहरी चाल चल रहा हो?" मोतीबाई ने शंका प्रकट की।

रानी लक्ष्मीबाई–"पीर अली ऐसा नहीं करेगा मोतीबाई! और अगर उसने हमारे साथ गद्दारी की तो हम उसको कड़ी सजा देंगे।"

"तब आपकी मोतीबाई अंग्रेज छावनी का भेद मालूम करके लाएगी, महारानी जी!"

"हाँ, मुझे तेरे ऊपर तो पूरा विश्वास है मेरी प्यारी सखी।"

इतना कहकर रानी ने मोतीबाई को अपने गले से लगा लिया।

19

अपने घोड़े पर सवार होकर पीर अली सीधा जनरल रोज के सैनिक शिविर की ओर चला। रास्ते में उसे जनरल का वह दूत मिल गया जो महारानी लक्ष्मीबाई का जवाब लेकर रोज के पास जा रहा था। पीर अली ने दूत से विनती की वह उसे जनरल रोज के पास ले जाए। कुछ जरूरी बातें जनरल को बतानी हैं। उस दूत ने पीर अली को रानी के दरबार में देखा था, इसलिए उसने समझ लिया कि यह व्यक्ति रानी लक्ष्मीबाई का खास आदमी है तथा उनके संबंध में कोई महत्त्वपूर्ण सूचना जनरल को देना चाहता है। इस कारण जनरल के दूत ने पीर अली को जनरल के पास ले जाना उचित समझा।

जनरल रोज को नवाब अली बहादुर और उसके वफादार नौकर पीर अली के बारे में पहले से ही पता था। वह जानता था कि ये दोनों शख्स ब्रिटिश हुकूमत के हिमायती हैं तथा अंग्रेजों का हमेशा भला ही सोचते हैं। पीर अली से मिलकर जनरल रोज बड़ा ही खुश हुआ। पीर अली ने पहले जनरल रोज को झाँसी रियासत की

क्रांतिकारी गतिविधियों की कुछ झूठी-सच्ची खबरें सुनाईं ताकि जनरल को उसके ऊपर पूरा विश्वास हो सके। जब पीर अली ने विस्तारपूर्वक झाँसी की महिला-सेना के बारे में बताया तो उसे सुनकर जनरल रोज को बड़ी हैरानी हुई। वह यह जानकर चकित हुआ कि भारत में महिलाएँ सैनिकों का भी काम करती हैं। पीर अली ने रोज को बताया कि रानी की सेना में महिलाएँ बंदूक और तलवार चलाने के साथ-साथ तोप चलाने में भी माहिर हैं।

यद्यपि रानी लक्ष्मीबाई की सेना के बारे में नवाब अली बहादुर ने जनरल रोज को अपने पत्रों द्वारा थोड़ा-बहुत बतला दिया था लेकिन पीर अली ने रानी की सेना के बारे में विस्तारपूर्वक सब बातें रोज को बतला दीं। इससे रोज को अंदाज हो गया कि रानी के पास सेना की कितनी बड़ी शक्ति है।

जनरल रोज ने पीर अली से पूछा–"सुना है कि रानी ने अंग्रेज स्त्रियों और बच्चों की हत्याएँ करवाई हैं?"

पीर अली ने झाँसी रियासत और रानी की सेना के बारे में जनरल रोज को जो बातें बताई थीं, उन बातों के अंदर सच्चाई थी लेकिन पीर अली यह नहीं चाहता था कि कोई व्यक्ति महारानी के ऊपर हत्या जैसा कोई झूठा कलंक लगाए। उसने जनरल रोज से कहा–"यह ठीक नहीं हुजूर! रानी साहिबा ने अंग्रेज स्त्रियों और बच्चों की हत्याएँ नहीं करवाईं। उनको तो सिपाहियों की बेरहमी और गुस्से ने मारा है। रानी साहिबा का उस हत्याकांड में कोई हाथ नहीं था। वे तो बड़ी मर्यादित और नियम-संयम वाली हैं। वे कभी भी किसी को ऐसा अन्यायपूर्ण तरीका अपनाने का अधिकार नहीं देतीं।"

पीर अली को अंग्रेज बच्चों और स्त्रियों के कत्ल की सच्ची बात मालूम थी। उसने जनरल रोज को बताया–"जनाब! सच बात तो यह है कि झाँसी के किले में रह रहे अंग्रेज, औरतों और बच्चों को क्रांतिकारी उन्मादी सिपाहियों ने मारा था। रानी साहिबा से इस काम की कोई अनुमति नहीं ली थी। जब रानी जी को यह बात मालूम हुई तो उन्होंने सिपाहियों को बुरी तरह फटकारा भी था और आइंदा ऐसा गलत काम न करने की चेतावनी भी दी थी।"

लेकिन जनरल रोज को पीर अली की बात से संतुष्टि नहीं हुई। वह किसी भी तरीके से रानी के विद्रोह को कुचलना चाहता था। उसने पीर अली से कहा–"तुम कुछ भी कहो पीर अली, लेकिन मुझे रानी की नीयत ठीक मालूम नहीं होती। वह ब्रिटिश सरकार के प्रति और अंग्रेज कौम के प्रति जरा भी शुभचिन्तक नहीं है।"

"ऐसा मैंने कब कहा, जनाब? बल्कि रानी तो ब्रिटिश साम्राज्य को जड़ से

उखाड़ देना चाहती हैं।"

"यह सच है कि रानी ने अपनी झाँसी में अंग्रेजों के निर्दोष बच्चों और बीवियों को कत्ल करवाया है और क्रांतिकारियों के साथ मिलकर वह 'स्वराज्य' की तैयारी कर रही हैं। हम उनकी हस्ती को जड़ से खत्म कर देंगे।"

जनरल रोज की यह प्रतिज्ञा सुनकर पीर अली चुप हो गया। उसने अपने दूत के हाथों से लेकर रानी का दिया पत्र पढ़ा। उस पत्र को पढ़कर जनरल रोज गुस्से से बेकाबू हो गया। पीर अली को दाब-धौंस देकर उसने अपने पक्ष में कर लिया।

17 मार्च, सन् 1858 ई. के दिन जनरल रोज ने अपनी सेना के साथ ताल बेहट से कूच किया और बेतवा नदी को पार किया। इसके बाद जनरल रोज सावधानी के साथ झाँसी की ओर बढ़ने लगा। उसे झाँसी के आसपास के इलाकों पर कब्जा करने में तीन दिल लग गए।

जनरल रोज अब झाँसी से केवल आठ मील की दूरी पर आ गया था। जनरल रोज को अपने प्रधान सेनापति से आदेश मिला कि चरखारी पर आक्रमण कर दिया जाए। इसका कारण यह था कि तात्या टोपे ने अंग्रेजों के पक्ष वाले चरखारी के शासक को चारों तरफ से घेर लिया था। अंग्रेजों की नीति यह थी कि पहले चरखारी के राजा की मदद की जाए ताकि उसकी भी सेना अपने उद्देश्य में काम आ सके।

लेकिन जनरल रोज ने अपने प्रधान सेनापति के आदेश को नहीं माना। उसने अपने प्रधान सेनापति को लिखा भेजा कि मैं आज्ञा की अवज्ञा के लिए आपसे माफी माँगता हूँ। पहले मुझे झाँसी से निबटना है। कारण यह है कि झाँसी का महत्त्व चरखारी से कहीं अधिक बढ़कर है।

इस तरह जनरल रोज ने अपने प्रधान सेनापति की अवज्ञा की और वह अपनी सेना को लेकर झाँसी के अधिकाधिक निकट आने लगा। चरखारी में तात्या टोपे ने वहाँ के राजा को पकड़ लिया था तथा चरखारी से तात्या टोपे ने 24 तोपें भी छीन ली थीं। इसके साथ ही साथ तात्या टोपे को चरखारी से 3 लाख रुपये भी प्राप्त हुए। इस तरह चरखारी का माल लूटकर तात्या टोपे अपने सैनिकों को साथ लेकर वापिस कालपी चले गए।

इधर पीर अली ने झाँसी पहुँचकर रानी लक्ष्मीबाई को जनरल रोज की सेना के कुछ राज बताए। उसने अंग्रेज फौज की पलटनों के नाम बताए, पलटन के नम्बरों की सूचना दी। इसके साथ-साथ ब्रिटिश सैनिक प्रबंध की विशेषताओं के बारे में

भी बताया। पीर अली ने अंग्रेज फौज की तोपों की संख्या बताई तथा यह भी कहा कि जनरल रोज की सेना में कुल सात हजार सैनिक हैं।

ये सब बातें बताकर पीर अली ने महारानी लक्ष्मीबाई का उनके सरदार तथा सभासदों का और झाँसी राज्य की प्रजा का विश्वास जीत लिया। बड़ी होशियारी से इन सब बातों का तथा झाँसी के घटनाक्रम का जिक्र करते हुए उसने एक पत्र नवाब के पास भी भेज दिया।

राहतगढ़ में जिन पठानों ने अंग्रेज सेना के साथ युद्ध किया था तथा जिनको युद्ध में हार मिली थी, वे भागकर झाँसी आ गए और उन्होंने रानी की शरण ले ली। रानी ने उनकी प्रार्थना को स्वीकार करके उन्हें सेना की नौकरी में रख लिया। रानी जानती थीं कि ये पठान लोग अंग्रेजों से हार खाए हैं, इसलिए ये आगामी युद्ध में अंग्रेजों के खिलाफ बड़े मददगार साबित होंगे। जिस दुश्मन ने इनको हराया है, उससे युद्ध करने में ये अपने कदम पीछे नहीं हटाएँगे।

पठानों के सरदार का नाम गुलमुहम्मद था। पीर अली कार्य की व्यस्तता के कारण नवाब को इन पठानों के झाँसी आने का समाचार नहीं भेज पाया था।

करीब 500 की संख्या में राहतगढ़ के पठान झाँसी आए थे। ये पठान बड़ी ही हीन अवस्था में थे। इनके कपड़े भी फट चुके थे और कई दिनों से भरपेट भोजन भी इनको नहीं मिला था। लाठी और छुरी आदि हथियार ही इनके पास थे। रानी लक्ष्मीबाई ने सबसे पहले इनको भोजन खिलाया तथा पहनने के लिए नए वस्त्र दिए। इसके बाद शिविर में इनके ठहरने का इंतजाम किया। रानी का यह दया का भाव देखकर पठानों ने प्रतिज्ञा की—''स्वराज्य के लिए हम महारानी जी के कदमों में अपना सिर न्यौछावर कर देंगे।''

रानी को पता था कि शीघ्र ही हमको जनरल रोज की सेना से युद्ध करना होगा। कारण यह था कि रोज अपनी सेना लेकर झाँसी के बहुत करीब आ पहुँचा था। इसलिए रानी ने युद्ध की तैयारी और जोर-शोर से शुरू कर दी थी। किले के सभी फाटकों के ऊपर स्थित बुर्जों पर बड़ी-बड़ी तोपों की व्यवस्था कर दी गई थी। बारूद और गोलों का अच्छा प्रबंध किया गया था। युद्ध की सामग्री और सभी तरह की सहायता सेना को मिलती रहे, ऐसा इंतजाम किया गया था। रानी ने दीवान दूल्हाजू को ओरछा फाटक पर, पीर अली को सागर खिड़की पर, कुँवर खुदाबख्श को सैयद फाटक पर, कुँवर सागर सिंह को खांडेराव फाटक पर तथा पूरन कोरी को उन्नाव फाटक पर तैनात किया था। झाँसी किले के ये ही प्रमुख फाटक या द्वार थे। इसके अलावा किले के दतिया फाटक की जिम्मेदारी काछियों और ठाकुरों को

दी गई थी।

रानी लक्ष्मीबाई ने दीवान जवाहर सिंह को सारे झाँसी नगर और झाँसी किले के फाटकों की रक्षा का भार सौंपा था। किले के सारे बुर्जों पर 51 तोपें लगाई गई थीं। किले के दक्षिण बुर्ज की तोपों का संचालन का कार्य गुलाम गौस खाँ को सौंपा था, उत्तर और पूर्व की तोपों का संचालन भाऊ बख्शी के हाथ में और पश्चिम के बुर्ज की तोपों की जिम्मेदारी दीवान रघुनाथ सिंह की थी।

रानी ने झाँसी किले के अंदर सैनिकों के रूप में पठानों को, बुंदेलखंड के फौजियों को तथा अपनी स्त्री सेना को नियुक्त किया था। उनके सभी सैनिकों की संख्या चार हजार थी। सब सैनिकों के भोजन-पानी की व्यवस्था की गई थी। किले की पश्चिम दिशा की ओर महादेव का एक मंदिर था। यहाँ एक कुआँ था। उस कुएँ से सैनिकों को पानी पिलाने की व्यवस्था की गई थी।

जब चैत्रमास की अमावस्या बीत गई तो झाँसी शहर में नवरात्रि का त्यौहार मनाया जाने लगा। नवरात्रि त्यौहार के साथ सिंदूर, हल्दी और कुमकुम का उत्सव मनाया गया। इस तरह के उत्सव में झाँसी की औरतें अपने क्लेष तथा दुख-दर्दों को भूल गईं।

झाँसी की स्त्रियों को भरोसा था कि रानी लक्ष्मीबाई का हाथ उनकी पीठ पर है। वे उनके सारे विघ्न और कष्टों को दूर करेंगी। फिर भला किसी बात की क्या चिन्ता है।

नवरात्रि के दिनों में खुशी और श्रद्धा का माहौल छा गया। महारानी लक्ष्मीबाई एक दिन झाँसी की स्त्रियों को सम्बोधित करती हुई कहने लगीं–''तुममें से कोई मेरी माता जैसी, कोई बहिन जैसी और कोई सखी जैसी हैं। इसलिए तुम मुझे अपने आप से अलग मत समझो। अपने सत की लाज, झाँसी की लाज तुम्हारे हाथों में है। तुम स्त्रियाँ झाँसी की गौरवमयी महिलाएँ हो। तुम सबको ऐसा काम करना है, जिससे तुम्हारे पूर्वज के नाम को यश मिले।''

''आप जैसा कहेंगी, हम वैसा ही करेंगी, महारानी जी! आप हमारा दिशा निर्देशन कीजिए। झाँसी की महिलाओं की नायिका आप ही हो।'' झाँसी की स्त्रियों ने एक स्वर में कहा।

झाँसी की औरतों की बात सुनकर रानी लक्ष्मीबाई को बड़ी खुशी हुई। वे इस बात को लेकर खुश थीं कि झाँसी की औरतें स्वाधीनता संग्राम में सक्रिय रूप से भाग लेने के लिए तैयार हैं।

चूँकि झाँसी की औरतें भी शत्रुसेना का मुकाबला करने के लिए तैयार थीं,

इसलिए पुरुष सेना के बीच एक नवीन उमंग-उत्साह की लहर दौड़ गई। जब उन्हें पता चला कि झाँसी के पुरुषों के साथ महिलाएँ भी कदम से कदम मिलाकर चलने के लिए तैयार हैं तो उनकी खुशी का ठिकाना नहीं रहा।

गुल मुहम्मद पठान सिपाहियों का सरदार था। वह कहने लगा–"जहाँ की औरतें शत्रुओं से लड़ने के लिए इस प्रकार तैयार होंगी, वहाँ के पुरुषों के साहस की कोई सीमा नहीं होगी। उस राज्य का मर्द आसमान को भी चक्कर खिला सकता है।"

गुल मुहम्मद ने झूठ नहीं कहा था। यह बात सच है कि जब किसी राज्य या राष्ट्र की स्त्रियाँ अपना डर और संकोच त्यागकर शत्रु से युद्ध करने के लिए तैयार हो जाती हैं तो वहाँ के पुरुष शर्म या लाज के मारे अपने आप शत्रु के सम्मुख हथियार उठा लेते हैं। जहाँ की स्त्रियाँ अपने सम्मान की, राज्य की और राष्ट्र की रक्षा में तत्पर हो जाती हैं वहाँ के पुरुषों के अंदर शत्रु से डटकर युद्ध करने का उत्साह स्वतः ही जाग्रत हो जाता है।

रानी लक्ष्मीबाई वीरता, साहस, धैर्य और निडरता के मामले में झाँसी के स्त्री और पुरुषों के लिए प्रेरणा का प्रबल स्रोत थीं। रानी ने किसी मुसीबत, बला या परिस्थिति से घबराना नहीं सीखा था। वे खुद भी सम्मान के साथ जीती थीं और अपने झाँसी राज्य के लोगों को भी सम्मानपूर्वक जीने की शिक्षा दिया करती थीं।

20

20 मार्च, 1858 ई. की बात है। उस दिन सवेरे-सवेरे जनरल रोज अपनी सेना को लेकर झाँसी से तीन मील पहले दक्षिण दिशा वाले कामासिन देवी के मंदिर वाली पहाड़ी के पीछे आ पहुँचा। पहाड़ी के पास ही जनरल रोज के सैनिकों ने अपने तम्बू-डेरे लगा लिए। ये तम्बू-डेरे रानी के किले की महल की छत से दूरबीन द्वारा आसानी से देखे जा सकते थे।

रानी लक्ष्मीबाई ने सुबह के समय दूरबीन के जरिए अपने महल की छत पर खड़े होकर जनरल रोज के अस्थायी सैनिक शिविर का निरीक्षण किया। कुछ ही क्षणों में झाँसी नगर में यह खबर फैल गई कि जनरल रोज अपनी सेना को लेकर झाँसी के निकट आ पहुँचा है। लेकिन झाँसी नगर के लोगों में भय और संकोच का नामोनिशान नहीं था। भय के बजाय लोगों के बीच सर्वत्र उत्साह ही उत्साह दिखाई देता था।

कुछ दूरबीन गोलंदाज सैनिकों के पास भी थीं। इन सैनिकों में कई स्त्रियाँ थीं और कई पुरुष थे। इन लोगों ने दूरबीनों के जरिये जनरल रोज की सेना का निरीक्षण किया तथा तय किया कि शत्रु के ऊपर गोला कैसे और कहाँ से गिराया जाएगा?

मोतीबाई को भी रानी लक्ष्मीबाई ने एक सैनिक टुकड़ी का नायक बनाया था। मोतीबाई ने रानी को सुझाव दिया कि घुड़सवार सैनिक भेजकर रात्रि के समय शत्रु के अस्थायी शिविर पर धावा बोल दिया जाए ताकि शत्रु को संभलने का मौका ही न मिले और जीत हमारी हो।

रानी कहने लगीं—''लेकिन हमें सावधानी से शत्रु के डेरे पर धावा बोलना होगा। कारण यह है कि शत्रु के तम्बुओं में तोपें लगीं होंगी। अगर दुश्मन को हमारे आने का पता चल गया तो वे तोप चलाकर हमारी सेना का बड़ा नुकसान करेंगे। उनके शिविर में सैनिक भेजकर उनके ऊपर धावा बोलने से अच्छा है कि हम अपने किले और परकोटे के भीतर से शत्रु पर बमबारी करें। इससे हम दुश्मन की तोपों से काफी हद तक सुरक्षित रह सकते हैं तथा उसकी सेना को नुकसान भी पहुँचा सकते हैं। मैं कालपी में अपने किसी दूत या संदेशवाहक को भेजकर तात्या टोपे को बुलाती हूँ। जब वे अपनी सेना लेकर झाँसी आ जाएँगे और दुश्मन पर पीछे से आक्रमण करेंगे तो दुश्मन दोनों तरफ से हमला होता हुआ देखकर घबरा जाएगा। तात्या टोपे अवश्य ही कालपी या उसके आसपास के इलाके में होंगे। मैं आज ही उनके पास संदेशा भिजवाती हूँ।''

रानी लक्ष्मीबाई सोचने लगीं कि तात्या टोपे को संदेश भिजवाने के लिए किसे भेजा जाए? उन्होंने मोतीबाई से इस विषय में पूछा, तो मोतीबाई ने रानी को सलाह दी कि इस विषय में जूही ही ठीक रहेगी। वैसे भी अभी तक जूही सखी को कोई विशेष काम नहीं सौंपा गया है।

जूही का नाम सुनकर रानी सोच में पड़ गईं। वे कहने लगीं कि जूही तो बहुत कोमल स्वभाव वाली लड़की है। अगर यह बीच रास्ते में दुश्मन के हाथ पड़ गई तो शत्रु से भला कैसे निबट पाएगी?

इस पर मोतीबाई कहने लगी कि आप उसे ज्यादा नाजुक या कोमल मत समझें। वह आपकी चाकर है तथा उसके इरादे आप ही की तरह बुलंद और मजबूत हैं। उसने हमारी सेना की अन्य स्त्रियों के साथ सैनिक प्रशिक्षण प्राप्त किया है। आज शाम होने से पहले उसे कालपी की ओर रवाना कर दें। ताकि तात्या जी को समय से पहले खबर दी जा सके। जब उनको पता चलेगा कि दुश्मन अपनी सेना को लेकर झाँसी के इतने निकट आ पहुँचा तो तुरंत अपनी सेना लेकर इधर चले

आएँगे और जनरल की सेना पर पीछे से हमला करेंगे।

रानी लक्ष्मीबाई ने सोचा कि अगर जूही के साथ काशी भी चली जाए तो अच्छा रहेगा। इससे जूही को भी हिम्मत रहेगी। जब रानी ने यह बात काशीबाई से कही तो काशीबाई, जूही के साथ जाने के लिए तुरंत ही राजी हो गई।

रानी के आदेशानुसार काशीबाई और जूही ने पुरुषों की पोषाक पहनी और घोड़े पर सवार होकर शाम होने से पूर्व ही झाँसी से कालपी की ओर निकल पड़ीं।

ये दोनों सखियाँ अच्छी घुड़सवार थीं और घोड़ों को काफी तेज दौड़ाना जानती थीं। तेज रफ्तार वाले घोड़ों पर बैठकर ये कालपी के लिए निकल पड़ीं। जब ये किले के फाटक से बाहर निकल गईं तो फाटक को बंद कर लिया गया। वैसे भी अब शाम होने वाली थी और शाम के समय किले के सभी फाटकों को बंद कर लिया जाता था। फिर सूर्योदय पश्चात् झाँसी किले के फाटकों को खोला जाता था।

रात के समय भी रानी लक्ष्मीबाई की सेना दुश्मन के आक्रमण के प्रति पूरी तरह से सचेत तथा तैयार थी लेकिन जनरल रोज ने रात्रि के समय झाँसी किले पर धावा बोलना ठीक नहीं समझा।

21 मार्च, सन् 1858 ई. को जनरल ने अपने सैनिक दल के नायकों के साथ दूर से ही झाँसी का एक चक्कर काटा और युद्ध क्षेत्र का सूक्ष्म निरीक्षण किया। उसने आक्रमण वाले स्थानों पर अपनी तोपें लगा दीं तथा अपनी सैनिक टुकड़ियों को भी तैनात कर दिया ताकि जरूरत के समय सैनिक शीघ्र ही अपना मोर्चा साध सकें।

जनरल रोज ने झाँसी किले के बाहर आने-जाने वाले सभी रास्तों को रोक लिया। इस प्रकार किले में लायी जाने वाली रसद पर रोक लगा दी गई। कामासिन टेरिया की एक चट्टान पर जनरल रोज ने एक बड़ी दूरबीन लगवा दी ताकि किले की स्थिति पर निगरानी रखी जा सके। इसके लिए अपनी सेना की रक्षा के लिए जनरल रोज ने किले के चारों तरफ खाइयाँ खुदवा दीं। सेना के एक कमांडर से दूसरे कमांडर तक समाचार तथा आदेश पहुँचाने के लिए रेडियो तार लगा दिए गए। तोपखाने का और गोला-बारूद का भी पूरा प्रबंध किया गया।

जनरल रोज बड़ा ही रणकुशल व्यक्ति था। वह कोई ऐसी कमी नहीं छोड़ना चाहता था जिससे कि उसकी सेना को हार का मुँह देखना पड़े।

23 मार्च, 1858 ई. मंगलवार के दिन जनरल रोज ने झाँसी पर आक्रमण करने का आदेश अपने सैनिकों को दे दिया। बस, फिर क्या था? जनरल रोज की ओर से

गोलाबारी शुरू हो गई। रोज की तोपें आग के गोले झाँसी किले की दीवार पर बरसाने लगीं। रानी के सैनिकों ने भी बंदूक की गोली का जवाब गोली से और तोप के गोलों का जवाब गोलों से दिया।

झाँसी की सेना में अंदर दिन के समय पुरुष तोपची गोलाबारी किया करते थे और रात्रि के समय स्त्रियाँ तोपची दुश्मनों के ऊपर तोप के गोले बरसाया करती थीं।

स्त्रियाँ तोप के गोले छोड़ती हुई गाया करती थीं–

''जननी जन्म दियो हैं तोकों
आज ही के लिए वीरवर!''

जब पुरुष सैनिक अपनी सेना की स्त्रियों के मुख से इस प्रकार के उत्साह भरे वचन सुनते तो उनके युद्ध करने का उत्साह दुगना-तिगुना हो जाता था। वे और भी जोश के साथ जनरल रोज के सैनिकों के साथ युद्ध किया करते।

गुलाम गौस खाँ बड़ा कुशल और बहादुर तोपची था। उसने तोप के गोले दाग-दाग कर अंग्रेजों का दक्षिण की ओर का मोर्चा एकदम विफल कर दिया। स्त्री-तोपचियों ने रात्रि के समय दुश्मन की सेना के ऊपर जो गोलाबारी की थी, वह भी काफी हद तक सफल रही। एक-दो दिन के युद्ध के बाद रानी लक्ष्मीबाई ने अपनी सेना के क्रियाकलापों में कुछ परिवर्तन किया। अब स्त्रियाँ दिन के समय तोप चलाया करती थीं और पुरुष लोग रात्रि के समय तोप चलाया करते थे।

जनरल रोज ने किले की पूर्व दिशा की ओर जो मोर्चा लगाया था, उस ओर के सैनिक तोपों में आग के गोले भर-भरकर किले की दीवार पर बरसाने लगे। कुछ गोले किले के भीतर पहुँचकर नागरिकों के घरों को नष्ट करने लगे।

रानी के एक विश्वासपात्र सरदार भाऊ बख्शी भी तोप से गोले दागने में लगे हुए थे। उस समय केवल तोप ही ऐसा शक्तिशाली हथियार था, जिसके जरिये दुश्मन की सेना पर बड़ी आसानी से विजय प्राप्त की जा सकती थी। अभी बंदूक की गोली और तलवार चलाने का काम नहीं पड़ा था, क्योंकि दुश्मन कुछ फासले पर था। इतनी दूर पर केवल तोप के गोलों से ही एक-दूसरे को नुकसान पहुँचाया जा सकता था।

रानी के तोपचियों नें पूर्व की ओर मोर्चा साधे दुश्मनों पर इतनी तीव्र गोलाबारी की कि दुश्मन की तोपें ही ठंडी पड़ गईं। दुश्मन की कई तोपें बेकार हो गईं और कई तोपची मारे गए।

भाऊजी बख्शी की धर्मपत्नी भी तोप चलाने में माहिर हो चुकी थी। झाँसी की

अन्य स्त्रियों के साथ उसने भी युद्ध का प्रशिक्षण प्राप्त किया था। भोजन करने के लिए भाऊ बख्शी अपनी पत्नी को तोपें सौंपकर बुर्ज से नीचे उतर गए। रघुनाथ सिंह की जगह मुंदर ने तोपें चलानी शुरू कीं और रघुनाथ सिंह को भोजन के लिए भेज दिया गया। इसी प्रकार मोतीबाई ने आग्रहपूर्वक खुदाबख्श को भोजन के लिए भेज दिया और खुद तोपों का नियंत्रण संभाला। इधर रानी की प्रिय सखी सुंदर ने दुल्हाजू की जगह पर तोपों को संभाला और दुल्हाजू को भोजन तथा विश्राम के लिए भेज दिया।

रानी लक्ष्मीबाई अपने घोड़े पर बैठकर सुबह के समय किले के परकोटे के मोर्चे का निरीक्षण करने निकल जाती थीं और दोपहर के पश्चात् लौट आया करती थीं।

कुछ दिनों तक इसी प्रकार लड़ाई चलती रही।

पीर अली धोखेबाज व्यक्ति था। वह चोरी-छिपे रानी की सेना का भेद जनरल रोज तक देता रहता था। एक रात वह सागर खिड़की के पास वाली मोहरी से निकलकर दबे पाँव ब्रिटिश सेना के मोर्चे पर जा पहुँचा। किले के फाटक के पहरेदारों की दृष्टि उसके ऊपर पड़ी लेकिन पीर अली को अपना मित्र जानकर किले के पहरेदारों ने पीर अली को न रोका।

जब पीर अली जनरल रोज के पास पहुँचा तो रोज ने उससे पूछा—''किले से की जाने वाली गोलाबारी किसके जरिए की जा रही है? गोलाबारी करने वाले तोपचियों का नायक कौन है?''

''जनाब! गुलाम खौस खाँ और भाऊ बख्शी किले के अंदर से आपकी सेना के ऊपर गोले बरसा रहे हैं।'' पीर अली ने विनम्रतापूर्वक जवाब दिया।

इसके बाद जनरल रोज ने पीर अली से फाटक वाले बुर्जों पर तैनात झाँसी सेना के तोपचियों के बारे में पूछा तो पीर अली ने उन तोपचियों के नाम बता दिए। पीर अली ने जनरल रोज को यह भी बताया कि किले के भीतर से स्त्रियाँ तोपें चला रही हैं और कहीं-कहीं किले के बाहर खड़ी होकर भी झाँसी की स्त्रियाँ आपकी सेना के ऊपर तोपें चला रही हैं।

जनरल रोज ने पीर अली से प्रश्न किया—''झाँसी की सेना का प्रधान सेनापति कौन है?''

पीर अली ने बताया—''स्वयं रानी साहिबा झाँसी की सेना की प्रधान सेनापति हैं।''

पीर अली की बात सुन-सुनकर जनरल रोज को आश्चर्य हो रहा था। पीर अली

ने रोज को बताया कि झाँसी एक विचित्र राज्य है। यहाँ की स्त्रियाँ भी युद्धों में भाग लेती हैं तथा पुरुषों के कंधे से कंधा मिलाकर काम करती हैं। यह सब महारानी लक्ष्मीबाई की ही विवेक-बुद्धि, बहादुरी और साहस का परिणाम है। उन्होंने ही अपनी भाँति झाँसी की स्त्रियों को लड़ना सिखाया है।

"लगता है कि रानी यहाँ कोई नया इंकलाब लाना चाहती हैं।" रोज कहने लगा।

पीर अली बोला–"हाँ हुजूर! रानी इंकलाब ही तो लाना चाहती हैं वर्ना वे अंग्रेज फौज से टकराने की जुर्रत क्यों करतीं? वे झाँसी में और पूरे देश में 'स्वराज्य' लाना चाहती हैं।"

"यह स्वराज्य क्या बला है, पीर अली?"

"जनाब! स्वराज्य का मतलब है अपना राज्य, अपने देश के लोगों का राज्य।"

"अपने देश के लोगों का राज्य?"

"हाँ जनाब! रानी अंग्रेजों को अपने मुल्क का वासी नहीं समझतीं। वे उन्हें फिरंगी या विदेशी मानती हैं और वे यह नहीं चाहतीं कि फिरंगी या विदेशी लोग उनके मुल्क पर राज करें। वे शीघ्रातिशीघ्र अपने झाँसी राज्य को और पूरे भारतवर्ष को ब्रिटिश शासकों से मुक्त देखना चाहती हैं।"

"यह कैसे हो सकता है, पीर अली? इंग्लैंड से क्या हम यहाँ झक मारने आए हैं? अगर हम पूरे भारत पर राज न कर सके तो हमारा भारत आना कैसे सार्थक होगा। हम रानी की इच्छा पूरी नहीं होने देंगे। देख लेना इस युद्ध में जीत हमारी ही होगी और झाँसी पर हमेशा-हमेशा के लिए हमारा ही राज हो जाएगा। रानी लक्ष्मीबाई का वजूद हमेशा-हमेशा के लिए मिटा दिया जाएगा।"

जनरल रोज की बात सुनकर पीर अली को हँसी आ गई। जनरल उससे पूछने लगा–"तुमको हँसी क्यों आ रही है, पीर अली?"

पीर अली ने अपनी हँसी को रोकते हुए कहा–"मैं यह सोचकर हँस रहा हूँ हुजूर कि आप रानी का वजूद खत्म करना चाहते हैं और रानी अंग्रेज कौम का वजूद मिटा देना चाहती हैं।"

पीर अली की बात सुनकर जनरल रोज आवेश में आ गया। पीर अली अपनी बात कहकर चुप हो गया। उसे डर लगा कि जनरल रोज कहीं गुस्से में आकर मुझे न हानि पहुँचा दे।

जनरल रोज ने कुछ क्षण मौन रहने और गंभीरतापूर्वक विचार करने के बाद

पीर अली से पूछा, ''पीर अली जरा यह तो बताओ कि किले के अंदर बारूद बनाने का कोई कारखाना है या बारूद कहीं से मँगाया गया है?''

पीर अली कहने लगा–''नहीं जनाब! बारूद को कहीं और से मँगाया नहीं गया है। किले के अंदर ही बारूद बनाने का कारखाना है। बहुत सारा बारूद यहाँ बहुत पहले से ही बनाकर रख लिया गया है ताकि युद्ध के समय काम में आ सके।

जनरल रोज के साथ ब्रिटिश सेना के अन्य कमाण्डरों को यह देखकर आश्चर्य हो रहा था कि किले के भीतर से और परकोटे से तोपों के जरिए जो बारूद ब्रिटिश फौज पर छोड़ा जा रहा है, वह बिना धुएँ वाला किस प्रकार है? ऐसा उत्तम बिना धुएँ वाला बारूद भला किसने बनाया है?

जब जनरल ने पीर अली से इस बारे में पूछा तो पीर अली जनरल रोज की बात का कोई उत्तर न दे सका। शायद उसने बारूद निर्माण गृह में जाकर कभी इस बात पर गौर नहीं किया था कि बिना धुएँ वाला बारूद कैसे बनता है? यदि पीर अली इस बारे में जानता तो अवश्य वह जनरल को बताता।

जब पीर अली ने जनरल रोज को यह बताया कि झाँसी के सभी वर्गों और सभी जातियों के लोग मिलकर इस युद्ध में हिस्सा ले रहे हैं तो रोज को तथा अन्य सेनानायकों को भी आश्चर्य हुआ।

जनरल रोज ने पीर अली से पूछा–''क्या तुम किले की सागर खिड़की से हमारे दस्ते को नगर में घुसने दे सकोगे, पीर अली?''

पीर अली ने सुझाव दिया–''सेना को सागर खिड़की से अंदर ले जाना बेकार होगा जनाब।''

''वह कैसे?''

''इसका कारण यह है कि सागर खिड़की के ठीक पीछे खजांची की कोठी वाले स्थान पर बड़ी-बड़ी तोपें रानी जी ने लगवा दी हैं। यदि आपकी सेना सागर खिड़की से अंदर गई तो आपके सैनिकों को उन तोपों से बड़ा नुकसान उठाना पड़ेगा।''

जनरल रोज जानता था कि पीर अली की किले के पहरेदारों से अच्छी जान-पहचान है इसलिए उसने पीर अली को प्रलोभन देते हुए कहा–''पीर अली! तुम किले के किसी एक फाटक के पहरेदार को हमसे मिला दो। हम तुमको और उसको ढेर सारा इनाम देंगे।''

पीर अली कहने लगा–''मैं पूरी कोशिश करूँगा जनाब।''

जनरल रोज ने फिर पूछा–''क्या तुम्हें मालूम है कि किले पर और नगर के

ऊपर हमारी तोपों के गोले कहाँ से ठीक तरह पड़ेंगे?''

पीर अली ने बताया—''जनाब! किले के पश्चिम में जार पहाड़ी है। वहाँ से अगर आप तोप के गोले दगवाएँ तो किले को और नगर को काफी नुकसान पहुँचाया जा सकता है।''

''शाबास, पीर अली! तुम सचमुच तारीफ के काबिल हो। झाँसी का किला जीतने में हमें तुम्हारी मदद की बहुत जरूरत पड़ेगी।'' इतना कहकर जनरल रोज ने पीर अली को विदा किया।

पीर अली छिपता-छिपाता वापिस किले के सागर खिड़की वाले फाटक के अंदर जा पहुँचा।

21

जैसा कि पीर अली ने जनरल रोज को बताया था, जनरल रोज ने उसी रात अपनी तोपों को बड़ी सावधानी से जार की पहाड़ी पर पहुँचवा दिया और वहाँ सैनिकों व तोपचियों को मोर्चा लेने को कहा। जब सुबह हुई तो तोपों के मोहरे ठीक कराए गए और तोपों से झाँसी किले तथा नगर पर निशाना लगाया गया। जब जनरल रोज की तोपों से आग के गोले झाँसी नगर तथा किले पर छूटने लगे तो शहर धीरे-धीरे नष्ट होने लगा। तोप के गोलों से नगर के मकान ध्वस्त होने लगे और लोग बेमौत मारे जाने लगे। इस गोलाबारी के कारण झाँसी नगर के कई लोग मरे और कई घायल हुए। झाँसी नगर में चारों तरफ आग ही आग का दृश्य दिखाई देने लगा। झाँसी के गली-मोहल्ले वीरान और सुनसान से दिखाई देने लगे।

दुश्मन की गोलाबारी के कारण झाँसी किले की पश्चिमी दीवार में छेद हो गए। जब झाँसी नगर की दुर्दशा का हाल रानी लक्ष्मीबाई ने सुना तो उनको बड़ा दुख हुआ। वे शीघ्र ही घोड़े पर सवार होकर किले के उत्तरी ओर नगर में गईं। उन्होंने तोप के आग बरसाते गोलों की मार की चिन्ता नहीं की। हर मोहल्ले में जाकर उन्होंने नागरिकों को उत्साह दिलाया और उनके भोज्य पदार्थों का प्रबंध करके वापिस किले में लौट आईं।

रानी ने गुलाम गौस खाँ को अपने पास बुलाया और कहने लगीं कि पश्चिम में अंग्रेजों ने एक नया मोर्चा बनाया है। वहाँ से वे तोपों को दाग रहे हैं। हमारा चौथाई शहर बर्बाद हो चुका है।

गुलाम गौस कहने लगा–"सरकार ! मैं पश्चिम का मोर्चा संभालता हूँ। आप दक्षिणी मोर्चे की व्यवस्था कर दीजिए।"

रानी ने किले के दक्षिणी बुर्ज की कमान बख्शिन को सौंप दी और गुलाम गौस को पश्चिमी मोर्चे की ओर भेज दिया।

बख्शिन ने बड़ी बहादुरी और बुद्धिमानी से दक्षिणी बुर्ज का मोर्चा संभाल लिया। इधर गुलाम गौस खाँ ने पश्चिमी बुर्ज पर मोर्चा संभाला।

गुलाम गौस खाँ ने सबसे पहले पश्चिमी बुर्ज पर खड़े होकर दूरबीन से जार की पहाड़ी वाले अंग्रेजी फौज के मोर्चे का निरीक्षण किया। उसने पश्चिमी बुर्ज पर तैनात तोपची से कहा–"अंग्रेज फौज ने मिट्टी के ढेरों की आड़ में तोपों को लगाया है। तोपें चट्टानों के पीछे नहीं हैं। हमें पहले इन मिट्टी के ढेरों को ढहाना चाहिए। इसके बाद ही उन तोपों को नष्ट किया जा सकता है। तुम मिट्टी के ढेरों पर तोप के गोले दागो।"

गुलाम गौस खाँ ने जैसा कहा था तोपची ने वैसा ही करना शुरू कर दिया। उसने तोपों के मोहरों को बदला और मिट्टी के ढेरों पर निशाना लगाया। इधर गुलाम गौस ने शत्रु की तोपों के ऊपर गोले दागे। इस तरह जार की पहाड़ी पर बनाए गए मिट्टी के सारे ढेर उड़ गए और तोपें भी उल्टी और फटी हुई दिखाई देने लगीं। इसके बाद पश्चिमी बुर्ज से एक के बाद एक कई तोप के गोले दागे गए। इससे अंग्रेज फौज का पश्चिमी दिशा वाला मोर्चा पूरी तरह नष्ट हो गया।

रानी लक्ष्मीबाई गुलाम गौस के इस वीरतापूर्ण कार्य से इतनी प्रसन्न हुईं कि उन्होंने गुलाम गौस को अपनी ओर से सोने का चूड़ा भेंट किया। यह गुलाम गौस की वीरता का पुरस्कार था।

वीरता का यह पुरस्कार पाकर गुलाम गौस फूला नहीं समाया।

जब तीसरा पहर बीता तो रानी ने अपनी सेना का रुख बदला। अब स्त्रियों ने तोपों को संभाल लिया था और वे शत्रु की सेना के ऊपर भीषण रूप से गोले बरसाने लगी थीं। जब जनरल रोज ने देखा कि पश्चिमी मोर्चा विफल और नष्ट हो चुका है तो उसे गहरा आघात पहुँचा।

जनरल रोज की सेना का एक नायक था। उसका नाम स्टुअर्ट था। जनरल ने उसे पश्चिमी मोर्चे को दुबारा से तैयार करने के लिए भेजा। क्योंकि रोज जानता था कि केवल पश्चिमी मोर्चे के जरिए ही झाँसी नगर तथा किले को तोपों द्वारा नष्ट किया जा सकता है।

जनरल रोज ने अपनी दूरबीन लेकर किले से होने वाली गोलाबारी का निरीक्षण

किया। रोज ने देखा कि किले के बुर्जों पर खड़ी होकर स्त्रियाँ तोपों को चला रही हैं। कुछ स्त्रियाँ सैनिकों को भोजन की सामग्री भी बाँट रही हैं तथा कुछ स्त्रियाँ किले की टूटी दीवार और कंगूरों की मरम्मत कर रही हैं।

ब्रिटिश जनरल यह देखकर हैरान था कि भारत की स्त्रियाँ इतनी वीरता, साहस और फुर्ती के साथ युद्ध के मोर्चों पर ये सब काम कैसे कर लेती हैं? झाँसी की स्त्रियों को इतनी बहादुरी और तीव्रता के साथ युद्ध कार्य करते हुए देखकर जनरल रोज को वाकई बड़ी हैरानी हो रही थी।

इसके बाद रोज ने प्रतिकूल होती परिस्थितियों का मुकाबला करने के लिए एक ठीक उपाय सोचा। उसने इस बात का निश्चय किया कि पहले किले के ऊपर और झाँसी शहर के दक्षिणी भाग पर प्रचंड रूप से गोली-बारी की जाए। इस बात का तार उसने अपनी सेना की टुकड़ियों के विभिन्न नायकों के पास भेजा। खासकर उन सेनानायकों के पास जो दक्षिणी मोर्चों से किले पर गोलाबारी करने में लगे हुए थे।

जनरल रोज से तार द्वारा सूचना पाकर दक्षिणी मोर्चे वाली ब्रिटिश फौज गोलाबारी के लिए और भी ज्यादा सतर्क हो गई। दक्षिणी मोर्चे के अंग्रेज सेना-नायकों ने तोपचियों को आदेश दिया कि वे किले के दक्षिणी बुर्जों पर और नगर के ऊपर प्रचण्ड रूप से गोलाबारी करें ताकि इस किले को और झाँसी नगर को शीघ्र ही नष्ट किया जा सके।

रानी लक्ष्मीबाई ने किले के दक्षिण बुर्ज पर बख्शिन नामक वीर महिला को तैनात किया था। वह बड़ी बहादुरी से तोपों का संचालन कर रही थी। बख्शिन अपनी ओर से ब्रिटिश फौज के ऊपर गोलाबारी करने में कोई कमी या त्रुटि नहीं कर रही थी।

बख्शिन बड़ी बहादुर स्त्री थी। रानी लक्ष्मीबाई से उसने युद्ध-कला का प्रशिक्षण प्राप्त किया था। यद्यपि वह सुंदर थी लेकिन बारूद की वजह से उसका गोरा और सुंदर मुखमंडल काला पड़ गया था। गर्मी के कारण चेहरे पर बहुत पसीना आ गया था।

तभी ब्रिटिश सेना की दक्षिण वाली एक टुकड़ी अपने घोड़ों को लेकर दक्षिणी बुर्ज की ओर दौड़ी लेकिन यह टुकड़ी दक्षिणी बुर्ज तक नहीं पहुँच पाई। बख्शिन ने इस टुकड़ी के ऊपर तोप के कई गोले बरसाए। इसके कारण यह सैनिक टुकड़ी संकट में पड़ गई। कुछ सिपाही मारे गए और कुछ तोप के गोलों की आग से घायल हुए। बाकी बचे-खुचे सिपाही वापिस अपनी जगह पर लौट आए।

इतने में एक बुरी घटना घटी/ब्रिटिश तोपखाने का एक गोला दक्षिणी बुर्ज का ऊपरी कंगूरा तोड़ता हुआ बख्शिन के कंधे में जा लगा। इससे उसका कंधा बुरी तरह से घायल हो गया।

तोप के गोले से कंधा झुलस जाने के कारण बख्शिन बुरी तरह से घायल होकर और बेहोश होकर पृथ्वी पर गिर पड़ी। बख्शी उस समय पूर्वी बुर्ज पर तैनात था। जब उसे बख्शिन के घायल और अचेत होकर गिरने का समाचार मिला तो उसने तोप के मुँह में बारूद और गोला भरते हुए कहा–"बख्शिन से बढ़कर झाँसी है और झाँसी की रानी है इसलिए पहले मुझे अपनी झाँसी की और रानी की चिन्ता करनी है। शाम के समय देखूँगा। तब तक उसका दाह न करना।"

इतना कहने के बाद बख्शी पुनः पागलों की भाँति तोप के संचालन कार्य में जुट गया। उस समय बख्शी को गीता के भगवान याद आ रहे थे, जिन्होंने युद्ध संकट के समय अर्जुन को कर्मयोग का संदेश दिया था। बख्शी अपने प्राणों को संकट में डालकर अपनी तोपों को दुगुनी तेजी से चला रहा था तथा अन्य तोपचियों से चलवा भी रहा था।

बख्शी के पराक्रम की वजह से जनरल रोज के पूर्वी मोर्चे को भी ध्वस्त होने में देरे न लगी।

कुछ ही समय में बख्शिन ने अपनी मातृभूमि की रक्षा में अपने प्राण त्याग दिए। जब रानी लक्ष्मीबाई को यह खबर मिली तो वे तुरंत बख्शिन के शव के पास आईं। तोपों के संचालन का प्रबंध वहाँ अब किसी दूसरे व्यक्ति ने संभाल लिया था। रानी ने बख्शिन को रक्तरंजित शव को गोदी में रख लिया। बख्शिन के प्राण छोड़ने के कारण रानी का कण्ठ अवरुद्ध था। अंग्रेज फौज किले पर रह-रहकर तोप के गोले बरसा रही थी।

महारानी लक्ष्मीबाई ने गुलाम गौस को बुलाया। जब गुलाम गौस ने देखा कि रानी साहिबा बख्शिन की मृत्यु के कारण दुखी हैं तो वह उनको समझाने लगा– "आप दुखी न होइए सरकार! अभी तो न जाने हमारे कितने सरदार और शहीद होने हैं। आपने स्वतंत्रता का जो यह यज्ञ शुरू किया है, उसमें अपने लोगों की आहुति पड़ने दीजिए, तभी यह यज्ञ सफल होगा। आपने ही तो हम लोगों को यह शिक्षा दी है कि स्वराज्य का युद्ध किसी के मरने, जीने पर निर्भर नहीं करता। आज बख्शिन देश के नाम पर शहीद हो गई है सरकार! वह अमर हो गई है। आप बख्शी को देखिए–वह उसका पति होकर भी निर्मोही की तरह अपने धर्म का पालन कर रहा है। आप हमको आदेश दीजिए। मैं अभी शत्रु को मजा चखाकर आता हूँ।"

इतना कहकर गुलाम गौस किले के मोर्च को संभालने के लिए चला गया। चूँकि बख्शी की इच्छा थी कि उसकी धर्मपत्नी का शव शाम तक सुरक्षित रखा जाए, इसलिए रानी ने बख्शिन के शव का आवश्यक प्रबंध करवा दिया और युद्ध-कार्य का निरीक्षण करने चल पड़ीं।

22

झाँसी किले के दक्षिण की ओर परकोटे से बाहर एक मंदिर था। इसको गोसाइयों का मंदिर कहा जाता था। यह मंदिर किले के परकोटे से कुछ ही दूरी पर था। जनरल रोज की सेना ने इस मंदिर के पीछे अपना तोपखाना लगा रखा था। उसी जगह से अंग्रेजी तोपें किले पर गोले दाग-दाग कर किले को तहस-नहस करने का प्रयास कर रही थीं।

किले पर रानी ने जो तोपची तैनात किए थे वे बड़ी सावधानी से मंदिर की ओर तोपें दाग रहे थे। उनको डर था कि तोप के गोलों के कारण कहीं झाँसी का यह पुराना मंदिर ध्वस्त न हो जाए। गुलाम गौस खाँ बड़ी बुद्धिमानी और सतर्कता से दक्षिण मोर्चे पर तैनात अंग्रेज फौज पर गोलाबारी कर रहा था। उसकी समझ-बूझ के कारण गोसाई मंदिर बर्बाद होने से बच गया और अंग्रेजों का तोपखाना बर्बाद हो गया।

शाम के समय तक झाँसी के सैनिक और तोपची अंग्रेज फौज के खिलाफ युद्ध लड़ते रहे। जब शाम हो गई तो वीरांगना बख्शिन के शव का दाह-संस्कार कर दिया गया। रात्रि को लड़ाई तीव्रगति से नहीं हुई। वातावरण में अपेक्षाकृत शांति छाई रही उस रात।

ओरक्षा के फाटक पर दिन के समय दूल्हाजू तोपों को संभालते रहे। रात्रि के समय उनका स्थान लेने के लिए रानी की सहेली सुंदर पहुँची। सुंदर को पता चल गया कि दूल्हाजू और पीर अली में काफी गहरा संबंध है तथा दूल्हाजू उसी के कहने पर चलता है। दूल्हाजू की शय पर ही पीर अली सागर खिड़की वाले फाटक की मोहरी से जनरल के पड़ाव तक पहुँचा था।

जब सुंदर को यह बात मालूम हुई तो उसने दूल्हाजू को खूब डाँटा-फटकारा। इससे दूल्हाजू बुरा मान गया। उसने भी सुंदर को खूब बुरा-भला कहा। जब यह बात रानी लक्ष्मीबाई के पास पहुँची तो वे तुरंत दूल्हाजू और सुंदर के पास आईं। गलती

दूल्हाजू की थी। उसने विश्वासघातियों जैसा काम किया था। रानी को उससे यह उम्मीद नहीं थी। रानी ने इस बात को लेकर पीर अली और दूल्हाजू दोनों को डांटा। पीर अली ने अंग्रेज जनरल रोज से वायदा किया था कि वह युद्ध में अंग्रेजों का साथ देगा। इससे प्रसन्न होकर रोज ने कहा था कि जब वे लड़ाई जीत जाएँगे तो पीर अली को दो गाँव जागीर के रूप में देंगे।

झाँसी के किले के दक्षिणी और पश्चिमी मोर्चे पर ब्रिटिश सेना और झाँसी सेना के बीच भीषण युद्ध होता रहा। उत्तर की ओर उन्नाव फाटक और भांडेरी फाटक पर जाकर युद्ध हुआ।

अंग्रेज सेना ने जार की पहाड़ी वाले अपने पश्चिमी मोर्चे से इतनी तेज गोलाबारी की कि किले के पश्चिमी दीवार का एक अंग टूट गया। अचानक जार की पहाड़ी वाली दिशा से ब्रिटिश सैनिकों की एक टुकड़ी किले के अंदर घुसने के लिए दौड़ी।

उस समय सागर सिंह खंडेराव फाटक पर तैनात था। जब उसने अंग्रेजी दस्ते को अपनी तरफ आते देखा तो तुरंत समझ लिया कि किले पर संकट आने वाला है। यदि शत्रु के सैनिक किले के अंदर घुस आए तो किले में उत्पात मचाएँगे।

उस समय खंडेराव फाटक पर ताले पड़े हुए थे। किले की दीवार बीच में से गोलाबारी के कारण टूट गई थी और इस टूटी दीवार के बगल में एक पहाड़ी थी। सागर सिंह का अनुमान था कि शत्रु सैनिक ताला लगे फाटक से होकर तो किले में नहीं घुस सकते, लेकिन टूटी हुई दीवार से किले के भीतर दाखिल हो सकते हैं।

संकट की ऐसी घड़ी को देखकर सागर सिंह अपने साथियों से कहने लगा कि अब बुंदेलों की नाक कटने वाली है और मेरी मूँछों के नीचे होने का समय आ रहा है। फाटक को खोले बिना तुम सब नीचे चलो और बाहर से घुसने वाले दुश्मन को पटककर मार डालो।

सागर सिंह के साथियों ने रस्से की सीढ़ी किले की दीवार से नीचे लटका दी। उस सीढ़ी के जरिये सागरसिंह के करीब सौ साथी अपने-अपने हथियार लेकर किले के नीचे उतर पड़े। इसके बाद ये लोग तीव्रतापूर्वक पास वाली टोरिया पहाड़ी की ओट में पहुँच गए। जैसे ही अंग्रेज सैनिक टुकड़ी के सिपाही हथियार लेकर उधर आए, झाँसी के इन वीरों ने बंदूकें चला दीं। दूसरी ओर से भी कई बंदूकें चलीं। ब्रिटिश फौज की टुकड़ी छिन्न-भिन्न हो गई। जैसे ही शत्रु सैनिक जुड़ने को हुए, सागर सिंह अपनी तलवार लेकर उनके ऊपर टूट पड़ा। इस तरह शत्रुओं की वह टुकड़ी पूरी तरह

से नष्ट कर दी गयी।

लेकिन इस संघर्ष में सागर सिंह किले के फाटक के पास शहीद हो गया। झाँसी के शेष बचे सैनिक किले के भीतर आ गए।

इस बीच किले की दीवार की जो टूट-फूट हुई थी उसकी मरम्मत करवा दी गई। जब रानी लक्ष्मीबाई ने सागर सिंह के शौर्य और बलिदान का समाचार सुना तो वे कहने लगीं–''जिस देश में सागर सिंह जैसे वीर लोग जन्म लेते हैं, वह देश स्वराज्य से ज्यादा समय तक वंचित नहीं रह सकता।''

सुबह के समय ब्रिटिश फौज के सेनानायकों ने अपनी दूरबीन लेकर किले की दीवार का निरीक्षण किया। दीवार की टूट-फूट की अब मरम्मत हो चुकी थी इसलिए ऐसा लगता था, जैसे दीवार का कुछ बिगड़ा ही न हो।

आज के दिन भी ब्रिटिश सेना की ओर से तथा रानी की सेना की ओर से भीषण प्रकार की गोलाबारी होने लगी। दोनों ओर के पक्ष एक-दूसरे के ऊपर तोप का निशाना साधते हुए गोलों की वर्षा कर रहे थे। किले की दीवार का जो हिस्सा टूट जाता था उसकी तुरंत ही मरम्मत कर दी जाती थी।

रानी अटूट हिम्मत और साहस वाली थीं। वे किसी भी कीमत पर अपनी हार नहीं मान रही थीं। रानी का पराक्रम और साहस देखकर झाँसी के सैनिकों और नागरिकों का साहस और उत्साह भी जोर मार रहा था। वे अपने राज्य की रक्षा के लिए, अपनी मातृभूमि की रक्षा के लिए अपना सब कुछ न्यौछावर करने के लिए तैयार हो गए थे।

झाँसी के किले में जहाँ रानी का महल था, उस महल के ऊपर गणेश जी का एक मंदिर था। दुश्मन की फौजी तोपों ने उस मंदिर को निशाना बनाकर गोलाबारी की। गणेश मंदिर के ऊपर तोप का एक गोला आकर गिरा। इस गोले के गिरने से गणेश मंदिर ध्वस्त हो गया। मंदिर तो सारा टूट गया, केवल गणेश की मूर्ति या प्रतिमा ही साबुत बची। इससे झाँसी के लोग ब्रिटिश फौज के प्रति आक्रोश में आ गए।

लड़ाई दिन में भी होती थी और रात में भी होती थी लेकिन रात्रि के समय युद्ध की गति कुछ ढीली रहती थी।

अगले दिन सुबह होते ही फिर से युद्ध भीषण रूप से शुरू हुआ। ब्रिटिश जनरल रोज किसी भी तरह इस युद्ध को जीतना चाहता था, जबकि रानी लक्ष्मीबाई अपनी झाँसी को किसी भी तरीके से अंग्रेजों को देने के लिए तैयार न थीं।

किले के ओरछा फाटक पर दूल्हाजू को लगाया गया था। जब रानी ने देखा

कि ओरछा फाटक पर गोलाबारी का काम कुछ ढीला या सुस्त हो गया है तो उन्होंने इस स्थान पर अपनी सखी सुंदर को दूल्हाजू के साथ काम करने के लिए लगा दिया। इससे वहाँ के गोलाबारी के काम में कुछ तेजी आई। यद्यपि सुंदर ने रात भर जागकर किले के बुर्ज से गोलाबारी की थी लेकिन रानी के आदेश की रक्षा की अवहेलना करना उसने सीखा न था। फिर यह तो उसकी मातृभूमि की रक्षा, झाँसी राज्य की रक्षा का सवाल था। झाँसी की रक्षा के लिए एक रात तो क्या वह कई रात भी जाग सकती थी तथा राष्ट्रहित के लिए अपने प्राणों का भी हँसते-हँसते बलिदान दे सकती थी। रानी का आदेश पाते ही सुंदर सखी नहा-धोकर और थोड़ा कुछ खा-पीकर ओरछा फाटक पर गोलाबारी करने पहुँच गई।

उस दिन शाम तक दोनों सेनाओं के बीच जमकर युद्ध हुआ। ओरछा फाटक वाली कुछ तोपें ठीक से नहीं चल पाईं। दुश्मन की तोप का एक गोला ओरछा फाटक के ऊपर से आया और किले के अंदर स्थित महल के सम्मुख आकर फटा। उस स्थान पर बारूद बनाया जा रहा था। आग का गोला बारूद के अंदर गिरने से वहाँ बड़े जोर का धमाका हुआ और चारों तरफ आग ही आग फैल गई। करीब पच्चीस लोग वहाँ बारूद बनाने के काम में लगे हुए थे और पाँच-छः लोग आसपास भी खड़े थे—वे सब के सब बारूद के उस जोरदार धमाके और आग की लपटों में मारे गए।

इससे उस स्थान के चारों ओर कुछ देर तक अफरा-तफरी मची लेकिन कुछ ही देर में वहाँ सब कुछ शांत हो गया। काम करने वाले मृत लोगों की जगह दूसरे नए लोग काम पर आ गए लेकिन बारूद बनाने का काम न रुका। महारानी जानतीं थीं कि युद्ध में बारूद की ही सबसे ज्यादा जरूरत पड़ती है। तोप के गोले बारूद के बिना दुश्मन के ऊपर नहीं दागे जा सकते।

रानी ने किले के चारों तरफ जितने भी युद्ध मोर्चे बाँधे थे उन मोर्चों से युद्ध की सभी सूचनाएँ रानी तक पहुँचती रहती थीं और रानी मोर्चों पर काम करने वाले तोपचियों तथा सैनिकों के लिए जरूरी दिशा-निर्देश भी देती रहती थीं।

युद्ध संचालन कार्य की देखरेख करने के साथ-साथ रानी लक्ष्मीबाई अपनी प्रजा के हालचाल पूछने के लिए नगर में भ्रमण भी करती थीं। साथ ही साथ वे थोड़ा समय निकालकर गीता का पाठ भी किया करती थीं। गीता ज्ञान से रानी को विशेष प्रेम था। गीता की शिक्षाएँ उनको कर्तव्यनिष्ठ बनने की प्रेरणाएँ देती रहती थीं।

23

जब ब्रिटिश सरकार की एक सेना ने चरखारी पर कब्जा करके तात्या टोपे की फौज को हरा दिया था तो वीर तात्या टोपे ने अपनी हार नहीं मानी। उन्होंने एक-दो दिन बाद युद्ध की पूरी तैयारी करके पुनः चरखारी पर धावा बोला और अंग्रेज सिपाहियों को बड़ी मात दी। अब चरखरी पर तात्या टोपे और उनकी भारतीय फौज का अधिकार हो चुका था। भारतीय सेना की जीत के कारण अंग्रेजों को चरखारी से भागना पड़ा।

चरखारी को जीतने के पश्चात् तात्या टोपे कालपी आए। वहाँ उन्होंने अपने भारतीय सिपाहियों के साथ विजय का उत्सव मनाया। चरखारी की जीत से भारतीय सैनिकों के मन में जीत की खुशी की नई लहर दौड़ गई थी और अंग्रेजों को सम्पूर्ण भारतवर्ष से दूर भगाने की उनकी सोई हुई उम्मीद फिर से जाग उठी थी।

कालपी में तात्या टोपे का बड़ा विशाल शस्त्रागार था। एक दिन उन्होंने अपने शस्त्रागार का निरीक्षण किया। उस शस्त्रागार में तोपों के गोलों को ढाला जा रहा था तथा नई-नई बंदूकें बनाई जा रही थीं।

कालपी के शस्त्रागार में करीब दो हजार मन बारूद बनाकर इकट्ठा किया गया था। साथ ही नया बारूद और बनाया जा रहा था। मतलब यह था कि कालपी में युद्ध की तैयारी बड़े जोरों से चल रही थी। शायद तात्या टोपे को इस बात का अनुमान था कि निकट भविष्य में शीघ्र ही हमको अंग्रेज फौज के खिलाफ बड़ा युद्ध करना होगा।

इधर जब रानी लक्ष्मीबाई ने तात्या टोपे की जीत का समाचार सुना तो उन्हें बहुत खुशी हुई। उनको तात्या टोपे से बहुत उम्मीदें थीं। इस समय तात्या टोपे और उनकी सेना की जरूरत वे महसूस कर रही थीं। रानी का विचार था कि संकट के ऐसे समय अगर वीर तात्या टोपे अपनी सेना लेकर यहाँ आ जाएँ तथा अंग्रेज दुश्मन पर पीछे से हमला करें तो अंग्रेजों को हराने में कोई देरी नहीं लगेगी। आगे से झाँसी के सैनिक अंग्रेज सिपाहियों के ऊपर हमला करेंगे। इससे ब्रिटिश फौज घबरा जाएगी और या तो भाग खड़ी होगी या अपनी आत्महत्या करने पर मजबूर हो जाएगी।

तात्या टोपे और उनकी पूरी फौज को झाँसी बुलाने के लिए रानी लक्ष्मीबाई ने जूही और काशीबाई को तात्या टोपे के पास कालपी भेजा। रानी की ये दोनों सखियाँ जब कालपी पहुँचीं तो इन्होंने तात्या को झाँसी के वर्तमान हालात के बारे में

बताया और कहा कि महारानी जी ने तुरंत आपको सेना सहित सहायता के लिए बुलाया है। अंग्रेज फौज कई दिनों से झाँसी से हटने का नाम नहीं ले रही है। उसे केवल आप ही खदेड़ सकते हैं। महारानी जी को आपसे बहुत उम्मीदें हैं। आप तुरंत अपनी सेना लेकर झाँसी पहुँचिए।

तात्या टोपे भला रानी लक्ष्मीबाई के आदेश को कैसे टाल सकते थे। उन्होंने सेना की दो-तीन टुकड़ियाँ अपने साथ लीं और महारानी की सहायता के लिए झाँसी की ओर बढ़ने लगे। जब वे झाँसी के पास पहुँचे तो जनरल रोज ने अपने सैकड़ों सैनिकों को साथ लेकर तात्या टोपे का रास्ता रोका। फलस्वरूप दोनों पक्षों के बीच जमकर युद्ध हुआ। चूँकि तात्या टोपे के सैनिकों की संख्या जनरल रोज के सैनिकों की तुलना में काफी कम थी अतः तात्या टोपे की हार होने लगी। इस युद्ध में उनके कुछ सैनिक शहीद हो गए। बाकी के सैनिकों को साथ लेकर वे वापिस कालपी लौट आए। तात्या टोपे ने सोचा कि अगली बार पूरी तैयारी के साथ अंग्रेज दुश्मनों से युद्ध करने के लिए जाएँगे।

जब रानी लक्ष्मीबाई को तात्या टोपे के वापस लौटने की खबर मिली तो उन्हें अफसोस तो हुआ लेकिन वे हताश नहीं हुईं। वे दृढ़तापूर्वक युद्ध संचालन का काम संभालने लगीं।

रानी लक्ष्मीबाई चाहती थीं कि किसी भी तरह किले के सैनिकों और कार्य करने वाले स्त्री-पुरुषों का उत्साह बना रहे। इसके लिए उन्होंने सभी के लिए स्नेहपूर्वक ढेर सारा आटा गुँधवाया। रानी जी ने अपने हाथों से स्वयं भी आटा गूँधा। उन्होंने इस आटे की पूड़ियाँ बनवाईं। कुछ पूड़ियाँ उन्होंने खुद भी पकाईं। जब सिपाहियों को मालूम हुआ कि पूड़ियाँ महारानी जी ने बनाई हैं तो उन्होंने बड़े चाव से उनको खाया। महारानी के हाथ से बना भोजन पाकर सभी सैनिक तथा कार्यरत स्त्री-पुरुष आनंदमग्न हो उठे। उन्होंने रानी जी की पकाई हुई पूड़ियों का एक छोटा टुकड़ा अपने साफे के छोर से बाँध लिया। इसके बाद सभी सैनिक दीवाने से होकर युद्ध का कार्य करने लगे। उन्हें न तो दुश्मन की तोपों के गोलों की परवाह थी और न दुश्मन की बंदूक की गोलियों की चिन्ता थी। रानी लक्ष्मीबाई उनसे जो अटूट स्नेह किया करती थीं सैनिक तो उनके स्नेह का केवल कर्ज चुकाना चाहते थे और इसके लिए वे जी-जान से लड़कर दुश्मन को मारने में लगे हुए थे।

दिन पर दिन युद्ध भयंकर रूप धारण करता गया। रानी लक्ष्मीबाई ने देखा कि किले के सभी फाटकों पर मोर्चे ठीक प्रकार से अपना काम कर रहे हैं। केवल ओरछा फाटक पर ही तोप के गोले दागने में कुछ सुस्ती दिखाई देती है। महारानी

ने पुनः सुंदर को ओरछा फाटक का काम संभालने के लिए भेजा लेकिन दूल्हाजू नहीं चाहता था कि सुंदर उसके पास फाटक पर बनी रहें। ओरछा फाटक के पश्चिम की ओर कुछ दूरी पर एक टोरिया बुर्ज था। दूल्हाजू ने सुंदर को उस बुर्ज पर मोर्चा साधने के लिए भेज दिया।

किले के ओरछा फाटक और सैयद फाटक के बीच अंग्रेजों की सेना बड़ी मुस्तैदी से किले के परकोटे पर धावा बोलने में लगी हुई थी।

किले के परकोटे के बाहर की ओर ऊँची-नीची पहाड़ियाँ मौजूद थीं और ऊबड़-खाबड़ जमीन भी थी।

अंग्रेज फौज का एक दस्ता उस पहाड़ी के पीछे से निकलकर ओरछा फाटक की ओर बढ़ने लगा। ओरछा फाटक पर तैनात दूल्हाजू यदि चाहता तो तीव्रतापूर्वक तोपें दागकर इस सैनिक टुकड़ी को तहस-नहस कर सकता था लेकिन उसने जानबूझकर अपने काम में ढील दी।

रानी लक्ष्मीबाई दूर से दूरबीन द्वारा ओरछा फाटक का दृश्य देख रही थीं। उन्होंने देखा कि ओरछा फाटक पर तोपें तो चल रही हैं लेकिन अंग्रेज सेना की टुकड़ी को रोकने में ये तोपें सफल नहीं हो पा रही हैं। रानी को पता चल गया कि ओरछा फाटक की तोपों से गोले नहीं छूट रहे हैं केवल तोपों में बारूद को जलाया जा रहा है। उनको दूल्हाजू पर बड़ा गुस्सा आया लेकिन यह समय किसी पर गुस्सा उतारने का नहीं था। किसी भी प्रकार से अपने किले की रक्षा करनी थी।

सुंदर अभी भी ओरछा फाटक के पास वाले बुर्ज से दुश्मन की सैनिक टुकड़ी पर तोपें दाग रही थी। उसके कई गोलंदाज मारे जा चुके थे। सुंदर ने दूल्हाजू का विश्वासघातपूर्ण कार्य-व्यवहार देख लिया था। वह समझ गई थी, दूल्हाजू अवश्य ही गोरों के प्रलोभन में फँस चुका है तभी वह अपने काम में ढील देकर रानी को धोखा दे रहा है।

तभी अंग्रेज सेना की कुछ टुकड़ियाँ शोर मचाती हुई ओरछा फाटक के करीब आ गईं। दूल्हाजू लोहे की छड़ लेकर बुर्ज से नीचे उतरा। सुंदर ने अपनी तलवार हाथ में ली और अंग्रेज फौज का मुकाबला करने के लिए बुर्ज से नीचे उतर आई। फाटक पहुँचने में उसे थोड़ा समय लगा। कारण यह था कि सुंदर ओरछा फाटक से कुछ दूरी पर थी।

किले का ओरछा फाटक काफी मजबूत लोहे का बना हुआ काफी बड़ा फाटक था। उस फाटक को तोड़ना किसी भी दुश्मन के लिए आसान बात न थी। जनरल रोज की सेना काफी समय तक उस फाटक पर गोले बरसाती रही थी लेकिन वह

फाटक फिर भी टूट नहीं पाया था।

फाटक अंदर से मोटी सांकलों से बंद किया गया था तथा सांकलों के कुंदों में मोटी झर वाले कई ताले पड़े हुए थे। उस फाटक की कुंजियाँ या चाबियाँ किले के अंदर थीं और वह किसी दूसरे सुरक्षा अधिकारी के अधिकार में थीं। यह बात दूल्हाजू को पता थी।

दूल्हाजू असल में पीर अली के माध्यम से अंग्रेजों से मिल गया था। उस रात उसी की शय पर पीर अली ओरछा फाटक को पार करके जनरल रोज के पास गया था और पीर अली ने ब्रिटिश जनरल के प्रलोभन में आकर उसको सहायता करने का वचन दिया था। पीर अली ने दूल्हाजू से भी कहा था कि झाँसी का किला अब अधिक समय तक रानी के अधिकार में नहीं रहेगा। जनरल रोज किले पर अधिकार किए बिना यहाँ से नहीं टलेगा। इसलिए अगर वह जनरल का साथ दे तो उसमें उसका भला है। झाँसी का किले जीतने के बाद वह जनरल से कुछ गाँवों की जागीर तथा बहुत सारी धन-दौलत उसे इनाम के रूप में दिलवा देगा।

दूल्हाजू पहले रानी लक्ष्मीबाई के प्रति बड़ा ही वफादार था लेकिन पीर अली की बातों में आकर उसने ब्रिटिश फौज का साथ देना स्वीकार कर लिया। दूल्हाजू ने सोचा कि रानी के साथ वफादारी करके मुझे क्या मिलेगा? अगर मैं अंग्रेज जनरल का साथ दूँगा तो वह मुझे सुखों से मालामाल कर देगा।

यही सोचकर दूल्हाजू ने रानी को धोखा देने की बात मन में ठान ली। वह अपने हाथ में लोहे की छड़ लेकर ओरछा फाटक के ऊपर बने बुर्ज से नीचे उतरा था। जब तक सुंदर वहाँ पहुँच पाती दुल्हाजू ने अपनी छड़ को फाटक के ताले में डालकर झटका दिया। ताला खुल गया। इसके बाद उसने अन्य तालों में भी उस छड़ को डालकर तालों को तोड़ दिया। छड़ से उसने शीघ्र ही सांकलों को तोड़ा और तीसरी सांकल, जो नीचे की ओर थी, अपने हाथों से खोल दी। अब उसकी बारी किले का फाटक खोलने की थी। जैसे ही दूल्हाजू ने किले का फाटक खोलने के लिए अपना हाथ आगे बढ़ाया तुरंत सुंदर अपनी तलवार लेकर वहाँ आ गई। सुंदर को सामने देखते ही दूल्हाजू सकपका गया। सुंदर ने दूल्हाजू को धिक्कारते हुए फटकार लगाई–"अरे देशद्रोही! नरक के कीड़े। रानी के साथ दगाबाजी करके तू सोचता है कि अंग्रेजों से तू बहुत कुछ पा जाएगा–देख लेना, ये तुझे कुछ भी नहीं देंगे और एक दिन तू बेमौत मारा जाएगा।" इतना कहकर सुंदर ने अपनी तलवार से दूल्हाजू के ऊपर वार किया। दूल्हाजू के हाथ में लोहे की मोटी छड़ थी। उसने तलवार के वार को अपनी छड़ के ऊपर ले लिया। सुंदर की तलवार लोहे की छड़ से टकराकर टूट गई। अब

वीरांगना सुंदर के हाथ में टूटी हुई तलवार का टुकड़ा रह गया लेकिन उसने हार नहीं मानी। वह टूटी हुई तलवार लेकर दूल्हाजू से लड़ने लगी। दूल्हाजू ने भी अपनी छड़ से सुंदर के ऊपर कई वार किए लेकिन सुंदर ने उसके वारों की परवाह नहीं की।

अंग्रेजों की फौज ओरछा फाटक से बाहर आ चुकी थी। ब्रिटिश सैनिकों ने धक्का देकर फाटक को खोल दिया।

सुंदर वीरतापूर्वक चिल्लाई–"हर-हर महादेव!"

तभी किसी ब्रिटिश सैनिक की बंदूक की गोली उसके सिर में आकर लगी और वह वीरगति प्राप्त करती हुई अपनी मातृभूमि पर गिर पड़ी।

अंग्रेज सेनानायक ने आकर दूल्हाजू से पूछा–"क्या यही झाँसी की रानी है?"

दूल्हाजू के मुँह से निकला–"नहीं साहब! रानी नहीं नौकरानी है यह।"

सुंदर यद्यपि परलोक सिधार चुकी थी लेकिन उसकी मुट्ठी में तलवार की मूँठ अभी भी कसकर कैद थी। उसकी मुट्ठी का कसाव तनिक भी ढीला नहीं पड़ा था। ब्रिटिश सैनिक अधिकारी के इशारे पर दो गोरे सिपाही सुन्दर के शव को फाटक के बाहर ले गए तथा उन्होंने सुन्दर का शव पत्थर से दबा दिया।

इस घटना से कुछ समय पूर्व रानी लक्ष्मीबाई दूरबीन के जरिए देख चुकी थीं कि दूल्हाजू की तोपें ठीक प्रकार से नहीं चल रही हैं। रानी ने अपनी सखी मोतीबाई को ओरछा फाटक पर सुंदर की मदद करने के लिए भेजा। सुंदर की तरह मोतीबाई भी तोपों को चलाने में माहिर थी। सैयद फाटक के रास्ते से होकर मोतीबाई ओरछा फाटक की ओर जाने लगी। सैयद फाटक के बुर्ज पर कुंवर खुदाबख्श तोप के गोले छोड़ने का काम कर रहा था। उसने मोतीबाई को ओरछा फाटक की ओर जाने से रोका। इसका कारण यह था कि अंग्रेजी फौज सैयद फाटक पर तथा फाटक के पश्चिमी परकोटे पर तीव्र हमला कर रही थी।

खुदाबख्श ने विनयपूर्वक मोतीबाई से कहा–"आप ओरछा फाटक पर मत जाइए। वहाँ सुंदरबाई, दूल्हाजू के साथ लड़ रही है। तुम आज मेरे साथ रहो, मोतीबाई। आज मैं अपने देश का, अपनी महारानी का और झाँसी का नमक अदा करूँगा, तुम देखना।"

खुदाबख्श की यह बात सुनकर मोतीबाई की आँखों में आँसू आ गए। खुदाबख्श ने तोप चलाते हुए कहा–"युद्ध के समय आँसू शोभा नहीं देते मोतीबाई। इन्हें पोंछ डालो।" मोतीबाई ने अपने आँसू पोंछ डाले और खुदाबख्श के साथ तोपों को दागने के काम में लग गई।

24

रानी लक्ष्मीबाई अपनी दूरबीन से झाँसी के सैनिकों को अपने शत्रुओं से लड़ते हुए देख रही थीं। किले के उत्तरी फाटकों पर ठाकुर, काछी और कोरी जाति के बहादुर लोग बड़ी मुस्तैदी से तोपों को संभाल रहे थे। इसी प्रकार से किले के पश्चिमी फाटक पर तेली जाति के लोग तोपों को दागने के काम में लगे हुए थे। इस प्रकार अपनी मातृभूमि की रक्षा के लिए झाँसी के प्रायः सभी वर्ग और जातियों के लोग अपना-अपना योगदान दे रहे थे। रानी ने अपनी दूरबीन के जरिए यह भी देखा कि किले के सैयद फाटक पर भीषण युद्ध हो रहा है। लेकिन उस युद्ध का पूरा समाचार रानी को नहीं मिल पाया था।

रानी ने सैयद फाटक के युद्ध का परिणाम मालूम करने के लिए रामचंद्र देशमुख को सैयद फाटक की ओर भेजा लेकिन रामचंद्र देशमुख के वहाँ पहुँचने से पहले ही खुदाबख्श को अंग्रेज सेना की बंदूक की एक गोली लगी और वह वहीं गिर पड़ा।

सैयद फाटक के बाहर एक अंग्रेजी सैनिक कंगूरे को पकड़कर भीतर आने का प्रयास कर रहा था तभी मोतीबाई ने तलवार चलाकर उसे नीचे लुढ़का दिया। उस सैनिक के साथ उसकी नसैनी या सीढ़ी भी नीचे लुढ़क कर आ गई।

मोतीबाई ने खुदाबख्श की लाश को संभाला। उसकी आँखों में आँसू थे। वह मन ही मन खुदाबख्श को प्रेम किया करती थी। इतने में घोड़ा लेकर रामचन्द्र देशमुख आ गया। उसके घोड़े से खुदाबख्श वीर की लाश को बाँधा गया। रामचंद्र देशमुख शहीद खुदाबख्श के शव को लेकर किले के भीतर चला गया। किले के फाटक को बंद कर दिया गया था। ओरछा फाटक के रास्ते से अंग्रेज फौज की टुकड़ियाँ किले के अंदर घुसती हुई नगर में फैलने लगीं।

जब रामचंद्र देशमुख रानी के पास खुदाबख्श की लाश लेकर पहुँचा तो रानी को अपने देशभक्त वीर का शव देखकर दुख हुआ। इसके बाद उन्होंने धीरज से काम लिया और अपने सैनिकों को आदेश दिया कि शहीद खुदाबख्श के शव को मुस्लिम धर्म की परंपरा के अनुसार महल के पास में गाढ़ा, दफनाया जाए। सैनिकों ने महारानी की आज्ञा का पालन करते हुए महल के पास एक कब्र खोदी तथा खुदाबख्श के शव को कब्र में लिटाकर ऊपर से मिट्टी से ढक दिया।

जब ब्रिटिश जनरल रोज के पास यह समाचार पहुँचा कि उनकी सेना ने किले में घुसकर नगर पर कब्जा कर लिया है तो उसकी खुशी का ठिकाना नहीं

रहा। उसने तार द्वारा सभी मोर्चों के नायकों को समाचार भेजा कि शीघ्र ही जोरदार हमला करके सब कुछ तहस-नहस कर डालो। फलस्वरूप अंग्रेज फौज की टुकड़ियों द्वारा पूरी शक्ति से कार्यवाही होने लगी।

जब रानी लक्ष्मीबाई के पास उनकी सखी सुंदर के शहीद होने का समाचार पहुँचा तो उनके मन को बहुत दुख हुआ, लेकिन यह समय दुख या खेद प्रकट करने का नहीं था। महारानी लक्ष्मीबाई अपनी बंदूक लेकर किले के बड़े बुर्ज पर चढ़ गईं। जनरल रोज इस बुर्ज पर अधिकार करने की कोशिश में था।

ब्रिटिश सेना के गोरे सिपाही झाँसी नगर में फैलकर आतंक और उत्पात मचा रहे थे। नगर में निर्दोष लोगों का कत्ल किया जा रहा था और जगह-जगह आग लगाई जा रही थी।

अंग्रेज सैनिक झाँसी नगर के महल को, नाटकशाला को और महल के सामने वाले विशाल पुस्तकालय को अधिकार में करने की कोशिश कर रहे थे। इन सभी जगहों पर रानी लक्ष्मीबाई के सैनिक वीरतापूर्वक लड़ रहे थे।

रानी काफी कुछ सोच-विचार करने के बाद बुर्ज से नीचे उतरीं। वे सोच रही थीं कि स्वराज्य की स्थापना लगता है अभी काफी दूर है क्योंकि झाँसी का तो सर्वनाश हुआ जा रहा है। ये गोरे लोग शहर में तबाही मचाने में लगे हुए हैं। फिर भी हर कीमत पर मुझे अपना कर्तव्य पूरा करना है और प्राण देकर भी अपनी झाँसी की रक्षा करनी है।

इतना सोचने के बाद रानी लक्ष्मीबाई ने अपने सरदारों को अपने पास बुलाया और उनसे कहा—"तुम सब अंग्रेजों से जूझ पड़ो और अंग्रेजों को नगर से बाहर निकालकर अपनी मातृभूमि की रक्षा करो।"

सभी सरदारों ने रानी का जयघोष करते हुए रानी की आज्ञा को शिरोधार्य किया। नाना भोपटकर चाहते थे कि रानी के सरदार नगर से बाहर न निकलें वर्ना उनके ऊपर आफत आ जाएगी लेकिन महारानी के सरदार भला कहाँ मानते थे। अपना सिर कटाकर भी वे रानी के आदेश का पालन करना चाहते थे। उनको अपने जीने-मरने की कोई चिन्ता या परवाह नहीं थी। हर कीमत पर वे झाँसी की रक्षा करना चाहते थे। रानी के साथ 500 पठान सैनिक और 5000 बुंदेलखंडी सैनिक बड़ी तेजी के साथ नगर में घुस आए ब्रिटिश सैनिकों को नगर से बाहर खदेड़ने के लिए निकल पड़े। इन सैनिकों का गोरे सिपाहियों के साथ घमासान युद्ध हुआ। भारतीय सैनिकों का आक्रमण इतना जबरदस्त था कि गोरे सिपाही अपना स्थान छोड़कर पीछे हटने लगे। कई ब्रिटिश सैनिक मकानों की आड़ लेकर भारतीय सैनिकों के ऊपर गोलियाँ

दाग रहे थे। रानी के सिर पर युद्ध का जुनून सवार था। वे अपने सैनिकों से चीख-चीखकर कह रही थीं—"तुम्हें आज सिद्ध कर दिखाना है कि भारतीय सैनिकों की तलवार के सामने दुनिया का कोई योद्धा टिक नहीं सकता।"

रानी की इस ललकार को सुनकर उनके सैनिक और भी ज्यादा साहस और वीरता के साथ अंग्रेज सैनिकों से युद्ध करने लगे। शनैः-शनैः दोनों पक्षों के बीच युद्ध विकट होता गया। अब बंदूकें कम चल रही थीं। क्योंकि दोनों पक्ष के सैनिक पास-पास थे। वे तलवार से एक-दूसरे का काम तमाम करने में लगे हुए थे।

अंग्रेज सिपाही भारतीय सैनिकों के सामने ज्यादा देर तक टिक नहीं पाए। कई अंग्रेज सैनिक मारे गए। इधर झाँसी के कई सिपाही भी शहीद हुए। रानी को अपनी जान का भय नहीं था। वे चलती गोलियों के बीच खड़ी होकर अंग्रेजों को ठिकाने लगाने में लगी हुई थीं। तभी नाना भोपटकर ने रानी से आग्रह किया कि वे सुरक्षित स्थान पर चली जाएँ। यह युद्ध किले से बाहर हो रहा था। नाना भोपटकर और गुलमुहम्मद की बात मानकर रानी अपने शेष पठान सैनिकों और बुंदेलखंडी सैनिकों के साथ किले के भीतर चली गईं। उनके जाते ही किले का फाटक बंद कर लिया गया।

25

चूँकि अंग्रेज फौज के सैकड़ों सैनिक किले का फाटक खोलकर नगर के अंदर घुस आए थे इसलिए उन्होंने झाँसी नगर में जगह-जगह लूटपाट एवं उत्पात मचाना शुरू कर दिया। बच्चे, बूढ़े, स्त्री-पुरुष आदि सभी प्रकार के लोगों का निर्दयतापूर्वक कत्ल किया गया। लोगों के घरों से सोना और चाँदी जैसी कीमती चीजें ब्रिटिश फौजियों द्वारा लूटी जाने लगीं।

नगर में महल की तरफ ब्रिटिश सैनिकों ने बड़ी संख्या में लूटपाट मचाई। रानी के महल के पीछे नाटकशाला थी। इस नाटकशाला के दक्षिण की तरफ रानी का अस्तबल था। इस अस्तबल में पचास भारतीय योद्धा थे। उन्होंने अपनी जान पर खेलकर रानी के अस्तबल की रक्षा की लेकिन अंग्रेजों के सैकड़ों सैनिकों के आगे वे भला कब तक युद्ध कर पाते। आखिरकार उनको हारना पड़ा और ब्रिटिश फौज का रानी के अस्तबल पर अधिकार हो गया।

रानी के महल की रक्षा के लिए कुछ बुंदेलखंडी युवक जमा थे। उन्होंने महल

की रक्षा के लिए अपने प्राणों की बाजी लगा दी। इसी तरह पुस्तकालय के सम्मुख तैनात बुंदेलखंडी सैनिकों ने भी ब्रिटिश फौज से जमकर युद्ध किया।

शत्रु सैनिकों ने पहले अस्तबल में आग लगाई, फिर रानी के महल में आग लगाई। इसके बाद उन्होंने पुस्तकालय में भी आग लगा दी। जब रानी ने अपने पुस्तकालय में हस्तलिखित वेद, शास्त्र, पुराण और काव्य आदि विषयों के ग्रंथों को और अरबी-फारसी भाषा की पुस्तकों को इस प्रकार जलते देखा तो वे परेशान होकर बेहोश होने को हुईं परंतु उनकी सखी मुंदर ने उनको संभाल लिया।

कुछ ही क्षणों में पूर्व सचेत होकर रानी लक्ष्मीबाई अपनी प्यारी सखी मुंदर से कहने लगीं–''मुंदर! हमारी प्राणों से प्यारी झाँसी की ऐसी दुर्गति हो रही है मेरे जीते जी!''

''अपने आपको संभालिए महारानी जी!'' इतना कहकर मुंदर महारानी को खींचकर महल के नीचे की ओर ले आई। महल के दरवाजे की चौखट पर बैठकर रानी जी झाँसी की दुर्गति के बारे में सोच-सोचकर रो उठीं। इतने में रामचन्द्र देशमुख रानी के सामने आए। उन्हें देख रानी ने झट अपने आँसू पोंछ लिए। रामचंद्र देखमुख कहने लगे–''महारानी जी! कुँवर साहब गुलाम गौस खाँ दुश्मन की गोली का शिकार होकर शहीद हो गए।''

रानी अपने कर्तव्य को याद करती हुई शेरनी की भाँति तनकर खड़ी हो गईं। उन्होंने रामचन्द्र देखमुख को आज्ञा दी–''कुंवर गुलाम गौस खाँ के स्थान पर भाऊ बख्शी को भेज दो और गुलाम गौस खाँ के शव को महल के पास ले आओ।''

रामचन्द्र देशमुख ने महारानी लक्ष्मीबाई की आज्ञा का पालन किया। कुंवर गुलाम गौस खाँ के शव को रानी के महल के पास लाकर रानी की आज्ञा अनुसार श्रद्धापूर्वक दफना दिया गया। गुलाम गौस खाँ की जगह भाऊ बख्शी को मोर्चे पर भेजा गया। लड़ाई अभी भी जारी थी। गुलाम गौस खाँ के शव को उसी स्थान के पास दफना दिया गया जहाँ खुदाबख्श के शव को दफनाया गया था।

भाऊ बख्शी ने मोर्चे पर आकर बड़ी तेजी से दुश्मन के ऊपर गोलाबारी शुरू कर दी। किले के प्रायः सभी बुर्जों के मोर्चे ठीक प्रकार से कार्य कर रहे थे। केवल दक्षिणी बुर्ज की तोपें शांत दिखाई देती थीं।

रानी लक्ष्मीबाई ने दक्षिणी बुर्ज का मोर्चा संभालने के लिए मोतीबाई को भेजा। मोतीबाई रानी की उतनी ही प्यारी सखी थी जितनी कि सुंदर और मुंदर थीं। सुंदर सखी तो झाँसी की रक्षा करते-करते शहीद हो गई थी। रानी अपनी बाकी

सखियों को खोना नहीं चाहती थीं। उन्होंने मोतीबाई को दक्षिणी बुर्ज पर भेजते समय सलाह दी कि वह सावधानी से अपने आपको बचाते हुए दुश्मन की फौज पर गोले बरसाए। रानी की बात को सुनकर मोतीबाई मुस्करा उठी और दक्षिणी बुर्ज का मोर्चा संभालने के लिए चल दी।

दक्षिणी बुर्ज पर पहुँचकर मोतीबाई ने तोपों को संभाल लिया और दुश्मन की फौज के ऊपर तोप के गोले बरसाने लगी। इधर से दुश्मन के सैनिक मोतीबाई के ठिकाने पर गोलियों की बरसात करने लगे।

अब तक ब्रिटिश सैनिक किले के सदर फाटक के पास आ चुके थे। ब्रिटिश फौज के आक्रमण के कारण किले की दीवारों में छेद हो गए थे और कई दीवारों के कंगूरे भी टूट गए थे। कंगूरों और दीवार की मरम्मत के लिए समय नहीं बचा था। काफी समय तक मोतीबाई अंग्रेज सैनिकों की गोलियों से बचती हुई उन पर तोप के गोले दागती रही लेकिन एक गोली उसके कंधे में आकर ऐसी लगी कि उसका कंधा घायल हो गए। गोली लगते ही मोतीबाई पृथ्वी पर गिर पड़ी। उसके साथ जो सैनिक मोर्चा संभाल रहा था, उसने घायल मोतीबाई को पकड़कर बुर्ज से नीचे उतारा और महारानी लक्ष्मीबाई के पास ले गया।

रानी ने अपनी प्यारी सखी की घायल अवस्था को देखा तो उनके नेत्र सजल हो उठे। मोतीबाई को अपनी गोद में बिठाकर उन्होंने उसे पानी पिलाया। लेकिन मोतीबाई अभी पूरे होश में नहीं थी।

मुंदर ने रानी लक्ष्मीबाई से विनती की–''महारानी जी! आप मुझे दक्षिणी बुर्ज संभालने की आज्ञा दें।''

मुंदर की यह बात सुनकर रानी लक्ष्मीबाई की आँखों से अश्रुधारा बहने लगी। उन्होंने अपने आँसू पोंछते हुए कहा–''नहीं मुंदर, नहीं। सुंदर सखी को तो मैं पहले ही खो चुकी हूँ। मोतीबाई की दशा भी तुम देख रही हो। अब मैं तुम्हारे प्राण संकट में नहीं डालना चाहती सखी!''

मुंदर वीरतापूर्वक कहने लगी–''अपनी मातृभूमि पर कुर्बान होने के लिए मुझे मत रोकिए महारानी जी!''

लेकिन रानी ने मुंदर की बात नहीं मानी। मोतीबाई का सिर उन्होंने अपनी गोद में रख लिया। मोतीबाई को अब होश आ चुका था। वह टूटते स्वर में रानी से कहने लगी–''सरकार! आपकी गोद में सिर रखकर मरना भला किसके भाग्य में लिखा है?''

रानी को आभास हो गया कि मोतीबाई अब जाने वाली है। उन्होंने मोतीबाई

का माथा पुचकारते हुए कहा—“मोती! तू मोती नहीं, मेरा हीरा है।” और उनके कुछ आँसू मोतीबाई के होंठों पर बरस पड़े। मोतीबाई ने रानी के उन आँसुओं को जीवन का अमृत समझकर पी लिया। अब उनका मुरझाया हुआ मुख अलौकिक प्रकाश से दमक उठा था। उसकी आँखें आधी खुली हुई थीं। मोतीबाई के होंठ जरा से फड़के। उसके मुँह से स्वर निकला—“महारानी जी···उजाला···।” और मोतीबाई ने सदा के लिए अपने नश्वर शरीर से प्राण छोड़ दिए।

रानी का शरीर मोतीबाई के खून से भीग चुका था। वे मोतीबाई को चूमती-पुचकारती हुई फूट-फूट कर रो पड़ीं।

26

महारानी लक्ष्मीबाई ने अपनी प्यारी सखी मोतीबाई को महल के बगल वाली कब्र में दफनाया और उसकी कब्र पर श्रद्धा सुमन अर्पित किए। रघुनाथ सिंह ने मोतीबाई सहित झाँसी के वीर शहीदों की शान में तोपों की सलामी दी।

शाम के समय तक मोतीबाई, खुदाबख्श और गुलाम गौस खाँ की कब्रों पर पक्का चबूतरा बना दिया गया। इसके बाद महारानी ने स्नान किया। स्नान के पश्चात् उन्होंने योद्धाओं जैसे ही कपड़े पहने। कुछ समय ध्यान और पाठ में व्यतीत किया। इसके बाद उन्होंने महल के निचले खण्ड में कुछ प्रमुख लोगों को बुलाकर एकत्रित किया तथा उनसे कहने लगीं—“आप लोग झाँसी की जनता के प्रति दृढ़ संकल्प हैं। अपने प्राणों की परवाह न करते हुए आप अंग्रेजों से युद्ध लड़ने में लगे हुए हैं। हमारे कई शूरवीर योद्धा और सेनानायक अपनी मातृभूमि की रक्षा में कुर्बान हो गए हैं। हमारी सेना में कुल चार हजार सैनिक थे लेकिन आज उनमें से केवल तीन, चार सौ ही बाकी रहे हैं। अंग्रेजों ने झाँसी के किले को चारों तरफ से घेर लिया है। उनकी दो-चार टुकड़ियों ने आकर नगर में खून-खराबा और लूटपाट मचाई है। डर है कि कहीं पूरी ब्रिटिश फौज किले के अंदर न घुस आवे। यदि ऐसा हो गया तो अंग्रेज फौज को नियंत्रित करना मुश्किल ही नहीं बल्कि असंभव भी हो जाएगा।”

कुछ क्षण रुककर रानी लक्ष्मीबाई गंभीरतापूर्वक कहने लगीं—“हमारा किला कई जगह से टूट-फूट गया है। ऐसा लगता है कि एक-दो दिन में दुश्मन किले के अंदर घुसे बिना चैन नहीं लेगा। अगर आप लोग लड़ते-लड़ते बच भी गए तो

दुश्मन तुम्हारी बहुत दुर्गति करेगा। मैं दुश्मन के हाथों कभी पकड़ी नहीं जाऊँगी। यदि अंग्रेज लोग मेरे शव को भी छू लेंगे तो इससे हमारे पूर्वजों की शान मिट्‌टी में मिल जाएगी और उनका अपमान होगा। अब अपने आत्मसम्मान का केवल एक उपाय मेरे पास है कि बारूद की कोठी में जाकर अपनी जीवन लीला समाप्त कर लूँ। झाँसी की इससे ज्यादा बर्बादी मैं अपनी आँखों से नहीं देख सकती। आप रात्रि के अंधकार में किले से बाहर कहीं चले जाना और सुरक्षित रूप से नया जीवन बिताना।''

जब सबने वीरांगना लक्ष्मीबाई का ऐसा निराशापूर्ण स्वर सुना तो सभी के चेहरे उदास होकर लटक गए। भाऊ बख्शी कहने लगे–''सरकार! यदि आप बारूदखाने में आत्महत्या करेंगी तो मैं भी वहाँ जाकर अपनी आत्महत्या कर लूँगा।''

नाना भोपटकर समझदारी से कहने लगे–''सिर्फ भाऊ बख्शी क्यों, फिर तो हम सभी को आत्महत्या करनी पड़ेगी। महारानी जी, आप तो बड़ी वीरांगना ज्ञानी और समझदार हैं, फिर भी आत्महत्या जैसी कायरतापूर्ण बातें कर रही हैं। आपको पूरी गीता कंठस्थ है तथा गीता के ज्ञान को आपने अपने जीवन में धारण किया है, फिर भी दुर्बल नारियों जैसी बातें कर रही हैं।''

''नाना जी?'' रानी के मुँह से सहसा निकला।

नाना भोपटकर–''हाँ, महारानी जी! कह लेने दीजिए मुझे। आप हर हालत में स्वराज्य की स्थापना का प्रण कर चुकी हैं। क्या आप आत्मघात करेंगी? जिस जनता की रक्षा के लिए आपने बीड़ा उठाया था, वह जनता और उसकी संतानें तथा आगे आने वाली पीढ़ियाँ आपको क्या कहेंगी?''

नाना भोपटकर की बात को रानी लक्ष्मीबाई ने शांतिपूर्वक सुना। भोपटकर ने रानी की अभिन्न सखी मुंदर से कहा कि वह रानी के दत्तक पुत्र दामोदर राव को ले आए। मुंदर दामोदर राव को लिवाने के लिए महल के अंदर चली गई।

रानी लक्ष्मीबाई को रह-रहकर महाभारत का वह दृश्य याद आ रहा था, जब कुरुक्षेत्र के मैदान में कौरव और पांडवों की सेना आकर डटी हुई थी और अर्जुन युद्ध से घबराते हुए भगवान से कह रहे थे कि प्रभु! मेरा साहस टूट रहा है। मैं अपने आपको बहुत असमर्थ पा रहा हूँ। मैं यह युद्ध नहीं करना चाहता। इस पर भगवान ने अर्जुन को युद्ध करने की शिक्षा दी। उन्होंने कहा कि कर्म से भागने की अपेक्षा कर्म करना ज्यादा अच्छा है इसलिए तुम कार्य करने से डरो मत। तुम स्वयं को निमित्त समझकर कर्म करो और कर्म का फल मेरे ऊपर छोड़ दो।

रानी लक्ष्मीबाई ने अपने अन्तर्चक्षुओं से देखा कि भगवान का उद्‌बोधन

सुनकर अर्जुन ने अपना गाण्डीव धनुष उठा लिया है। उसकी सारी कायरता और दुर्बलता दूर हो चुकी है।

यह दृश्य देखकर रानी लक्ष्मीबाई के अंदर भी साहस का नया संचार हुआ। उन्हें ऐसा लगा, मानो उनके अंदर एक चमत्कारिक परिवर्तन आ गया है तथा वे अपने दुश्मन की हर चुनौती का मुकाबला करने के लिए तैयार हैं। रानी का हाथ अचानक अपनी तलवार की मूँठ पर जा पहुँचा। उन्होंने अपनी तलवार की मूँठ पकड़कर कसम खाई–"जब तक मेरे शरीर में रक्त की एक भी बूँद या मेरे अंदर एक भी साँस बाकी है, मैं अपनी झाँसी दुश्मन को किसी कीमत पर छीनने नहीं दूँगी।"

रानी के ये साहस भरे शब्द सुनकर वहाँ एकत्रित सभी लोगों के चेहरे प्रसन्नता से खिल उठे। रानी के साथ-साथ सभी ने शपथ ली कि वे अपने जीवन की अंतिम साँस तक झाँसी की स्वतंत्रता के लिए लड़ेंगे।

तभी मुंदर नन्हे दामोदर राव को लेकर रानी के पास आ गई। दामोदार राव अपनी माँ लक्ष्मीबाई से बहुत प्रेम करता था। यद्यपि वह रानी का दत्तक पुत्र था लेकिन रानी सदैव उसे अपने सगे बेटे की तरह प्यार किया करती थीं और दामोदार राव भी रानी को अपनी सगी माँ ही मानता था।

जैसे ही दामोदर राव ने रानी की ओर देखा, वह दौड़कर रानी की गोद में बैठ गया। रानी ने उसे पुचकारते हुए प्यार किया। इसके बाद रानी अपने स्थान से उठीं और उन्होंने नाना भोपटकर के पैर छूकर कहा–"मुझे क्षमा करना नाना जी! आप सभी मेरी इस क्षणिक दुर्बलता को भूल जाना। अपनी प्राण प्यारी सखियों और वफादार साथियों की मृत्यु ने मुझे कुछ देर के लिए कायरों जैसा बना दिया था लेकिन मैं आप सभी के सामने प्रण करती हूँ कि यदि सारे अंग्रेजों का भी मुझे अकेली स्त्री को सामना करना पड़ेगा, तो मैं करूँगी। मैं अपने कर्तव्य से पीछे नहीं हटूँगी। मैं गीता के भगवान की सौगंध खाकर कहती हूँ कि मरते दम तक अपनी झाँसी की रक्षा करूँगी।"

रानी के इस कथन से निराश और बेदम स्त्री-पुरुषों में उत्साह और शक्ति का तेज पुंज दमक उठा। इसके बाद रानी ने अपने पास खड़े हुए वीरों से कहा– "तुम लोग सुबह से युद्ध करते-करते थक गए होगे। थोड़ा खा-पी लो। इसके बाद फिर दुश्मन के दाँत खट्टे करना। अब तो हम सबको प्राण देकर भी झाँसी की रक्षा करनी है। नागरिकों में से जो लोग हथियार नहीं चला सकते, वे सुरंग के गुप्त मार्ग से किले से बाहर चले जावें। बाकी मेरे साथ उत्तरी द्वार से भांडेरी फाटक होते हुए कालपी

की ओर चलें। कालपी में तात्या टोपे की फौज है। इस फौज को लेकर हम पुनः अंग्रेजों पर आक्रमण करेंगे तथा अपनी झाँसी को उनके नापाक पंजों से मुक्त करा लेंगे।''

सभी लोगों ने रानी की बातों का समर्थन किया। रानी ने पूछा–''भांडेरी फाटक के प्रबंध अथवा सुरक्षा की जिम्मेवारी कौन लेगा?''

भाऊ बख्शी ने किले के भांडेरी फाटक की सुरक्षा की जिम्मेवारी लेना स्वीकार किया। वे एक गुप्त मार्ग से भांडेरी फाटक की सुरक्षा का इंतजाम करने चले गए। नाना भोपटकर तथा झाँसी के कुछ अन्य स्त्री-पुरुष भी अपने-अपने ठिकाने की ओर चले गए।

रानी लक्ष्मीबाई ने जवाहर सिंह को आदेश दिया–''आप अपने क्षेत्र में जाकर सेना इकट्ठी कीजिए और उसे लेकर शीघ्र कालपी आ जाइए।''

''जो आज्ञा, महारानी जी।'' जवाहर सिंह ने अपनी गर्दन झुकाते हुए कहा। इसके बाद वे बोले–''लेकिन मैं आपको पहले किसी सुरक्षित स्थान पर पहुँचाना चाहता हूँ।''

रानी ने जवाहर सिंह की बात मान ली। वे जवाहर सिंह के ऊपर बड़ा भरोसा किया करती थीं। उन्होंने अपनी सखी मुंदर को अपने साथ लिया और महादेव जी के मंदिर में जाकर पूजा-ध्यान किया। इसके बाद रानी, मुंदर को साथ लेकर अपने महल में लौट आईं।

महारानी लक्ष्मीबाई के पिता, मोरोपंत ताम्बे अभी तक जीवित थे। वे भी झाँसी की रक्षा के लिए प्राणपण से लगे हुए थे। उन्होंने किले से बहुत सारा द्रव्य और मोती-जवाहर इकट्ठे किए। उन्हें पता था कि अपनी पुत्री लक्ष्मीबाई के साथ उन्हें भी झाँसी को छोड़ना होगा तथा कालपी पहुँचकर अंग्रजों के विरुद्ध एक नई सेना का गठन करना होगा। उस समय यह धन-सम्पत्ति काम आएगी।

मोरोपंत ताम्बे ने एक हाथी पर सारा सामान लाद दिया। रानी लक्ष्मीबाई और मुंदर पुरुष वेश में घोड़ों पर सवार हुईं। रात का समय था, झाँसी में चारों तरफ अंधेरा था। नगर के अंदर जगह-जगह आग लगी हुई थी। रानी ने बालक दामोदार को चादर से अपनी पीठ पर बाँधा और किले के उत्तरी दरवाजे से बाहर निकल गईं। उनके पीछे उनकी सखी मुंदर थी और जवाहर सिंह, रघुनाथ सिंह तथा पठान योद्धा थे।

रानी ने किले के बाहर पहुँचकर एक बार मुड़कर किले की ओर देखा और अपना सिर झुकाकर किले को प्रणाम किया। इसके बाद वे आगे निकलीं। मार्ग में

अंग्रेज सैनिक मिले। रानी और उनके साथियों का ब्रिटिश सैनिकों के साथ जमकर युद्ध हुआ। अंग्रेज फौज के कई सैनिक मारे गए तथा कुछ सैनिक रानी के भी शहीद हुए। जब रानी ब्रिटिश सैनिकों से युद्ध करती-करती भांडेरी फाटक पहुँचीं तो भाऊ बख्शी ने फाटक खोल दिया। रानी अपनी सखी मुंदर, जवाहर सिंह, रघुनाथ सिंह तथा अन्य सैनिकों के साथ फाटक से बाहर निकल गईं।

रानी के फाटक के बाहर चले जाने के बाद भाऊ बख्शी ने ब्रिटिश सैनिकों से युद्ध करते-करते वीरगति प्राप्त की। मरने से पहले उसके मुँह से निकला—''झाँसी की रानी की जय!'' झाँसी के कोरी योद्धाओं ने अंग्रेज सैनिकों को हराकर भगा दिया और भांडेरी फाटक को अंदर से बंद कर लिया लेकिन फाटक के बंद होने से पहले रानी लक्ष्मीबाई के पिता, मोरोपंत ताम्बे हाथी पर सवार होकर फाटक से बाहर निकल गए।

27

रानी लक्ष्मीबाई को चक्करदार रास्तों से होते हुए कालपी पहुँचना था ताकि अंग्रेजी फौज उनका पीछा न कर सके। उनके पिता मोरोपंत ताम्बे हाथी पर सवार थे। उनको उत्तर-पश्चिम वाले रास्ते से दतिया होते हुए कालपी आना था। हाथी जैसी भारी-भरकम सवारी के लिए वह रास्ता सीधा और उपयुक्त भी था। मोरोपंत ताम्बे की अंग्रेज सैनिकों से रास्ते में कई बार मुठभेड़ हुई लेकिन किसी प्रकार वे दतिया जा पहुँचे। दतिया में ब्रिटिश सैनिकों ने मिलकर उनके हीरे-जवाहरातों को लूट लिया और उन्हें बंदी बनाकर अंग्रेजों के पास पुनः झाँसी भेज दिया। अंग्रेजों ने अगले दिन ही रानी लक्ष्मीबाई के वीर पिता मोरोपंत ताम्बे को राजद्रोह के जुर्म में झाँसी के अंदर फाँसी दे दी।

रानी लक्ष्मीबाई और उनकी सखियों की तरह झाँसी में एक वीरांगना महिला और थी। उसका नाम झलकारी बाई था। रानी लक्ष्मीबाई से उनकी आकृति और शरीर का रूप काफी मिलता था। थोड़ा रंग में फर्क था। रानी लक्ष्मीबाई गोरे रंग की थीं जबकि झलकारी बाई के शरीर का रंग साँवला था।

जब तक रानी लक्ष्मीबाई भांडेरी फाटक से बाहर निकल न गईं, तब तक झलकारी बाई ने रानी की जान बचाने के लिए ब्रिटिश सैनिकों को धोखा दिया। वह पुरुष वेश में ब्रिटिश छावनी की ओर चल दी। अंग्रेजों ने यही सोचा कि यह

रानी लक्ष्मीबाई आ रही है। इस तरह झलकारी बाई ने अंग्रेजों का ध्यान कुछ समय तक अपनी ओर उलझाए रखा। जनरल रोज ने भी यही समझा कि वह रानी लक्ष्मीबाई है। उसने लेफ्टिनेंट बोकर नामक सैनिक अफसर झलकारी बाई को पकड़ने के लिए भेजे। कुछ ही देर में अंग्रेजों के सामने यह बात साफ हो गई कि यह स्त्री रानी लक्ष्मीबाई नहीं है। अंग्रेजों ने झलकारी बाई को मारा नहीं बल्कि उसे बंदी बना लिया गया और कुछ समय पश्चात् उसको आजाद कर दिया गया।

कालपी पहुँचने से पहले रानी का सामना कई ब्रिटिश सेनानायकों और उनके दल के सदस्यों के साथ हुआ। लेकिन रानी उन सबसे लड़ती रहीं। मार्ग में युद्ध लड़ते-लड़ते रानी का घोड़ा घायल हो गया। विश्राम के लिए जब वे एक गाँव में रुकीं तो वहाँ उन्हें एक अच्छा घोड़ा मिल गया।

जब रानी गुलमुहम्मद और रघुनाथ सिंह को लेकर कालपी पहुँचीं तो वहाँ तात्या टोपे और नाना साहब के छोटे भाई राव साहब ने उनका जोरदार स्वागत किया।

रानी लक्ष्मीबाई तो पुनः नई सेना संगठित करने झाँसी से कालपी चली गई थीं लेकिन उनके चले जाने के बाद झाँसी में कई दिनों तक भीषण नरसंहार होता रहा। झाँसी के करीब तीन हजार निर्दोष स्त्री-पुरुषों को अकारण ही ब्रिटिश सैनिकों ने मौत के घाट उतार दिया। इतना होने पर भी झाँसी के लोग अंग्रेजों के सामने अपना सिर झुकाने के लिए तैयार नहीं हुए।

जनरल रोज ने झाँसी के हालात को देखते हुए यह निश्चय किया कि यहाँ असैनिक शासन संभव नहीं है इसलिए यहाँ फौजी शासन को जारी रखना पड़ेगा। इस आशय का पत्र जनरल रोज ने अपने सचिव मेजर पिक से गवर्नर जनरल के लिए लिखवा लिया। गवर्नर जनरल ने जनरल रोज की प्रार्थना को स्वीकार कर लिया। फलस्वरूप झाँसी में लंबे समय तक के लिए सैनिक शासन लागू हो गया।

28

कालपी में तात्या टोपे के निर्देशन में पेशवा की सेना कार्य कर रही थी। रानी ने इस सेना को नए सिरे से व्यवस्थित किया। सेना के अंदर जो कमी, कमजोरी थी, रानी ने उसको दूर किया। कालपी की सेना की एक टुकड़ी की पोशाक लाल रंग की थी। रानी ने इस टुकड़ी का नाम 'लालकुर्ती' रख दिया।

जनरल रोज के गुप्तचरों ने उसे सूचना दी कि रानी ने कालपी पहुँचकर एक नई सेना का संगठन कर लिया है। रोज को चिन्ता होने लगी कि कालपी में तात्या टोपे की मदद से रानी कहीं बड़ा सैन्य संगठन न बना ले और हमारे लिए मुसीबतें न खड़ी कर दे इसलिए रोज ने कालपी की सेना का दमन करना उचित समझा।

जनरल रोज ने अपनी फौज को साथ लेकर कालपी की ओर कूच किया। वह किसी भी तरह से रानी लक्ष्मीबाई और उनके सहायकों का अस्तित्व मिटाने में लगा हुआ था। जब जनरल रोज अपनी सेना लेकर कालपी की ओर जा रहा था तो रास्ते में 'कोंच' नामक गाँव के निकट पेशवा के सैनिकों से उसकी मुठभेड़ हो गई लेकिन पेशवा के सैनिक संख्या में बहुत कम थे इसलिए उनकी हार हुई और जनरल रोज सेना सहित कालपी आ पहुँचा।

कालपी में रानी की सेना का जनरल रोज की सेना के साथ जमकर युद्ध हुआ। लालकुर्ती के सैनिक, ब्रिटिश फौजियों से खूब बहादुरी के साथ लड़े लेकिन रानी की सेना में अचानक अव्यवस्था फैल जाने के कारण रानी की सेना की हार हो गई।

कालपी को जीतने के बाद अंग्रेजों ने कालपी शहर में खूब लूटमार मचाई। रानी, तात्या टोपे, बांदा के नवाब और राव साहब के सैनिकों ने गोपालपुर गाँव के बगीचे में जाकर शरण ली।

इस बगीचे में अपने दल के सभी वीरों को एकत्रित करके रानी लक्ष्मीबाई ने आगे की रणनीति पर विचार किया। रानी का कहना था कि हमें किसी मजबूत किले पर तुरंत कब्जा कर लेना चाहिए क्योंकि किला पाए बिना अंग्रेजों की विशाल फौज से हमारा जीतना बड़ा मुश्किल है।

रानी कहने लगीं–''ग्वालियर का किला काफी बड़ा किला है और वह किला काफी मजबूत भी है। ग्वालियर का राजा नाबालिग है। वहाँ का दीवान और कुछ सरदार अंग्रेजों के हिमायती हैं लेकिन ग्वालियर की जनता ब्रिटिश शासन के पक्ष में नहीं है। तात्या जी ने ग्वालियर की स्थिति का जायजा लिया है। वहाँ की जनता से यदि हम अनुरोध करेंगे तो ग्वालियर की जनता अवश्य हमारा साथ देगी।''

रानी लक्ष्मीबाई की बात आखिरकार सभी को पसंद आ गई। रानी ने तात्या टोपे को इस काम के लिए ग्वालियर भेजा। अब तक ग्वालियर की ब्रिटिश फौज के भारतीय सिपाहियों में विद्रोह फैल चुका था इसलिए रानी की स्थिति मजबूत बनाने में तात्या टोपे को वहाँ ज्यादा कठिनाई नहीं आई।

जब तात्या टोपे ग्वालियर के भारतीय सैनिकों के मन को रानी के अनुकूल

बनाकर लौट आए तो राव साहब अपने सैनिकों को लेकर ग्वालियर पहुँचे। ग्वालियर राजा की निजी सेना ने दीवान के कहने से राव साहब के सैनिकों के साथ युद्ध किया लेकिन राजा की निजी सेना हार गई। ग्वालियर का राजा और दीवान ग्वालियर से भागकर आगरा चले गए और उन्होंने सागर में अंग्रेजों की शरण ली।

इस तरह ग्वालियर पर राव साहब पेशवा का अधिकार हो गया। चूँकि राव साहब का ग्वालियर के किले पर अधिकार हो चुका था इसलिए 3 जून, सन् 1858 ई. के दिन राव साहब ने ग्वालियर किले में एक बड़ा दरबार आयोजित किया। उन्होंने इस किले में अपने राजतिलक का समारोह मनाते हुए अपना राजतिलक भी करवा लिया।

राजतिलक के उत्सव में लड्डू, मिठाई और श्रीखंड बनाए गए तथा भाँग घोटी गई। सभी को मीठे दूध में पिलाकर भांग पिलाई गई। राव साहब के इस राजतिलक समारोह में शामिल होने के लिए रानी लक्ष्मीबाई भी अपनी मुंदर तथा जूही आदि सखियों के साथ ग्वालियर आई थीं। राजतिलक के विजयोत्सव में रानी के कई सहयोगी बेसुध से हो गए लेकिन रानी को अपने कर्तव्य का ध्यान था। हर्ष के इस मौके पर वे इस बात को नहीं भूलीं कि मुझे झाँसी को स्वतंत्र कराना है।

ग्वालियर के राजदरबार में बैठे राव साहब और उनके साथी नृत्य-संगीत का आनंद ले रहे थे।

राजतिलक का समारोह खूब धूमधाम के साथ सम्पन्न हुआ। राव साहब को नृत्य संगीत का ऐसा चस्का पड़ा कि आएदिन सुंदर नर्तकियों के नृत्य तथा गीतों के कार्यक्रम आयोजित करने लगे। यद्यपि राव साहब इस प्रकार के कार्यक्रमों और समारोहों में महारानी लक्ष्मीबाई को भी पधारने का निमंत्रण देते थे लेकिन रानी को इस तरह के शौक-मनोरंजन में तनिक भी रुचि नहीं थी। उनके मन में हमेशा अपनी झाँसी को स्वतंत्र कराने की चिन्ता बनी रहती थी। वे अपने घोड़ों पर बैठकर ग्वालियर किले के आसपास वाली पहाड़ियों और मैदानों का निरीक्षण करती रहती थीं। ताकि मौका पड़ने पर युद्ध के लिए उन स्थानों का उपयोग किया जा सके। रानी लक्ष्मीबाई को पता था कि एक दिन अंग्रेजों की फौज उनकी शक्ति को परखने के लिए ग्वालियर में अवश्य आएगी और अनुकूल भौगोलिक स्थिति के जरिए हमें उनका सामना करना पड़ेगा।

एक दिन रानी ग्वालियर किले के आसपास वाले पहाड़ी इलाकों का इसी प्रकार निरीक्षण कर रही थीं कि उन्हें एक सिद्ध पुरुष बाबा गंगादास के बारे में पता चला।

बाबा गंगादास का हृदय देश-भक्ति से परिपूर्ण था।

बाबा गंगादास से रानी की मुलाकात एक संयोग मात्र थी। हुआ यह कि रानी लक्ष्मीबाई को वन प्रांत में घूमते-घूमते प्यास लगी। पानी की खोज में वह बाबा गंगादास की कुटी के पास पहुँचीं तथा बाबा से पानी का आग्रह किया।

बाबा गंगादास ने रानी लक्ष्मीबाई को अपने हाथों से पानी पिलाया। न जाने कैसे बाबा को इस बात का पता था कि जिसको पानी पिला रहे हैं, वह स्त्री और कोई नहीं बल्कि झाँसी की रानी महारानी लक्ष्मीबाई ही है।

रानी लक्ष्मीबाई ने पानी के पश्चात् उस तेजस्वी पुरुष को देखा। बाबा गंगादास की आँखों में एक अनोखी शांति थी तथा आँखों में निराला तेज भी था।

रानी लक्ष्मीबाई के साथ उस समय उनकी प्यारी सखी मुंदर भी थी। रानी ने बाबा गंगादास के दर्शन करने के उपरांत उन्हें प्रणाम करते हुए कहा–"मेरा मन कई दिनों से अशांत है। मैं आपसे कुछ पूछना चाहती हूँ बाबा। शायद आपके उत्तर से मेरे मन को कुछ शांति या तसल्ली मिले?"

बाबा गंगादास मुस्कराते हुए कहने लगे–"राम के भजन के अलावा मैं जानता ही क्या हूँ, बेटी?"

"नहीं बाबा, मुझे लगता है आप सब कुछ जानते हैं। आप मेरी बात मत टालिए।"

"ठीक है, बेटी! तुम प्रश्न पूछो। जैसा मुझे समझ में आएगा, मैं उत्तर देने का प्रयत्न करूँगा।"

महारानी लक्ष्मीबाई ने बाबा गंगादास से पहला प्रश्न किया–"बाबा, इस देश को स्वराज्य कैसे प्राप्त होगा?"

बाबा गंगादास ने उत्तर देते हुए कहा–"जैसे अब तक स्वराज्य प्राप्त होता आया है, वैसे ही प्राप्त होगा।"

"मैं समझी नहीं, बाबा!"

"मेरा मतलब है–सेवा, तप और बलिदान ही इस देश को स्वराज्य दिलाएँगे।"

"हमारी झाँसी आज अंग्रेजों की कैद में है। झाँसी पर विदेशियों का शासन है। हमें अंग्रेजों से मुक्ति कब मिलेगी बाबा? हमारा स्वराज्य कब और कैसे आएगा?"

बाबा गंगादास ने समझाया–"बेटी, जैसे गड्ढे भर जाते हैं, नींव भी भर जाती है और भवन खड़ा हो जाता है, उसी प्रकार स्वराज्य का भी भवन खड़ा होगा लोगों के त्याग से, बलिदान से और सेवा भाव से। हो सकता है कि स्वराज्य तुमको

एक दिन में न मिले लेकिन उसके लिए सतत् प्रयत्न और बलिदान की आवश्यकता है।

रानी लक्ष्मीबाई ने जिज्ञासावश पूछा–"बाबा, स्वराज्य हमारे जीवनकाल में स्थापित हो जाएगा?"

बाबा गंगादास कहने लगे–"तुम्हें ऐसा मोह किस कारण है, बेटी? स्वराज्य के कार्य की शुरुआत करके तुमने इस कार्य को आगे बढ़ाया है। अब तुम्हारे बाद अन्य लोग आकर इस कार्य को आगे बढ़ाएँगे। स्वराज्य आने में अभी कुछ देरी है। स्वराज्य की स्थापना का आदर्श लेकर चलने वाले लोग छोटे-छोटे राज्य लेकर संतुष्ट हो जाते हैं। जनता से उनकी दूरी मिटती नहीं है। जिस दिन राज्य को जनता का पूरा सहयोग मिलेगा और भारत के राजा लोग भोग-विलासिता को त्यागकर प्रजा के सेवक बन जाएँगे तभी स्वराज्य की नींव भरेगी और स्वराज्य-रूपी भवन बनना शुरू हो जाएगा। आज तो भारतवर्ष के शाश्वत और सनातन धर्म का स्वरूप ही बिगड़ गया है। उस धर्म में सुधार किए बिना स्वराज्य का भवन भला कैसे खड़ा हो पाएगा?"

बाबा गंगादास के कहने का अर्थ रानी लक्ष्मीबाई भली-भाँति समझ चुकी थीं। बाबा को पुनः प्रणाम करके वे चली गईं। ग्वालियर के किले में पहुँचकर उन्हें सूचना मिली कि जनरल रोज की सेना की टुकड़ियाँ ग्वालियर का घेराव करने के लिए आ रही हैं। जब से ग्वालियर में राव साहब का राजतिलक हुआ है तब से ही जनरल रोज ने ग्वालियर पर आक्रमण करके ग्वालियर पर अधिकार करने की प्रक्रिया शुरू कर दी है।

लेकिन रानी ने मन में ठान लिया है कि वे हर कीमत पर ग्वालियर की रक्षा करेंगी। रानी को पता था कि ग्वालियर में सेना की और युद्ध सामग्री की कमी नहीं है और ग्वालियर का किला भी मजबूत है इसलिए यहाँ से दुश्मन की फौज का मुकाबला करके उसे ग्वालियर राज्य की सीमा से बाहर खदेड़ा जा सकता है।

29

ग्वालियर राज्य में सैनिकों की कमी नहीं थी। ग्वालियर के अनेक बहादुर सैनिक राव साहब के पक्ष में युद्ध करने के लिए तैयार हो गए थे।

इधर जनरल रोज ने आगरा से ग्वालियर के दीवान तथा नाबालिग राजा को

अपने पास बुला लिया। वह अपनी सेना लेकर ग्वालियर के निकट आ चुका था। जनरल रोज के कहने से दीवान दिनकर राव ने ग्वालियर के सैनिकों में से कइयों को बहला-फुसलाकर जनरल रोज की सेना में भर्ती करा दिया। इससे राव साहब की सेना कमजोर पड़ गई।

जब रानी ने यह सब देखा तो उनको अफसोस हुआ, क्योंकि ग्वालियर के सैनिक ही अंग्रेजों के खिलाफ लड़े जाने वाले युद्ध का प्रमुख साधन थे और उन्हीं के बल पर युद्ध जीता जा सकता था।

तथापि रानी के युद्ध के उत्साह में कमी नहीं आई। राव साहब अभी भी ग्वालियर की रक्षा की चिन्ता छोड़ राग-रंग और नृत्य-उत्सवों के आनन्द में डूबे हुए थे। रानी ने उन्हें समझाया कि वे राग-रंग को छोड़कर मोर्चाबंदी करने लग जाएँ वर्ना ग्वालियर की रक्षा करनी मुश्किल हो जाएगी और उनकी गद्दी छिन जाएगी लेकिन राव साहब ने रानी की बातों की परवाह नहीं की। वे रानी की बात को टालते गए।

जब अंग्रेज फौज ग्वालियर के एकदम करीब आ गई तो राव साहब को चेतना आई। उन्होंने तुरंत अपना दूत भेजकर तात्या टोपे को अपने पास बुलाया और कहा कि वे ग्वालियर की रक्षा में अंग्रेजों से युद्ध करने के लिए तैयार हो जाएँ।

पेशवा राव साहब दुश्मन को अत्यंत निकट आते देख अधीर हो रहे थे। रानी ने उन्हें समझाया–"मैंने तो आपसे पहले ही कहा था कि राग-रंग छोड़कर अपनी प्रजा की रक्षा के कार्य में लग जाइए, लेकिन आपने मेरी एक न सुनी। खैर, अभी भी वक्त है। आप धैर्य से काम लीजिए और जैसा मैं कहती हूँ वैसा ही कीजिए।

ऐसा कहकर रानी लक्ष्मीबाई ने तात्या टोपे और राव साहब को युद्ध की योजना बताई। उन्होंने तात्या टोपे को अलग ले जाकर कहा कि अगर इस योजना से हमको विजय नहीं मिली तो अपनी सेना और युद्ध सामग्री को दक्षिण दिशा वाली पहाड़ी की ओर ले चलना। तात्या टोपे ने रानी की बात मान ली।

17 जून सन् 1858 ई. की सुबह जनरल रोज की सेना के ब्रिगेडियर स्मिथ ने ग्वालियर के निकट आकर युद्ध का बिगुल बजाया। रानी लक्ष्मीबाई युद्ध के लिए तैयार थीं। उनकी सखी जूही ने तोपखाना संभाल रखा था।

ग्वालियर सेना और ब्रिटिश सैनिकों के बीच भीषण युद्ध हुआ। रानी की लालकुर्ती सेना ने अंग्रेज सिपाहियों के छक्के छुड़ा दिए तथा ब्रिटिश सेना हारती हुई पीछे हटने लगी। ब्रिगेडियर स्मिथ ने परिस्थिति देखकर लाल कुर्ती सेना के सामने से अपने सिपाहियों को हटा दिया। इस पर रानी के सैनिक उन गोरे सिपाहियों पर

झपटे। ब्रिगेडियर स्मिथ ने लालकुर्ती सेना के दोनों तरफ अपने सैनिक लगा रखे थे, वे सैनिक दोनों तरफ से लालकुर्ती सैनिकों के ऊपर टूट पड़े। इससे कई लालकुर्ती सैनिक गारे गए।

अंग्रेज फौज जल्दी से जल्दी फूलबाग स्थान पर कब्जा करना चाहती थी क्योंकि फूलबाग में राजा का महल था।

रानी ने अपने सैनिकों को साथ लेकर वीरतापूर्वक मुकाबला किया। उनके योद्धाओं की संख्या अंग्रेज फौज के मुकाबले में काफी कम थी, लेकिन रानी के सैनिक आत्मविश्वास और साहस से भरपूर थे।

युद्ध करते समय रानी के घोड़े की टाँग घायल हो गई। शाम हो जाने के कारण युद्ध बंद कर दिया गया। उस दिन रानी के साथ-साथ उनके सरदार भी अंग्रेजों से वीरतापूर्वक लड़े थे। सारे दिन युद्ध कार्य से थकी होने के पश्चात् भी रानी ने रातभर परिश्रम सहित कार्य किया। उन्होंने अपने सरदारों को बिठाकर रात में युद्ध की योजनाओं पर विचार-विमर्श किया। कई योजनाओं में सुधार और संशोधन भी किया।

उस रात रानी ने अपने उन सैनिकों को बधाई और पुरस्कार दिए जिन्होंने आज के युद्ध में अपनी बहादुरी और बुद्धिमानी दिखाई थी। उस रात रानी ने अपनी सेना के प्रमुख वीर गुल मुहम्मद को 'कुंवर' की उपाधि प्रदान की।

ग्वालियर के भूतपूर्व दीवान दिनकर राव की कोशिशों से ग्वालियर की सेना के अधिकतर सैनिक अंग्रेज फौज में शामिल हो चुके थे। लेकिन कुछ वफादार तथा मजबूत सैनिक अभी भी राव साहब के साथ थे।

18 जून, सन् 1858 ई. की सुबह की बात है। सूर्योदय होने वाला था। आसमान में सूरज निकलने की लाली छायी हुई थी। उस प्रातःकाल स्नान-ध्यान से निबटकर रानी लक्ष्मीबाई ने गीता के 18वें अध्याय का पाठ किया। उन्होंने पिछले दिन की तरह अपनी लालकुर्ती सेना की मर्दानी लाला पोशाक पहनी। कमर में तलवारें तथा पिस्तौलें लटकाईं।

उस समय उनके गले में मोतियों की माला थी। उस माला के कारण रानी के सैनिक उनको दूर से ही पहचान सकते थे। सिर पर उन्होंने लोहे का टोप पहन रखा था। उस टोप पर चंदेरी का जरतारी लाल साफा बँधा था। मुंदर, जूही, रघुनाथ सिंह, गुल मुहम्मद और रामचंद्र देशमुख आदि प्रमुख सरदार भी उनके पास आकर खड़े हो गए थे। ये रानी के बड़े विश्वासपात्र और वफादार साथी थे।

मुंदर को मालूम हो चुका था कि रानी का घोड़ा लँगड़ा हो चुका है इसलिए

वह सिंधिया सरकार के अस्तबल में जाकर काफी मजबूत और पानीदार घोड़ा चुनकर ले आई।

रानी लक्ष्मीबाई को घोड़ों की पहचान थी। वे मुंदर से कहने लगीं कि यह घोड़ा अड़ सकता है लेकिन बड़े काम का घोड़ा है।

मुंदर ने रानी से कहा कि वे थोड़ा जलपान कर लें। दिन में धूप की गर्मी और लू से बचने के लिए रानी ने केवल शरबत पिया। उनके अन्य सरदारों तथा सैनिकों को नाश्ता-भोजन कराया गया। तभी शत्रु का बिगुल बजा और तोप का गोला रानी के ऊपर से निकलकर किले से जा टकराया।

रानी लक्ष्मीबाई ने अपने प्रमुख सरदार रामचंद्र देशमुख को आदेश दिया–"दामोदर पुत्र को आज तुम अपनी पीठ पर बाँधना। यदि मैं युद्ध में मारी गई तो तुम इसे किसी प्रकार से दक्षिण पहुँचा देना। तुम सबसे यह कह देना कि अगर मैं युद्ध में वीरगति को पाऊँ तो दुश्मन मेरी देह को न छू पाए।"

तभी तात्या टोपे ने शत्रु के जवाब में कई तापें छोड़ीं। रानी ने जूही के सिर पर प्रेमपूर्वक हाथ फेरते हुए कहा–"जा सखी! अपने मोर्चे पर जाकर दुश्मन के छक्के छुड़ा दे।"

जूही ने रानी को प्रणाम करके जाते हुए कहा–"मैं अपनी महारानी का नाम बनाए रखूँगी। आपकी जय हो, महारानी।"

रघुनाथ सिंह ने मुंदर से अकेले में कहा–"महारानी का साथ तुम एक क्षण के लिए भी नहीं छोड़ना। वे आज अपनी जिन्दगी का अंतिम युद्ध लड़ने जा रही हैं।"

मुंदर ने रघुनाथ सिंह से पूछा–"आप कहाँ रहेंगे?"

रघुनाथ सिंह ने उत्तर देते हुए कहा–"महारानी की जैसी आज्ञा होगी वहीं रहूँगा। मैं आप सभी के निकट रहने की कोशिश करूँगा।"

कुछ समय पश्चात् युद्ध ने भयंकर रूप धारण कर लिया। जूही का तोपखाना दुश्मन के ऊपर आग उगलने लगा।

गर्मियों का मौसम था। धूप के कारण रानी का तेजोमय मुख मंडल चमक रहा था। उनकी आँखों में दिव्य प्रकाश-सा था। रानी की लाल पोशाक के ऊपर उनका मोतियों का कंठा रह रहकर दमक रहा था। उनके हाथ में लगी तलवार शत्रु के खून की प्यासी थी तथा वह भी रह-रहकर चमक रही थी।

पिछले दिन ब्रिटिश फौज को हार का सामना करना पड़ा था। इसलिए ब्रिटिश जनरल रोज बड़ा ही सावधान होकर युद्ध कर रहा था। जनरल रोज ने अपनी पैदल

पलटनें पूर्व दिशा और दक्षिणी दिशा वाले जंगल के बीहड़ वाले इलाके में छिपा ली थीं। जनरल रोज की योजना थी कि घुड़सवारों के जरिए ग्वालियर की सेना के ऊपर कई ओर से आक्रमण किया जावे।

दोनों ओर की सेनाओं के बीच धड़ाधड़ बंदूकें चलने लगीं। रानी लक्ष्मबाई ने आक्रमण पर आक्रमण करके ब्रिटिश फौज को पीछे की ओर हटा दिया। रानी जी के रणकौशल के कारण अंग्रेज लोग भय के मारे काँप से उठे थे।

अंग्रेज फौज रानी की सेना से काफी समय तक टक्कर लेती रही लेकिन वह रानी और उनकी सेना को न तो हरा पाई और न रानी के सैनिकों को पीछे धकेल पाई। थोड़े समय के बाद रानी को खबर मिली कि पेशवा की सेना के अधिकांश सैनिक और सरदार लोग ग्वालियर के पूर्व नाबालिग राजा की शरण में चले गए हैं। यह खबर सुनकर रानी को कुछ अफसोस तो हुआ लेकिन उन्होंने पीछे कदम नहीं हटाया और अपनी लालकुर्ती सेना का उत्साह बढ़ाती हुई शत्रु सैनिकों से जूझने लगीं। आगे खबर मिली कि राव साहब पेशवा के दो मोर्चों को ब्रिटिश सैनिकों ने छीन लिया है और उन मोर्चों के बीच से होकर ब्रिटिश सेना ग्वालियर किले में घुसने लगी है।

रानी अपनी पैदल फौज को साथ लेकर शत्रुओं से जूझ रही थीं। इधर जूही जिस मोर्चे को संभाल रही थी, वहाँ अंग्रेज सैनिक आ धमके। सबने मिलकर जूही को घेर लिया। जूही के पास तलवार थी। वह अपनी तलवार से चारों ओर खड़े दुश्मनों को मारने लगी लेकिन एक अकेली जूही भला अनेक शत्रुओं से कब तक टक्कर लेती। कुछ ही देर में उसके शहीद होने की नौबत आ गई।

जूही की मृत्यु की खबर मिलते ही रानी ने जूही वाले मोर्चे को सँभालने की व्यवस्था की। ब्रिगेडियर स्मिथ ने अपने छिपे हुए पैदल सैनिकों को पेशवा की सेना से लड़ने का आदेश दिया। इससे पेशवा की पैदल पलटन हारने लगी।

अंग्रेज सैनिकों के पास शक्तिशाली बंदूकें थीं। वे पेशवा और रानी के सैनिकों के ऊपर लगातार गोलियाँ दाग रहे थे। ब्रिटिश सैनिकों ने पेशवा की तोपों पर अधिकार कर लिया।

ग्वालियर के इलाके में चारों तरफ ब्रिटिश सैनिक बाढ़ की तरह बिखर गए। रानी और उनकी लालकुर्ती के सैनिक अपार वीरता और पराक्रम दिखाते हुए कई घण्टे तक ब्रिटिश सैनिकों का सामना करते रहे। रानी दक्षिण-पश्चिम वाले मोर्चे की सेना को भी अपने साथ मिलाना चाहती थीं और इसके लिए वे जैसे ही दूसरी तरफ मुड़ीं, अंग्रेज फौज के कई सिपाही बंदूकें ले लेकर उनके सामने आ गए। रानी उस समय

घोड़े पर सवार थीं। उन्होंने घोड़े की लगाम को अपने दाँतों से दबाया और तलवार चलाती हुई आगे बढ़ने लगीं।

दक्षिण-पश्चिम दिशा की ओर सोनरेखा नामक नाला था और उसके बाद बाबा गंगादास की कुटी पड़ती थी। कुटी के पीछे दक्षिण और पश्चिम की दिशा में पेशवा की सेना अंग्रेजों से युद्ध करती हुई पीछे की तरफ हटती जा रही थी। मुंदर, रानी लक्ष्मीबाई के साथ-साथ युद्ध कर रही थी। रानी के एक ओर रघुनाथ सिंह और दूसरी ओर रामचंद्र देशमुख शत्रु से टक्कर ले रहे थे। रानी के पीछे उनका विश्वासपात्र और वफादार सेनानायक गुल मुहम्मद था और 20-25 लालकुर्ती सैनिक थे। ब्रिटिश सैनिकों ने कुछ ही समय में इन सभी को चारों तरफ से घेर लिया। रानी दोनों हाथों से तलवार चलाती हुई आगे का रास्ता साफ करती जा रही थीं। उनके पीछे जो सैनिक चल रहे थे, उनकी संख्या शनैः-शनैः घटती गई। तभी तात्या टोपे अपने रुहेली और अवधि सैनिक लेकर रानी की सहायता के लिए आ गए। रानी के प्रायः सभी सैनिक मारे जा चुके थे और अंत में उनकी लालकुर्ती का आखिरी सैनिक भी मारा गया।

सूर्यास्त होने वाला था। दस-पन्द्रह अंग्रेज घुड़सवार सैनिक और कुछ पैदल सैनिक रानी का पीछा कर रहे थे। इसी बीच रानी की प्यारी सखी मुंदर युद्ध में मारी गई। एक ब्रिटिश सैनिक ने अपनी बंदूक का चाकू रानी के पेट में घुसा दिया। रानी ने तलवार से उस सैनिक को खत्म कर डाला लेकिन उनके पेट से काफी मात्रा में खून बहने लगा। रानी ने रघुनाथ सिंह से कहा–"मेरी देह को गोरे न छू पाएँ। तुम मुंदर की देह को संभालो।" रघुनाथ सिंह ने अपने साफे से मुंदर के शव को घोड़े की पीठ पर कसा और उसे लेकर चले गए।

रानी गोरे सिपाहियों को अपनी तलवार से काटती चलीं। पाँच ब्रिटिश सिपाही रानी का पीछा करने लगे। रानी के आगे अब सोनरेखा का नाला आ गया। रानी ने घोड़े को आगे बढ़ाकर सोनरेखा का नाला पार करना चाहा लेकिन चौड़ा नाला देखकर घोड़ा अड़ गया। अब तक अंग्रेज घुड़सवार रानी के बिल्कुल करीब आ चुके थे। एक गोरे सिपाही ने रानी के ऊपर पिस्तौल चलाई जो रानी की टाँग में लगी। जैसे ही गुल मुहम्मद रानी की रक्षा के लिए उनके निकट आए, एक ब्रिटिश सिपाही ने रानी के ऊपर तलवार चला दी। शत्रु की तलवार से बुरी तरह घायल होने के बावजूद वीरांगना रानी लक्ष्मीबाई अपने जीवन की अंतिम साँस तक शत्रु से युद्ध करती रहीं और अंत में अपने राष्ट्र की मर्यादा की रक्षा के लिए शहीद हो गईं।

बाबा गंगादास रानी की मृत्यु से पूर्व उनके पास थे। उन्होंने रानी को गंगाजल पिलाया। रानी ने मरने से पूर्व कहा–"हर-हर महादेव···ओम वासुदेवाय नमः···नैनं दहति···पा···वक!"

इसके बाद रानी के प्राण पखेरू उड़ गए और वहाँ खड़े उनके शेष बचे कुछेक साथी और सहयोगी रो उठे।

□□